安徒生經典故事集

百年復古插畫新譯愛藏版

FAIRY TALES AND STORIES FROM HANS CHRISTIAN ANDERSEN

Hans Christian Andersen 安徒生——著
謝靜雯——譯

William Heath Robinson 威廉・希斯・羅賓遜
Charles Robinson 查爾斯・羅賓遜
Arthur Rackham 亞瑟・拉克姆
Harry Clarke 哈利・克拉克
——繪——

目錄

編輯室說明

安徒生是全世界知名的童話故事創作者，他誕生於十九世紀的丹麥，筆下的〈人魚公主〉、〈國王的新衣〉、〈醜小鴨〉、〈拇指姑娘〉、〈賣火柴的小女孩〉，可說是家喻戶曉，翻譯語言超過一百種，也成為迪士尼某些作品的創作原型。

安徒生雖然出身鞋匠家庭，但經由他後天孜孜不倦不倦的努力，以及對創作滿懷熱情，作品遍布劇本、詩歌、故事、散文等各種文體，在當時也廣受喜愛，一生作品總數上千。這麼龐大的作品數量，一方面很難在短時間內抓到精髓，另一方面，在他眾多創作中題材或主軸類似的故事不少，因此為了能對安徒生有個較為全面的印象，本書選錄二十六個經典故事，希望能展現他創作的軌跡與代表性原型。

三十歲之後，安徒生才開始創作童話故事，他自小生活在窮苦的環境中，沒辦法上學，只有父親會講些《一千零一夜》裡的故事，或是念些莎士比亞的劇作片段給他聽，而這啟發了他想為孩子創作的想法。他希望讓貧苦的孩子們就算身處困頓中，還能有些故事聊以自娛。在剛開始的階段裡，他創作了〈小克勞斯與大克勞斯〉、〈拇指姑娘〉、〈人魚公主〉、〈國王的新衣〉、〈醜小鴨〉等。尤其是〈醜小鴨〉可說是來自他的親身經歷，他一直到十七歲才進入學校，不僅比班上同學年長，身材也高大許多，正如故事中到哪裡都不受歡迎的主角醜小鴨。

接下來，他進入中年，人生經歷愈見豐富，筆下的故事漸漸也不只是純粹為了孩子而寫，他也希望能夠影響成年人，因此創作較為貼近現實，這時期最具代表性的是〈賣火柴的小女孩〉、〈影子〉等。而在最後一個階段裡，他的創作幾乎都是貼近現實的作品，幻想成分很少，他寫下的是人生縮影，包括〈柳樹下的夢〉、〈她是個廢物〉等。在〈她是個廢物〉中，母親在天氣寒冷時，仍得在冰冷的河水中洗衣，因為太冷而不得不喝點酒暖暖，這個場景也是出自安徒生年少時母親拚命工作的身影。

安徒生終其一生沉浸故事創作中，無論是幻想童話或是寫實故事，當中的轉折、嘲諷、寓意，在不同人生階段閱讀，都會帶來不同的樂趣。希望這二十六個故事，也能讓你踏上一趟不同以往的安徒生之旅。

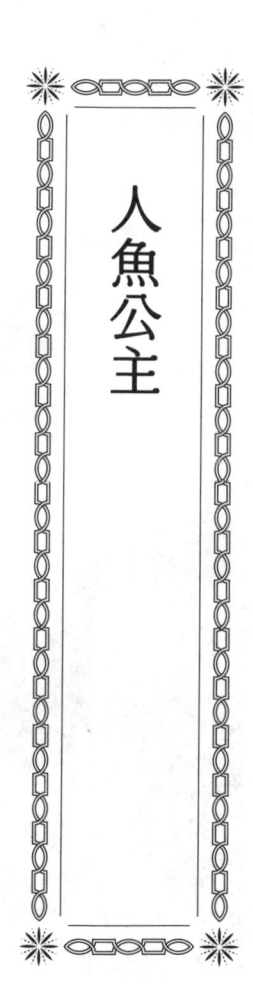

人魚公主

在遙遠的大海上，水色藍如最美的矢車菊，清澈如同最純粹的玻璃。可是非常非常深邃，沒有任何鐵錨探得到底，只有用一個個教堂尖塔層層往上堆疊，才可能從海底往上抵達海面。海中民族就住在那裡。

千萬別以為海底除了光裸的沙子之外，什麼都沒有，其實那裡長著奇特無比的植物和花朵，它們的莖稈與葉子如此柔韌，水中只要稍有動靜，就像活起來似地隨之擺動。所有的魚兒無論大小都在細枝之間悠游，就像陸地上的鳥兒在樹林之間穿梭。海中最深處矗立著海王的城堡：牆壁由珊瑚砌成，高聳的哥德式窗戶是最清澈的琥珀，屋頂由貝殼鋪成，隨著水流開開合

合，看起來賞心悅目，因為每個貝殼裡都含有閃亮的珍珠，拿來鑲在王后的王冠上再適合也不過。

海王喪妻多年，這些年來一直由他的老母親幫忙持家，她是個聰明的女人，但頗以自己的地位為傲，在尾巴上戴了多達十二枚的珍珠貝，而其他的顯貴只准戴六枚。撇開這點不談，她風評極佳，尤其因為她很疼愛自己的孫女，就是小小的海公主。她們是六個漂亮的孩子，但最小的那位最美，肌膚有如玫瑰花瓣一樣光潔細緻，眼眸好似深海一般蔚藍，可是，就跟其他姊妹一樣，她沒有腳，身子的末端是魚尾。

六個小公主成天在城堡裡嬉戲，廳堂的牆上長著真花，琥珀大窗敞開，魚兒會從窗戶游進來找她們，就像我們打開窗戶時，燕子會飛進來找我們一樣，只不過魚兒直接朝公主游去，從她們手中覓食，任由她們撫摸。

城堡外頭有個大花園，那裡長著亮紅色和深藍色的花朵；果實像黃金一樣發亮，花兒好似火焰；它們一直動著莖稈和葉子。地面鋪滿極為細緻的沙子，不過跟硫磺的火焰一樣藍。海裡的一切都罩著一種特殊的藍光：人會誤以為自己在高空裡，上方和四周淨是穹蒼，而不是在深海底部。風平浪靜時，可以看到上面的太陽：太陽看起來好似一朵紫花，光芒從中心往外散射。

每個小公主在花園裡都分到一小塊地，能隨個人喜好在那裡挖地種植。有個小公主把花

圃整理成鯨魚的形狀；另一個小公主認為把花圃弄成小人魚的形狀更好，可是最小的那個公主把花圃弄成圓的，就像太陽，而裡頭栽種的花朵就跟太陽一樣通紅。她是個奇怪的孩子，安靜愛思考；其他的姊妹把從沉船裡拿到的美麗東西展示出來，而她除了紅如太陽的花朵什麼都不要，只擺了一座美麗的大理石像。這個雕像是個迷人的男孩，從潔白的石頭雕出來的，自遇難的船沉入海底。她在這座石像旁種了棵粉紅垂柳；垂柳長得很好，新鮮的枝條懸在石像上，朝著藍色沙地垂去，投下紫藍色陰影，像樹枝本身一樣搖曳不停。樹冠和樹根彷彿一同嬉戲，想親吻彼此似的。

對最小的公主來說，什麼都比不上海上面那個人類世界的故事所帶來的樂趣，總是央求老祖母述說她所知道關於船和城鎮、人和動物的一切。地面的花朵會散放香氣，對她來說這點特別神奇，因為海底的花沒有香氣；地面上的樹木是綠色的，而且樹上的魚兒會發出嘹亮清澈的歌聲，聽了教人心情愉快。祖母稱之為「魚」的東西其實是小鳥，因為如果不這樣說，從未見過小鳥的小公主會聽不懂。

「等妳到了十五歲，」祖母說，「就可以浮上海面，坐在月光灑照的礁石上，看著大船駛過，到時就可以看看森林和城鎮了！」

隔年，最大的姊姊年滿十五歲，不過姊妹的年齡各相差一歲，所以最小的公主還得足足等上五年，才能離開海底到海面上，看看上頭世界的模樣。可是每個姊妹都向其他姊妹承諾說，會把自己頭一次上去的見聞以及自認最美的東西告訴她們，因為祖母提供的訊息不夠多，她們還想知道更多。

關於這些事情，沒人比最小的公主更急著知道，因為她要等待的時間最長，而且總是安靜愛思考。有多少個晚上，她都站在敞開的窗前，透過深藍海水，仰望用鰭和尾拍水的魚兒。她可以看見月亮和星辰，光線幽微，但是透過水，比我們眼裡看起來大得多。有烏雲掠過月亮與星辰的時候，她知道要不是有鯨魚游過她的腦袋上方，不然就是有載了許多乘客的船隻駛過。他們怎麼也想不到下頭有個小美人魚正朝著他們的船底伸長了白皙的雙手。

現在最大的公主滿十五歲，可以到海面上去了。

她回來的時候，有上百件事情可以訴說。不過，她說最美妙的事情就是，在月光中躺在平靜海洋的沙洲上，望向鄰近海岸的大城，城裡的燈火閃閃爍爍，好似上百顆星子；她聽到了音樂、馬車噪音和人聲喧嘩，也看到許多教堂尖塔並聽見鐘響。不過因為她無法登上那些尖塔，她對它們的渴望勝過其他一切。

噢，最小的妹妹聽得多麼專注啊！事後當她站在敞開的窗前，仰望深藍海水時，便想起繁忙吵雜的大城，然後覺得自己彷彿可以聽見教堂鐘響，即使她明明在海洋深處。

隔年，輪到第二個姊姊可以游到海上面去，想游到哪裡都可以隨心所欲。她露出海面時，夕陽正要西下，她說那番景致實在美不勝收。她說整片天空看起來就像金子，至於雲朵呢，她無法用言語描述它們的美。那些雲朵從她頭上飄過，紫色、藍紫色，可是有一群野天鵝飛得比雲朵還快，就像一片長長的白紗，飄越海面，朝著落日飛去。她向野天鵝游去，但太陽沉了下去，海上和雲裡的粉紅色彩也隨之淡去。

隔年，另一個姊姊上去了。她是膽子最大的一個，一路游到了與大海交會的寬闊溪流。她看到了布滿葡萄樹的翠綠山丘，宮殿和城堡從美妙的樹林裡發出閃光；她聽見鳥兒啼唱，陽光如此溫暖，她不得不常常潛回海中，冷卻灼熱的臉龐。她在一個小海灣裡發現一整群小人類，他們裸著身子，嘩啦啦濺著水。她想跟他們一起嬉戲，可是他們一見到她就嚇得落荒而逃。後來有隻黑色小動物跑過來，那是條狗，可是她從沒見過狗，狗兒對她狂吠，嚇得她趕緊溜回開闊的大海。但她永遠不會忘記壯觀的樹林、青翠的山丘、美麗的孩童，他們雖然沒有魚尾，但可以在水中游泳。

第四個姊姊膽子沒那麼大：她留在大海中央，但她說那裡也很美，可以放眼眺望方圓好幾英里，頭頂上的天空好似一只玻璃罩鐘。她看過船，但離得很遠——船隻看起來有如海鷗。調皮的海豚翻著觔斗，大鯨魚從鼻孔噴出水來，四面八方彷彿有幾百座噴泉。

現在輪到第五個姊姊了。她的生日落在冬天，所以看到了其他姊妹頭一次浮上海面時沒見過的景象。海洋看起來一片碧綠，大冰山在四周漂游；她說，每座冰山都像一顆珍珠，卻比人類打造出來的教堂尖塔還高許多。冰山奇形怪狀，如鑽石一般發光。她坐上最大的一座冰山，任由風跟她的長髮嬉戲，她注意到所有的船都急忙駛過，盡量遠遠避開冰山。可是到了晚上，天空烏雲密布，雷聲轟隆、電光閃爍，黑色海浪將冰山抬得老高，冰山在紅色強光中發亮。所有的船隻都收起了帆，陷入恐懼和驚慌。但她只是靜靜坐在浮動的冰山上，旁觀分叉的藍色雷電閃入海中。

每個姊妹頭一次獲准到海面上去的時候，都為了新穎美麗的景象雀躍不已，但是身為已經足歲的大女孩，不管想去哪裡都可以，於是不再覺得那麼新奇，最後往往還是想回到水裡；一個月之後，她們都說還是海底最好，因為在家裡覺得最自在。

有許多個晚上，五姊妹會手勾手，排成一排游到海面上。她們擁有美妙的歌喉，比任何凡人的嗓音都還迷人。當風雨逼近時，她們如果察覺哪艘船凶多吉少，就會游到那艘船前面，高唱美妙的歌曲，告訴船員海底多麼美麗，勸告水手沉下去也無須恐懼。但水手們聽不懂她們在唱什麼，以為是風雨的嘆息。他們無緣見識海底的壯麗，因為只要船一沉，他們就會溺斃，來到海王的宮殿時已成屍骸。

當姊妹們在晚上手挽手穿過海水，浮上海面，最小的妹妹只能獨自在海底目送她們遠去；她覺得自己彷彿要大哭一場，但美人魚是流不出眼淚的，因此讓她更加難受。

「噢，要是我十五歲就好了！」她說，「我知道我會很愛上頭的世界，很愛生活在那裡以及住在那裡的人。」

她終於十五歲了。

「好了，妳長大了，」祖母老王太后說，「來吧，我幫妳打扮一下，像幫妳姊姊們那樣。」老祖母在小公主的髮梢放上白百合花環，但是每片花瓣都是半個珍珠，並且將八枚大珍珠貝貼附在小公主的尾巴上，象徵她的高貴地位。

「可是這樣好痛！」小人魚說。

「唔，要面子就得吃苦頭。」祖母說。

噢，她多麼想把象徵地位的東西全都甩開，多麼想摘下沉重的花環！她花園裡的紅花更適合她，可是她不能作主。「再見嘍！」她說完便穿過海水往上游，像水泡一樣輕盈清澈。

她將腦袋探出水面時，太陽才剛下山，但是雲彩還透著玫瑰和黃金的光彩。淡紅色的天空裡，美麗的暮星閃閃發亮。空氣溫和清新，風平浪靜。有一艘三根桅杆的大船，只掛起一張帆，一絲微風也沒有，水手們閒坐在索具之間與帆桁上頭。這裡有音樂，也有歌聲。隨著天色暗下，幾百盞彩燈漸次點亮，恍如在空中飄揚的萬國旗。小人魚直接游向舷窗，窗子如水晶一般透明，可以看見眾多盛裝打扮的人站在裡頭，可是當中最俊美的是一雙烏黑大眼的年輕王子，他肯定不超過十六歲，大家正在替他慶生。水手們在甲板上跳舞，年輕王子走到外頭來的時候，有上百發煙火竄上空中，將天空照得亮如白晝，小人魚嚇得趕緊潛入水下，但不久又探出頭來，彷彿滿天的星辰都朝她落下。她從沒見過這樣的焰火。輪轉煙火像幾顆大太陽一樣朝四面八方咻咻噴火，絢爛的火焰如魚一般竄入藍色天空，明淨的海面映出了這一切，整艘船被照得燦亮無比，可以看清每條繩子，人們的模樣變得更為鮮明。噢，年輕王子多麼俊俏啊！他輪流跟在場的人們握手，露出笑容。音樂響徹絢爛的黑夜。

夜深了，但小人魚遲遲無法將目光從那艘船跟美麗的王子身上移開。彩色燈籠熄滅，不再有煙火飛向天空，禮炮也停止發射，但是海底深處傳來喃喃嗡嗡聲，她留在海面上浮浮沉沉，可以看見舷窗裡的景象。大船往前行駛，拉起一張張船帆。此時波濤洶湧起來，大片烏雲現身，遠處閃出電光。噢！天氣即將大壞，水手們趕緊收起船帆。大船在怒海中疾駛，顛簸起伏，海浪像巍峨的黑山一樣升起，彷彿就要蓋過桅頂，船像天鵝一般投入大浪之間，然後再次乘著高漲的浪頭出現。對這個小人魚來說很有趣，但對水手來講卻完全不是如此，船身發出哀鳴，嘎吱作響，粗厚的木板在海濤的衝擊之下彎折，主桅像細瘦的蘆葦攔腰折斷。船身傾向一側，海水湧入船艙。這時小人魚才明白船上的人身陷險境，她自己也得小心避開船隻四散的梁木和碎塊。有一刻烏漆麻黑，什麼也看不見，但是下一刻有道閃電亮得照出了船上的每個人。她仔細尋找年輕王子的蹤跡，大船四分五裂的時候，她看到他墜入海裡。她起初很開心，因為現在他可以來到她身邊，但是轉念又想起，人類無法在水裡生活，等他到了她父親的宮殿，早已失去性命。不，不能讓他死去，於是她在散落海面的船梁和木板之間穿梭，都忘了自己可能會被撞得粉碎。她深深潛進水裡，又隨著海浪高高升起，最後來到了王子身邊。他在風雨夾擊的海中幾乎無力游下去，四肢開始不聽使喚，美麗的雙眼閉了起來。要不是小人魚出手搭救，他肯定命葬海中。她將他的腦袋托在水面上，任憑海浪帶著他們兩人隨處漂流。

早晨來臨，暴風雨已經停息。大船的碎片全都不見蹤影。太陽從海面上升起，通紅明亮，陽光彷彿將生命的色彩帶回了王子的臉頰，但他依然雙眼緊閉。小人魚吻吻他高挺白皙的額頭，將他的濕髮向後撥開。她覺得他就像她小花園裡的那尊大理石像，她再三吻著他，盼望他能活下來。

這時眼前出現了乾燥的陸地，藍色高山山巔上的白雪閃閃發亮，像有天鵝在那兒棲息。海岸附近有一片美麗的翠綠森林，有一棟建築矗立在那裡，她看不出是教堂或修道院。那棟建築的花園裡長著橙樹和檸檬樹，高大的棕櫚樹在大門前搖曳。海在這裡形成了一個小海灣，平靜無波但深不見底，好些白色細沙被沖刷到岩崖下。她托著王子朝那裡游去，將他放在沙灘上，特別小心地抬高他的腦袋，讓他沐浴在暖陽中。

這時，那棟白色大建築響起了鐘聲，許多年輕女孩穿過花園款款走來。小人魚往海裡游去，躲進露出水面的兩個大礁石之間，將海沫抹在自己的頭髮和頸子上，免得讓人看到她的小臉，然後她看著誰會來到可憐王子的身邊。

不久，有個年輕女孩走過來，起初似乎很吃驚，但也就那麼一瞬間，不久便帶了更多人手過來。小人魚看到王子甦醒過來，對著四周的人微笑，但並未對小人魚微笑，因為他壓根兒不知道是小人魚救了他。她非常悲傷，當他被帶往那棟大建築時，她憂愁地潛入水下，回到父親的宮殿。

她一向溫柔憂鬱，可是現在更是如此。姊姊們問她頭一次到海面上看到了什麼，但她什麼都不肯說。

許多個日夜她都會游回當初留下王子的地方。她看到花園裡的果子日漸成熟，然後有人採收；她眼見高山上的雪融化，但就是沒看到王子，所以她回家總是一次比一次憂傷。而她唯一的安慰就是坐在自己的小花園裡，摟著那個肖似王子的美麗大理石像，但她不再悉心照料自己種的花，任由它們在小徑上蔓生竄長，長長的葉子和莖稈攀到樹木的枝椏上，使得花園陰暗起來。

最後她再也承受不住，一股腦兒向一個姊姊把心事都說出來，接著其他姊姊也輾轉聽說了，可是除了這幾位公主跟另外幾個人魚之外，沒人知道，而她們只會把這個祕密告訴幾個密友。這些朋友裡有一位知道那位王子是誰，因為那天她也看到了船上的慶生會，於是告訴公主們他來自哪裡，他的王國又在何方。

「來吧，小妹！」其他幾位公主說，手勾手，排成一長排游上海面，就在王子宮殿所在的地方。

這座宮殿用某種亮黃色岩石砌成，有宏偉的大理石階梯，其中一座階梯直接通向大海。屋頂上是華麗的鍍金圓頂，圍繞宮殿的柱子之間站著栩栩如生的大理石像。透過高窗的透明玻璃，可以看到輝煌的廳堂，那裡掛著貴重的絲簾和織毯，所有的牆面都妝點著美妙的畫作，看了令人心曠神怡。最大的那座廳堂中央有個大噴泉嘩啦啦濺著水，水柱高高噴向天花板的玻

璃圓頂，陽光穿透圓頂往下照在水面以及水池裡的可愛植物上。

如今她知道王子住在哪裡，許多個傍晚和夜裡她就在附近的水域度過。她朝岸邊游得很近，其他人魚都不敢如此。事實上，她還沿著窄小的運河一路游過華麗的大理石陽台下方，陽台在水面上投下廣闊的暗影。她在這裡坐著看年輕王子，而他以為在明朗的月光中只有他一個人。

許多個晚上，她都看到他乘著昂貴大船出遊，音樂飄揚，旗幟翻飛。她透過綠色蘆葦往上窺看，風撩起她銀白色的面紗，凡是看到的人都會誤以為是展開翅膀的白天鵝。

好多個夜裡，漁夫舉著火把出海捕魚時，她聽到他們說了不少稱讚年輕王子的話，她很高興，因為王子在瘋狂的大浪中翻騰瀕死之際，是她救了他一命。她想起他的腦袋安靜地靠在她的胸口，而她當時多麼熱情地吻了他，但他對這些事情卻毫不知情，甚至不知道有她的存在。

她對人類的愛日漸增長，越來越渴望能在人類之間活動，人類的世界似乎比她的世界遼闊許多。因為人類可以乘船飛渡大海，能夠登上比雲還高的山峰，而人類擁有的土地、樹林和田野，無邊無際，她看也看不到盡頭。有那麼多事情她都想知道，可是姊姊們無法回答她所有的問題，於是她去找老祖母，這位年長的女士知道上頭的世界，她正確地將這裡稱作「大海上方的國度」。

「如果人類沒溺死，」小人魚問，「能夠永遠活下去嗎？他們不會像我們海中民族一樣死去嗎？」

「會的，」老女士回答，「他們也會死，壽命甚至比我們更短。我們有時可以活到三百歲，不過當我們生命終結的時候，會化為海面上的泡沫，甚至連一座墳墓也不會留給心愛的人。我們沒有不滅的靈魂，永遠不會有來生；我們就像綠色海草，一旦割下，就永遠不會再生。人類恰恰相反，他們的靈魂永遠不滅，軀殼化成塵土之後，靈魂也會活下去，會升向清澈的天空，升向閃亮的星辰！就像我們浮出海面，看到大地上所有的國度，他們會升向未知的輝煌地方，那個我們永遠看不到的地方。」

「我們為什麼沒有不滅的靈魂？」小人魚憂愁地問，「我寧可拿幾百年的壽命，來換做一天的人，然後在死後加入天堂的國度。」

「妳千萬不能那樣想，」老女士回答，「說真的，我們比人類快樂幸福多了。」

「可是這樣我以後就會死去，化為海上的泡沫，聽不見海濤的樂聲，也見不到美麗的花朵和豔紅的太陽。我難道不能做什麼來贏得不滅的靈魂嗎？」

「不行！」祖母回答，「除非有男人愛上妳，而他重視妳的程度勝過對他的父母，如果他滿腦子都是你，全心全意愛著妳，讓牧師將他的右手交到妳的手中，承諾從現在起到永遠都會對妳忠心不二，那麼他的靈魂就會注入妳的身體，妳就會得到一點人類的幸福。他雖然把靈魂給了妳，但依然保有自己的靈魂。可是那種事情永遠不會發生。因為在海中世界視為美麗象徵魚尾，陸地上的人類卻覺得醜陋。他們不懂何謂美醜，以為非得要有兩條笨拙的支撐物，也就是他們稱作『腿』的東西，才算是美麗。」

小人魚嘆口氣，哀愁地看著自己的魚尾。

「我們應該高興才對！」老女士說，「可以享有三百年的壽命，這時間夠長的了，我們該要歡欣鼓舞，之後我們更能好好休息。今天晚上宮廷就要舉行舞會了。」

舞會的場面富麗無比，是地上從未見識過的。大舞廳的牆面和天花板由厚厚的透明玻璃砌成。好幾百個大貝殼，有粉紅有翠綠，在兩側排成好幾排；貝殼裡裝滿藍色火焰，照亮整個廳堂，光線穿過透明牆壁，映亮外頭的海水。可以看到無數的魚兒，有大有小，紛紛朝著玻璃牆游來。有些魚兒的鱗片閃著紫光，有的魚兒發出銀光和金光。有條寬闊的溪流穿過廳堂中央。男人魚和女人魚隨著自己的迷人歌聲起舞。地上的人類無法擁有如此美麗的嗓子。但這個小人魚的歌聲最為甜美，整個宮廷聽了都用手和尾巴熱烈鼓掌，小人魚心裡一時歡喜，因為她知道自己擁有海裡或地上最美的歌聲。可是不久她又想到了上頭的世界，她忘不了迷人的王子，也忘不了自己因為沒有人類那種不滅靈魂而感到的憂愁，於是悄悄離開父親的宮殿，宮殿裡歡欣鼓舞的時候，她憂鬱地坐在自己的小花園裡。接著她聽見水中傳來號角聲，心想：「現在他搭船路過上面，我的希望都寄託在他身上，我想把自己一生的幸福都交到他手裡，我要用一切作為賭注，我要贏得他和不滅的靈魂。姊姊們正在父親的宮殿裡跳舞，我要趁這個時候去找海巫婆，我一直好怕她，也許她可以給我指點並且幫忙我。」

小人魚離開花園，進入冒泡的漩渦，女巫就住在漩渦後頭。她以往不曾朝那個方向走過，那裡沒有花朵也沒有海草，只有光禿禿的灰沙朝著漩渦延伸，那裡的水流就像隆隆作響的水車輪子快速翻滾，只要揪住什麼，就會往下拖進海底深處。她必須鑽過這些湍急的漩渦，才能抵達巫婆的住所。路程不短，僅有一條滿是溫熱泥濘的路可通，巫婆把這裡叫做「沼地」。她的房子就在後頭一個古怪的森林中央，所有的樹木和灌木都是半動物半植物的珊瑚蟲，恍如有一百顆腦袋的蛇，從土裡長出來。所有的枝椏都是黏黏的修長手臂，手指就像靈活的蟲子，它們從根部到頂端，一節節地擺動不停。只要海裡有什麼可抓，它們絕不錯過，牢牢揪住不放手。小人魚害怕地在它們前面愣住不動，因為恐懼而心跳加速，差點就要回頭。可是接著她想起王子和人類的靈魂，於是重新鼓起勇氣。她將飛揚的長髮緊緊盤在頭上，免得被揪住，然後雙手緊貼胸口，像條魚在水裡竄游一樣，埋頭衝過醜陋的珊瑚蟲，它們朝她背後伸展靈活的手臂和手指。她看到它們各自握著什麼，是用好幾百條小手臂抓住的東西，好似強大的鐵環：喪生海中沉至深海的人類白骨，船槳和儲物木箱也被它們牢牢抓住，還有陸上動物的骨骸，以及被它們逮到並勒斃的一條小人魚——這對小公主來說最為怵目驚心。

現在她來到樹林裡那片大沼澤地，肥大的水蛇在那裡翻滾，露出醜陋的奶油色身體。沼澤中央有棟房子，是用船難喪生的人類枯骨搭成，海巫婆正坐在那裡用嘴親餵一隻蟾蜍吃東西，就像人用方糖餵金絲雀幼鳥那樣。海巫婆把醜陋的水蛇叫

做自己的「小雞」，任牠們在她身上爬來爬去。

「我知道妳想要什麼，」海巫婆說，「妳真傻，不過我會實現妳的心願，而這終究會為妳帶來不幸，我漂亮的小公主。妳想要除掉魚尾，改成兩根支柱，就像地上人類用來走路的東西，好讓年輕王子愛上你，而妳就可以換得不滅的靈魂。」語畢，巫婆惹人厭地放聲大笑，蟾蜍和水蛇都滾到了地上，在那裡爬來爬去。「妳來得正是時候，」巫婆說，「明天日出之後，我就要再等一年才能幫妳忙。我會替妳準備一帖藥，妳要趕在明天日出前，帶著它游到陸地，坐在那裡喝下去，然後妳的尾巴就會萎縮，變成陸地人類稱作『腿』的東西，可是妳會陷入一陣劇痛，就像被利劍刺中。而看到妳的人會說，妳是他們見過最美的人兒，但是妳每走一步，就像踩在利刃上，足以讓妳的雙腳流血。如果這些事情妳都能忍受，我就幫妳。」

「好！」小人魚抖著聲音說，她滿腦子都是王子和不滅的靈魂。

「可是要記得，」巫婆說，「等妳變成人形，永遠沒辦法再變回人魚，再也無法穿過大海回到姊姊身邊或父親的宮殿，如果妳沒贏得王子的愛，讓他因為妳而忘卻自己的父母，跟妳的心與靈魂緊緊相繫，並且請牧師讓你們結為連理，妳就得不到不滅的靈魂。他跟別人成親之後的頭一個早晨，妳的心就會碎裂，而妳就會化為海上的泡沫。」

「我願意。」小人魚說，但是臉龐蒼白如紙。

「可是妳要拿東西來換，」巫婆說，「我要的可不是什麼無足輕重的東西，妳有海底這裡最美妙的聲音，妳想用聲音來迷住他，可是妳必須把聲音交給我。妳要拿身上最棒的東西來換我貴重的藥劑！藥裡頭一定要摻我的鮮血，這樣那份藥劑才會跟雙刃刀一樣銳利。」

「可是如果妳拿走我的聲音，」小人魚說，「我還剩下什麼？」

「剩下妳美麗的形體，」巫婆回答，「妳優雅的步伐，還有表情豐富的眼睛：妳可以用雙眼擄獲人類的心。怎麼，失去勇氣了嗎？伸出妳的小舌頭，我要割下它作為代價，然後妳就可以拿到那份強大的藥劑。」

「好吧。」小人魚說。

於是巫婆把鍋子放到火上，準備熬煮那帖魔藥。

「整潔是件好事，」她說著便把那些蛇綁成結，用來洗刷鍋子。然後往自己的胸口割了一道，讓自己的黑血滴入鍋內。冉冉蒸騰的熱氣形狀古怪，足以嚇壞旁觀的人。巫婆不時往鍋裡丟東西；鍋子徹底煮沸的時候，響起鱷魚哭泣的聲音。最後，那帖魔藥準備好了，看起來就像純淨的水。

「好了。」巫婆說。

接著她割下小人魚的舌頭。現在小公主啞了，再也無法唱歌或說話。

她可以看到父親的宮殿。大廳的火把已經熄滅，宮殿裡的人魚一定都睡了，可是她不敢回到他們身邊，因為她現在啞了，而且準備永遠拋下他們。她覺得自己哀傷得心快裂開。她悄悄走進花園，從每個姊姊的花圃上各摘一朵花，朝著宮殿送出一千個飛吻，然後穿越深藍海水游向海面。

她看到王子的宮殿，登上華麗的大理石階時，太陽仍未升起。月光清朗美麗。小人魚喝下燙熱刺口的藥劑，感覺像是一把雙刃劍貫穿了她纖細的身子。她暈倒在地，彷彿死了般地躺著。太陽撫照海面的時候，她甦醒過來，頓時感到一陣劇痛，英俊的年輕王子正站在她眼前，烏黑的眼眸緊盯著她，看得她不禁垂下目光。這時她才意識到自己的尾巴已經消失不見。她有了小姑娘夢寐以求白皙的美麗雙腳，但是身上一絲不掛，於是連忙用長髮裹住自己。王子問她怎麼會來到這裡，她用深藍眼眸看著他，溫和但憂傷，因為她無法說話。接著他執起她的手，領著她走進城堡。她每踩一步，有如女巫告訴她的，彷彿踩在尖針和刀子上，可是她欣喜地吞忍下來。她倚著王子的右手往前行，輕盈如肥皂泡泡，而他就像其他人一樣，因為她優雅搖曳的步態而驚嘆不已。

她現在得到了絲綢和細紗製成的華美服飾。在城堡裡，她是最美麗的一個，可是她是啞的，無法唱歌或說話。漂亮的女奴們穿著絲綢和金飾，走上前來，在王子和國王王后面前歌唱，其

W HEATH ROBINSON

中一位比其他人都唱得動聽，王子鼓掌對她微笑。小人魚傷心起來，她知道自己的歌聲甜美多了，她暗想：

「噢！為了跟他在一起，我永遠捨棄了自己的聲音，如果他知道這件事就好了。」

現在女奴們隨著美妙的音樂起舞，這時小人魚舉起美麗白皙的雙手，踮起腳尖滑越舞池，舞姿前所未見。每個動作都凸顯了她的美，而她的雙眼比起女奴們的歌聲，更能觸動人心。眾人心花怒放，尤其是王子，他稱她為他的小棄兒，她一次次舞動著，雖然她的腳每次碰到地面，都覺得彷彿踩在利刃上。王子說她永遠都應該留在他身邊，而她也獲准睡在他房門前的天鵝絨墊上。

他差人替她做了件侍童服裝，這樣就能陪他騎馬出遊。他們一起策馬穿越繁花怒放的樹林，綠色樹枝掃過他們的肩頭，小鳥在新鮮的樹葉間歌唱。她跟王子登上高山山巔，雖然她嬌嫩的雙腳都流血了，其他人也看到了，但她不當一回事，繼續跟著他走，直到看見雲彩在他們下方，好似飛向遠方土地的群鳥。

在王子的宮殿，夜裡其他人就寢的時候，她就會走到屋外寬闊的大理石階上，因為冰涼海水可以舒緩她的灼熱雙腳，她不禁想起海底深處的親愛家人。

某天夜裡，姊姊們手挽手來到海面上，在海上漂浮，一面傷心地唱著歌。她朝她們揮手，她們認出她並告訴她，大家為了她有多麼悲傷。接著她每晚都去看她們，有一回遠遠還看到了她的老祖母，而老祖母多年不曾上海面來。連頭戴金冠的海王也來了。老祖母和海王朝她伸出雙手，可是不敢像她姊姊們游得離陸地這麼近。

一天天過去，王子對小人魚越來越有好感，對她的愛就像人對親愛甜美的小孩，但從沒想到要娶她為妻，可是她非得成為他的妻子不可，要不然不僅得不到不滅的靈魂，還會在他結婚的隔天早晨化為海上的泡沫。

「你對我的愛，勝過對其他人嗎？」小人魚的眼神似乎這麼說，當時王子將她摟在懷裡，親吻她美麗的額頭。

「是，對我來說，妳比其他人都寶貴，」王子說，「因為妳擁有最善良的心，對我最忠心，而且很像我遇過的一個年輕女孩，可是我再也找不到她了。我的船遇難以後，海浪把我拋上岸，就在一座神廟附近，那裡有好幾個年輕女孩在參加儀式。年紀最小的那個在岸邊發現我，救了我一命。我只看過她兩次：全世界我只能愛她一個，可是妳跟她好像，幾乎把她的身影從我心中趕出去了。她屬於那座神廟。運氣將妳送到我身邊，我們永遠不會分離！」

「啊！他不知道救了他一命的是我，」小人魚想，「我辛辛苦苦帶他穿越海洋，到那座樹林裡的神廟附近，在海沫裡等人過來幫忙。我也看到那位美麗姑娘了，他對她的愛竟然勝過我。」人魚深深嘆息，因為她不知道該怎麼流淚。「他說那個姑娘屬於那座神廟，說她永遠不會回到俗世。他們兩人無緣再見，而我會待在他身邊，天天都能見到他。我會照顧他、愛他，把生命獻給他。」

但是事隔不久就聽說王子要結婚了，對象是鄰國國王的美麗女兒，那就是為什麼他們正在準備一艘美麗的船。大家說，王子表面上要去鄰國國王的領土拜訪，但其實是為了見見國王的女兒。有大批隨從會跟他同行。小人魚搖搖頭，漾起笑容，她比其他人都懂得王子的心思。

「我一定要走這麼一趟，」他對小人魚說過，「我一定要見見那位美麗的公主，這是我父母的意思，可是他們並不想勉強我帶她回家當新娘。我沒辦法愛她，她不像神廟那位美麗的姑娘，就是跟妳很相像的那位。如果我非得選一個新娘，我寧可選妳，我親愛的、眼睛會說話的啞巴棄兒。」

他吻吻她的紅唇，把玩她的長髮，然後將腦袋靠上她的心口，於是她開始夢想自己將會得到人類的幸福與不滅的靈魂。

「我的啞巴孩子，妳難道不怕海嗎？」王子說，他們正站在即將載他前往鄰國的那艘華美大船上。他跟她說起風雨肆虐和海面平靜的時刻，說起海洋深處的奇特魚類，還有潛水夫在海底見過的情景。她微笑傾聽他說的故事，因為她比任何人都熟知海底發生的一切。

月亮撫照的夜晚，所有人都已入睡，只有站在船舵旁邊的舵手。她獨自站在船欄邊，往下凝望清澈的海水。她幻想自己看到了父親的宮殿。而她的老祖母頭戴銀冠，站在高高的城垛上，視線望穿滔滔浪水，往上眺望這艘船的船底。接著姊姊們越過水面前來，一臉悲愁地望著她，絞著白皙的雙手。她向她們招手微笑，很想告訴她們她安好幸福，可是船上侍者朝她走來，姊姊們只好趕緊潛回水裡，侍者以為自己剛剛看到的白色東西是海面上的泡沫。

隔天早上，船駛進了鄰國國王輝煌大城的海港。所有的教堂敲響了鐘聲，高塔上吹起號角，士兵們立定在原地，舉起飄揚的旗幟和閃亮的刺刀。每天都排滿了慶祝活動；舞會和娛樂活動接連上場，可是公主遲遲還未露臉，大家都說她在遠方的一座神廟受教育，在那裡學習各項皇家美德。最後她終於抵達了。

小人魚急著一窺公主的美貌，她不得不承認公主確實比她看過的任何人都美。公主的肌膚白淨無瑕，深色睫毛後面有雙深藍眼眸，眼神含笑、流露忠誠。

「我躺在海岸上奄奄一息的時候，是妳救了我！」王子說，一把將臉色羞紅的新娘摟進懷裡。「噢，我太高興了！」他對小人魚喊道，「我心底最深的願望實現了！妳會為我得到幸福而開心吧，因為所有的人裡面，就屬妳最愛我！」

小人魚吻吻他的手，覺得自己的心就要碎裂，因為他婚禮隔天就是她的死期，她將會化為海裡的水沫。

教堂的鐘聲齊響，報信人騎著馬在街道上穿梭，宣布王室訂婚的喜訊。每個神壇前都用精美的銀燈點著香油。神父搖著香爐，新娘和新郎手牽手，接受主教的祝福。小人魚穿著一身金衣，捧著公主的拖襬，可是對歡慶的音樂充耳不聞，對神聖的儀式視而不見。她滿腦子只有自己在人間的最後一夜，想著她在世上所失去的一切。

新娘與新郎當晚登上那艘船，禮炮轟隆作響，所有的旗幟飛揚，船的中央搭起了金紫兩色的華貴帳棚，棚裡鋪著美麗的靠墊，在涼爽寧靜的夜裡，新婚夫婦即將在那裡就寢。

風吹漲了船帆，船平順輕盈地滑過清澈的大海。天色轉暗的時候，彩燈紛紛燃起，水手們在甲板上歡快地跳舞。小人魚回想自己頭一次冒出水面時，也看過這類輝煌歡樂的場景。她加入了迴旋的舞蹈，動作輕盈，好似燕子躲避追兵。她的舞姿如此曼妙，四周的人歡呼喝采。她嬌嫩的雙腳有如刀割，但她感覺不到，因為她的心所受的傷，遠比雙腳還要疼痛。當初她為了王子拋下家人和她的家、放棄自己的聲音。她知道這是她能見到王子的最後一晚，而他對這一切毫無所悉。這是她能跟他呼吸同樣空氣、仰望星夜與深海的最末一夜。沒有思緒或夢境的永恆黑夜正在等她，因為她沒有靈魂，也掙不到靈魂。船上一片歡欣鼓舞，她心中懷著死亡的思緒繼續歡笑舞蹈，直到過了午夜。王子親吻他美麗的新娘，而她把玩他烏黑的頭髮，兩人手挽手一起步入華麗的帳棚裡歇息。

這時船上安靜下來，只有掌舵人站在船舵旁邊，小人魚將白皙的手臂靠在船邊，望向東邊尋覓曙光。她很清楚，清晨第一道陽光即將奪走她的性命。接著她看到姊姊們從浪濤中浮現，臉色跟她一樣慘白，不再有美麗的長髮在風中飄揚，全都剪掉了。

「為了幫妳，我們把頭髮都送給巫婆了，這樣妳今晚就不會死。她給了我們一把刀，就在這裡。看！多麼銳利！在太陽升起以前，妳一定要把刀刺進王子的心臟，溫暖的鮮血滴在妳雙腳上的時候，妳的雙腳就會再次合起，變回魚尾。妳就會重新成為人魚，回到我們身邊，在妳死去化為海中泡沫以前，還有三百年的人生可過。動作快！日出以前，不是他死就是妳死！我們的老祖母好悲傷，白髮都掉光了，我們也在巫婆的剪刀下失去了頭髮。殺了王子然後回家來！動作快！看到天空那道紅彩了嗎？再過幾分鐘，太陽就會升起，到時妳就必死無疑了！」

她們憂傷地嘆了口氣，消失在海濤之下。

小人魚掀開帳棚的紫色簾幔，看到美麗的新娘將頭枕在王子的胸前。小人魚彎下身吻吻王子的眉梢，然後仰望天空，清晨的紅彩越來越亮，接著她看著那把銳利的刀，目光再次集中在王子身上。他在睡夢中喃喃念著公主的名字，心心念念只有公主。刀在小人魚的手裡抖晃著，接著她將刀子遠遠拋進海浪裡，刀子落下的地方，海浪霎時一片通紅，彷彿有鮮血一滴滴從水裡汩汩湧出。她用黯淡下來的雙眼向王子投出最後一瞥，然後從船上跳進大海，感覺自己的形體正逐漸化為泡沫。

此時，太陽從海中升起。陽光溫暖地照在冰冷的海沫上。小人魚感覺不到自己的消亡。她看到明亮的太陽，意識到有幾百個可愛的透明生物正在她上方徘徊。透過它們，她可以看見白色船帆和天空中的玫瑰色雲霞，它們的語言是旋律，可是如此空靈，人類聽不見，人眼也看不到它們的形體。它們沒有翅膀卻能穿越天空。小人魚發現自己也有了這樣飄忽的形體，正逐漸從泡沫裡往上升起。

「我在哪裡？」她問，聲音聽起來就像那些存在體，如此空靈，人間俗世的音樂無可比擬。

「跟空氣的女兒們在一起，」它們回答，「人魚沒有不滅的靈魂，永遠也得不到，除非她贏得凡人的愛。她必須仰賴其他人的力量，才能獲得永恆的存在。空氣的女兒雖然也沒有不滅的靈魂，可是能夠透過善舉，讓自己化為不朽。我們可以飛往熱帶國度，那裡的酷熱空氣會傳染疾病並奪走人命，我們將涼風帶往那裡，在空氣中散播花香，帶來緩解和療癒。三百年間，我們盡心投入能力所及的一切善行，最後就會得到不滅的靈魂，就能享有人類那種永恆的幸福。妳這個可憐的小人魚，曾經全心全意為了那個目標而奮鬥，吃盡苦頭，承受許多，妳已經讓自己提升到空氣精靈的世界。透過善行，三百年過後妳就能得到永恆的靈魂。」

小人魚朝著上帝的太陽伸出透明的手臂，頭一次感覺到雙眼湧上淚水。船上再次有了活力和噪音。她看到王子和新娘正在尋找她，接著他們悲傷地望著珍珠般的海沫，彷彿知道她投身到海浪中。隱去形體的她，吻了吻公主的額頭，對著王子微微一笑，然後隨著其他的空氣孩子一同升入飄越天際的粉紅雲彩。

「三百年後，我們就會像這樣飄進天國。」

「也許我們可以更早進入天堂，」有個同伴輕聲說，「人類看不見我們，我們可以悄悄飄進有孩子的家庭。每天只要我們找到一個好孩子，這樣的孩子能為父母帶來歡喜，值得父母的愛，上帝就會縮短我們的試煉期。孩子們永遠不知道我們何時會飛進他們房間；看到這個孩子的時候，如果我們綻放喜悅的笑容，三百年就會減去一年。可是如果惡劣或頑皮的孩子讓我們流下憂傷的淚水，我們每掉一滴淚，試煉期就會多添一天。」

豌豆公主

從前有個王子，他想娶個公主進門，而且要是貨真價實的公主。為了找到這樣的人，他周遊世界各地，但不管到哪裡，事情總是不順利。公主有不少，但他要怎樣才知道她們是真是假？她們全都有點不大對勁的地方。於是他又回家來，鬱鬱寡歡，因為他一心想跟真正的公主結婚。

有天晚上起了場可怕的風雨，雷電交加、雨勢滂沱，嚇人極了！這時突然傳來敲響城門的聲音，老國王前去應門。

站在外頭的正是個公主，她站在風雨裡的模樣狼狽透頂。水從她的頭髮往下淌過衣服，流進鞋子，再從腳跟那裡溢出來。可是她堅稱自己是真正的公主。

「我們很快就會查個清楚。」老王后暗地想著，她什麼也沒說，直接走進寢室，撥開寢具，在底下放了顆豌豆。然後搬了二十張床墊，疊在那顆豌豆上頭，再拿二十張鴨絨床罩，層層堆在床墊上。公主要在頂端睡一整夜。

到了早上他們問她：「睡得好嗎？」

「噢！」公主說，「不好，我幾乎沒睡呢。天曉得床裡頭有什麼東西。我躺在什麼硬邦邦的東西上頭，害得身上青一塊紫一塊。實在太可怕了。」

既然她透過二十張床墊和二十張絨毛床罩，她都還感覺得到那顆豌豆，他們明白她是個不折不扣的公主，毫無疑問。於是王子趕緊娶她進門，因為他知道自己終於找到了真正的公主。

至於那顆豌豆，他們把它展示在博物館裡。除非給人偷走了，要不然到現在都還看得到。

喏，這可是個真實故事喔。

國王的新衣

好久好久以前，有個國王愛極了新衣服，他把所有的錢財都投注在裝扮上。他一點都不在乎他的士兵，對看戲毫無興趣，也對搭馬車出巡興致缺缺，除非要出門炫耀他的新衣裝。每天，他每隔一個鐘頭就要換一次上衣，人們一般提到統治者的時候都會說「國王上朝問政」，在這裡大家卻總是說「國王上更衣間」。

在他居住的那座大城裡，生活總是相當歡樂，天天都有不少陌生人絡繹不絕地進城來。有一天來了兩個騙徒。他們散播消息，說自己是織工，說自己能織出超乎想像的絕妙布料。布料的色彩和花樣不僅美麗非常，用這種布做出來的衣裳還有個神奇的特點：凡是不稱職或是異常

愚蠢的人，都看不見。

「這種衣服恰恰適合我，」國王想，「如果我穿了這種衣服，就可以查出王朝裡有誰不稱職，也能分辨誰有智慧誰愚蠢。對，我一定要馬上找他們來替我織點這種布。」於是他付了一大筆錢給這兩個騙徒，要他們立刻開工。

他們架起兩台織布機，佯裝在織布，不過織布機上空無一物。當初向宮廷要來的精緻絲線和最純的金線，全都收進了自己的行李袋。他們在空蕩蕩的織布機上假裝埋頭工作，一直到深夜。

「我想知道那匹布織工織到什麼程度了。」國王想，可是一想到不稱職的人見不到那種布料，就覺得有點不自在。他不是懷疑自己，只是寧可先派別人去查查進度。全城的人都知道這種布料的特異力量，大家都迫不及待想知道鄰居有多笨。

「我要派老實的老大臣去找織工，」國王決定，「那塊布料看起來如何，聽他說準沒錯，因為他是個明理的人，沒人比他更盡責。」

於是老實的大臣就到兩個騙徒的工作間去，他們正坐在空空如也的織布機前面忙碌著。

「我的老天，」他瞪大雙眼暗想，「我什麼也看不見。」可是他沒說出口。

兩個騙徒請他靠近一點，看看那超凡的花樣和美麗的色彩是否合他的意。他們指著空無一

物的織布機，可憐的老大臣卯足全力盯著，他什麼也看不見，因為根本沒東西可看。「天可憐見，」他想，「難道我是個笨蛋？我萬萬沒料到。這種事可不能讓人知道。難道我不夠資格當大臣？我看不到這塊布的事，絕不能讓人知道啊。」

「有什麼想法，隨時告訴我們。」一位織工說。

「噢，這塊布真美，太迷人了，」老大臣透過眼鏡瞅著，「花樣和顏色都妙極了！我一定會跟國王說，我對這塊布有多麼滿意。」

「聽到這樣我們很高興。」騙徒們說。他們繼續描述所有的顏色，詳盡解說上頭的繁複花樣。老大臣仔細聆聽，好說給國王聽。他也這麼做了。

騙子們立刻索討更多的錢、更多絲線和金線，說是織布要用的，可是這些材料全被他們中飽私囊。沒一根線用在織布機上，不過他們依然比照之前，在織布機上賣力工作。

國王又派了個可靠的臣子去檢查工作進度，看看多快可以完工。他跟老大臣有相同的遭遇，他左看右看，可是既然織布機上沒東西可看，他自然什麼也看不到。

「這塊布不是很美嗎？」騙徒們問他，他們假裝展示這塊布，描述純屬想像的花樣。

「我知道我不笨，」臣子想，「所以一定是我配不上自己的職位。真奇怪。不過我絕對不會讓人發現這件事。」於是他連聲讚嘆自己看不到的布料，表示他對美麗的色彩跟出色的花樣很滿意。他對國王說：「我簡直看得入迷。」

全城上下都在談這塊了不起的布料。國王想親眼看看還沒織完的布，特別挑了一批人隨侍在側，他信任的那兩個老臣也在其中，就是當初去找過織工的那兩個，然後出發去找織工們。他發現他們卯足全力織著布，可是織布機上一條線也沒有。

「棒極了，」兩個上了當的臣子說，「看哪，陛下，那些色彩！那種設計！」他們指著空空如也的織布機，以為別人看得見那塊布。

「這是怎麼回事？」國王想，「我什麼也沒看見。太糟糕了！難道我是笨蛋？難道我不配當國王？這種事情怎麼偏偏發生在我身上！」

「噢！這塊布非常漂亮，」他說，「真是深得我心。」然後他對著空空的織布機點頭表示讚許，什麼都不能讓他鬆口承認自己什麼也沒看見。

所有的隨從目不轉睛盯著，誰也沒比別人看到更多，可是全都跟國王一樣出聲驚嘆：「噢！非常漂亮。」他們還勸國王特地在即將登場的大遊行中穿上這種美妙布料製成的衣裝。「妙不可言！登峰造極！無與倫比！」讚美聲此起彼落，大家都卯足全力裝出滿意的模樣。國王各分一個十字架給騙徒別在鈕釦孔上，還授予他們「織工爵士」的頭銜。

在大遊行之前，騙徒們挑燈夜戰，燒完了不只六根蠟燭，表示他們忙著完成國王的新裝。他們假裝把布料從織布機取下，用巨大的剪刀在空中裁剪。最後他們說：「好了，國王的新衣準備完畢。」

然後國王帶著最尊貴的貴族抵達，騙徒們各舉起一隻胳膊，彷彿拿著什麼東西。他們輪流說著每件衣物的名稱：「這是長褲、這是上衣、這是斗篷，都跟蜘蛛網一樣輕盈，穿的人幾乎會以為自己什麼都沒穿，可是這就是它們的妙處所在。」

「沒錯。」所有的貴族附和，雖然他們什麼也沒看到，因為根本沒有東西可看。

「如果陛下願意寬衣的話，」騙徒們說，「我們會在這面長鏡前替您穿上新衣。」

國王褪下衣物，騙徒們假裝把新衣一件接一件套在他身上。最後似乎在他的腰間繫緊某樣東西，是他的禮服拖襬。國王轉來轉去照著鏡子。

「陛下的新衣裝可真漂亮，好看極了！」話音此起彼落。「那個花樣太完美了！這些色彩真是絕配！好一套妙不可言的服飾。」

接著負責指揮遊行的禮官宣布：「陛下的華蓋已經在外頭等候。」

「唔，我想我準備好了。」國王說，轉身再照最後一次鏡子，「這身衣服再適合我也不過。」他似乎興味盎然地欣賞著自己的裝扮。

負責捧起拖襬的臣子們彎低身子，朝地板伸手，彷彿真的拉起了斗篷，接著假裝抬高並握緊。他們不敢承認自己手裡根本什麼也沒有。

國王在富麗的華蓋下開始遊行。街道上和窗邊的

人們都說：「噢，國王的新衣真美麗！合身得不得了呢，看看他長長的拖襬！」沒人願意坦承自己什麼也看不到，因為這樣會證明自己要不是不稱職，不然就是太愚蠢。國王以往的裝扮不曾受到這麼多的激賞。

「可是他什麼也沒穿啊。」一個小小孩說。

「你們聽過這樣天真的傻話嗎？」孩子的父親說。人們一個接一個把這孩子說的話小聲傳下去。「他什麼也沒穿。有個孩子說他什麼也沒穿。」

「可是他什麼也沒穿啊！」全城的人終於大聲喊出來。

國王身子一顫，因為他懷疑他們說得沒錯。可是他想：「這場遊行得繼續進行。」於是他以更得意的姿態走下去，而他的臣子高高舉著根本不存在的拖襬。

堅定的錫兵

從前有二十五個錫兵，他們是親兄弟，因為都是從一把舊的錫湯匙打造出來的。他們肩上扛著毛瑟槍，穿著紅與藍的漂亮軍服，直直望向前方。他們在世界上聽見的頭幾個字眼，就是「是錫兵耶！」是個小男孩打開裝著錫兵的盒子時，拍著雙手說的話。這些錫兵是他的生日禮物。他把錫兵們拿出來放在桌子上，這些士兵長得一模一樣，不過有一個是最後打造的，當時錫已經不夠用，於是他只有一條腿，不過他依然像擁有雙腿的士兵一樣，站得穩穩當當。後來令人刮目相看的，正是這個錫兵。

錫兵們站的桌子上還擺著許多玩具，不過最受矚目的是一座厚紙板做成的美麗宮殿。透過

小窗，可以直直望進大廳。城堡前方有些小樹圍著一小面鏡子，鏡子代表著清澈的湖泊。蠟做的天鵝在這座湖上游著，倒影映在湖水裡。一切看來賞心悅目，不過最漂亮的是個小姐，她站在城堡敞開的大門旁，她也是紙裁成的，不過一襲薄紗洋裝，肩上有條細小的藍緞帶作為披巾，這條緞帶中央有朵金箔紙做成的閃亮玫瑰，有她整張臉那麼大。這位小姐往外伸長手臂，因為她是舞者。她一腿抬得如此之高，錫兵根本看不到，誤以為她也只有一條腿。

「正好可以當我的妻子，」他想，「可是她很高貴，住的是城堡，而我只有盒子可以住，而且裡面擠了二十五個兄弟，那裡不適合她住，可是我一定要想辦法認識她。」

接著他在桌上的鼻煙盒後面躺下來，從這

個角度可以輕鬆看見那位漂亮小姐，她繼續靠著單腿站立，完全沒有失去平衡。

天晚了，其他的錫兵都被收進盒子裡，屋裡的人也都上床就寢。這時玩具們玩起了串門子、戰爭和舞會遊戲。錫兵們在盒子裡騷動起來，也想共襄盛舉，可是推不開盒蓋。胡桃鉗翻起觔斗，鉛筆自己在桌子上找樂子：大夥兒吵吵鬧鬧，金絲雀醒了過來，開始講話，甚至出口就是詩。唯一沒離開老位置的就是那位錫兵和舞者：她靠著腳尖直直站著，展開雙臂；而他只是繼續穩穩靠著單腿站立，目光不曾稍微離開她。

現在時鐘敲響了十二點。蹦！鼻煙盒的蓋子飛起來，可是裡頭沒有鼻煙，而是一個黑色小妖精：原來是嚇唬人的整人玩具。

「錫兵！」小妖精說，「別一直盯著跟你無關的東西。」

可是錫兵假裝沒聽到他講話。

「明天要你好看！」妖精說。

可是當早晨來到，孩子們起床了，那個錫兵被移到窗台，不管是妖精搞鬼，還是穿堂風吹的，窗戶竟然忽地打開，錫兵從三樓倒栽蔥地摔了下去。這一跌還真可怕！他直直伸著一腳，倒栽在自己的頭盔裡，刺刀卡進路面鋪石的縫隙。

女僕和那個小男孩立刻下樓來找他，雖然他們險些踩在他身上，卻還是沒看見他。要是錫兵當時嚷嚷「我在這邊！」，他們就會找到他，但他覺得放聲吶喊並不妥當，因為他可是穿著軍服啊。

這時下起雨來，雨滴越下越密，最後變成傾盆大雨。雨停了，兩個野孩子路過。

「看！」其中一個說，「有個錫兵躺在那邊，送他去搭船吧。」

他們用報紙摺了艘船，將錫兵放進船中央。錫兵順著水溝航行，兩個男孩一路跟著他跑，拍手叫好。天啊！水溝裡的浪好大，水流好急！因為之前那場雨太大。紙船上下顛簸，有時轉得好急，錫兵怕得發抖，但依然堅定不移，神色不變，扛著毛瑟槍，直直望向前方。

突然間，船進入了長長的下水道，裡頭跟他住的盒子一樣黑。

「我現在要往哪裡去？」他想，「都是那個妖精的錯。啊！如果那位小姐能夠陪我一起搭

船就好了，那麼這裡再黑我也不在乎。」

突然來了隻大老鼠，他平日就住下水道。

「你有通行證嗎？」大老鼠說，「把通行證給我。」

可是錫兵默默不語，將毛瑟槍握得更緊。

船繼續往前行，但是老鼠緊追在後。他咬牙切齒，對著乾草和木屑大喊：「抓住他！抓住他！他沒付過路費，也沒出示通行證。」

可是水流越來越湍急。錫兵可以看到拱道盡頭有明亮的日光，但是這時耳邊卻傳來隆隆響，足以嚇壞勇敢的人。在隧道盡頭那裡，下水道瀉入大運河，對他來說，危險程度有如我們被沖下瀑布。

現在他已經這麼靠近大運河，根本停不下來。船被沖了出去，可憐的錫兵盡可能繃直身體，眼皮動也不動一下。船打轉了三回，水漲到了船舷，船非沉不可了。錫兵站著，水淹到脖子那裡，船往下越沉越深，摺船的紙漸漸崩解。現在水已經淹過了錫兵的腦袋，他想到那位漂亮的小舞者，想到自己再也見不到她，接著他的耳畔響起：

「再會，再會，勇敢的戰士，

今日你必須赴死！」

此時紙船破了，錫兵跌了出去，可是就在那時，有隻大魚一口將他吞下。

噢，魚肚裡烏漆麻黑！甚至比下水道隧道還要陰暗，而且也非常窄小。不過錫兵依然不動如山，扛著毛瑟槍平躺在那裡。

這條魚東竄西鑽，做出各種奇妙的動作，然後完全靜止不動。最後有陣像閃電般的東西閃過他。日光亮晃晃，有個聲音大聲說：「是錫兵！」這條魚被捕獲之後，送到市場，然後給人買下來帶進廚房，廚子用大刀將魚剖開。她用雙手掐住錫兵的身子，拿起來帶到房間。所有的人都迫不及待想瞧瞧這個在魚肚裡四處旅行的非凡男子。可是錫兵毫不自豪。他們將他放在桌上，欸！這世界真是無奇不有！錫兵竟然回到了從前那個房間！眼前是同一批孩子，同樣的玩具擺在桌上，還有那個優雅小舞者和那座城堡。她依然靠著單腿站立，另一隻腿伸向半空。她也屹立不搖。這點感動了錫兵，差點流下了錫淚，可是士兵有淚不輕彈。他望著她，可是什麼都沒跟對方說。

然後有個小男孩毫無來由地抓起錫兵，一把丟進暖爐裡。一定是鼻煙壺裡的妖精搞的鬼。

火光映亮了站在那裡的錫兵，可怕的熱氣朝他撲來。可是他不知道這股熱氣來自真正的火焰或是愛。他身上的色彩已經褪去，不過，到底是因為經歷過先前的那段旅程，或是因為悲痛的關係，沒人說得上來。他望著那位小姐，她也看著他。他覺得自己就要熔化，不過他依然扛著毛瑟槍，堅定不移地站著。突然門猛地打開，一陣風揪住舞者，她像精靈一樣飄進暖爐，到了錫兵身邊。火光一閃，她頓時消失無蹤，接著錫兵熔成了一團。女僕隔天來清理爐灰時，發現他燒成了一顆小小的錫心，但舞者什麼也不剩，只留下那朵燒得炭黑的金箔玫瑰。

拇指姑娘

從前有個女人非常想要小孩，可是不知道上哪裡找，於是去找老巫婆並說：「我好想要個小小孩，能不能告訴我可以去哪裡找？」

「欸，簡單，」巫婆說，「這裡有顆大麥粒給妳，不過這可不是農夫種在田裡，也不是當雞飼料的那種大麥。把它放進花盆，到時妳就知道會發生什麼事。」

「噢，謝謝妳！」女人說。她付了二十個銅板給巫婆，一回到家就把那顆大麥籽種進盆裡。不久就長成了一大朵美麗的花，模樣很像鬱金香。不過花瓣包得很緊，彷彿還是花苞。

「這朵花真漂亮。」女人說完便吻吻紅黃相間的可愛花瓣，就在她吻這朵花的時候，花

兒發出響亮的啵聲，然後猛地綻放開來。是一朵鬱金香沒錯，只是中央的綠色花蕊上坐著一個小小女孩。她長得纖細優雅，不比人的拇指長，於是大家叫她「拇指姑娘」。

擦得光亮的胡桃核是她的搖籃。床墊用紫羅蘭的藍色花瓣做成，玫瑰花瓣拿來當被子。她晚上就是這樣睡的。白天，女人在桌上放了個裝水的盤子，周圍用花環圍住，花莖浸在水裡，水面漂著一大片鬱金香花瓣。拇指姑娘把這片花瓣當成船，用兩根白色馬毛當船槳，她可以划著越過盤子——這個景象真迷人。她也會唱歌，不曾有人聽過這般輕柔甜美的歌聲。

有天晚上，她躺在搖籃裡，有面窗玻

璃破了，一隻可怕的蟾蜍從窗外跳進來。這隻又大又醜的蟾蜍，渾身黏乎乎，直接往下跳到桌子上，就是拇指姑娘把玫瑰花瓣當成被子蓋的地方。

「正好適合當我兒子的老婆呢！」蟾蜍驚呼，一把抓住拇指姑娘安睡的胡桃殼，帶著胡桃殼往窗外一跳，進入花園。花園裡有一道寬闊的溪流，沿岸是布滿泥濘的濕地，蟾蜍跟她兒子就住這裡。哎呀！她兒子就跟母親一個樣，黏答答又難看。他看到胡桃殼裡那個優雅的小姑娘時，只會說：「呱啊、呱啊，嘎啦嘎啦嘎。」

「小聲點，不然會吵醒她，」老蟾蜍吩咐兒子，「她跟天鵝絨一樣輕

飄飄，不小心就會跑掉。我們一定要把她放在溪裡的睡蓮大葉子上，她又小又輕，睡蓮葉子對她來說就像一座島，這樣我們在泥巴底下忙著準備你們小兩口要住的新房時，她就沒辦法趁機溜掉。」

溪流裡長了不少睡蓮，寬大的綠葉看起來就像浮在河面似的。距離溪岸最遠的那片綠葉最大，老蟾蜍帶著裝了拇指公主的胡桃殼，游到了這片綠葉。

這個可憐的小東西隔天一早醒來時，看到自己置身何處，就痛哭起來。那片大綠葉周圍全是水，她根本無法上岸。老蟾蜍坐在爛泥裡，用綠色燈心草和黃色睡蓮布置房間；為了把新媳婦迎進門，要打點得漂漂亮亮。接著她和她的醜兒子往外游到拇指姑娘站的那片葉子。他們來拿她的漂亮小床，想先把這張床帶到新房去，然後再帶她過去。

老蟾蜍在水裡對她深深行了個禮，說：

「見見我兒子吧，他就要當妳丈夫了，泥巴裡有個美好的家讓你們共享。」

「呱啊、呱啊，嘎啦嘎啦嘎。」她兒子只能說出這些。

接著他們拿起那張漂亮小床，游著離開，將拇指姑娘獨留在那片綠葉上，她坐下來哭。她不想住在黏乎乎蟾蜍的家，不想讓蟾蜍的可怕兒子當她丈夫。在下頭游來游去的小魚看到了那隻蟾蜍過來，聽到他說的話，於是探出頭來瞧瞧這個小姑娘。小魚們一看到她，就覺得十分難過，這麼漂亮的人兒竟然必須去跟那隻討厭的蟾蜍住在一起。不，不該讓這種事情發生！他們圍住她那片葉子底下的綠色莖稈，用牙齒把莖稈啃成兩半。葉子順著溪流往下漂游，拇指姑娘越漂越遠，遠到蟾蜍追趕不上。

拇指姑娘沿途漂過許多地方，樹叢裡的小鳥看到她的時候唱道：「真是個可愛的小姑娘。」那片葉子帶著拇指姑娘越漂越遠，就這樣離開了這個國家。

一隻美麗的白蝴蝶一直在她四周飛舞，最後終於停在她的葉子上，因為牠很仰慕拇指姑娘。既然蟾蜍再也抓不到她，她又恢復了原本快樂的模樣。她往前漂游的情景多麼可人，陽光照在水面上看起來像是閃耀的黃金。拇指姑娘解開腰間飾帶，將一端繫在蝴蝶身上，另一端牢牢綁在葉子上。現在葉子漂得更快，拇指姑娘也前進得更快，因為她就站在葉子上。

就在那時，一隻大金龜飛過，看到了她，馬上用爪子扣住她纖細的腰，帶著她飛到樹上。那片綠葉繼續順流漂遠，蝴蝶也跟著飛走了，因為牠被綁在葉子上，掙脫不了。

我的天啊！小拇指姑娘被金龜子帶到樹上時，簡直嚇壞了。可是她更替那隻她繫在葉子上的白蝴蝶難過，因為要是牠掙脫不了，最後可會餓死的。可是金龜子才不在乎。牠坐在那棵樹上的一片大綠葉上，拿採來的花蜜餵她，說她雖然長得一點都不像金龜子，但還是很漂亮。不久，住在這棵樹上的其他金龜子都來拜訪牠們。牠們猛盯著拇指姑娘，雌金龜們豎起觸鬚並

說：

「欸，她只有兩條腿，也太難看了吧！」

「她沒長觸鬚。」一隻嚷嚷。

「她的腰太細了，真丟臉！她看起來像人類，太醜了！」所有的雌金龜都說。

可是拇指姑娘如同往常一樣漂亮。即使把她抓來的金龜子也知道，可是其他人不停罵她醜，這隻金龜子最後也這麼信了，再也不想跟她扯上關係，她想去哪裡都隨她。

儘管如此，她還是你所能想像最可愛的小姑娘，就跟玫瑰花瓣一樣嬌弱細緻。

整個夏天，可憐的拇指姑娘獨自住在樹林裡。她用草葉替自己編了張吊床，掛在一片大牛蒡葉底下好遮雨。她採花蜜充飢，每天早上喝葉子上找到的露水。就這樣，夏天秋天來了又走，接著漫長寒冷的冬天到來。對她高唱動聽歌曲的那些鳥兒飛走了，樹木和花朵都凋萎了。她用來遮蔽的那片大牛蒡葉也皺縮起來，最後只剩一根乾枯的黃梗。她渾身發冷，因為衣服已經破了，而她本身又這麼纖瘦嬌弱。可憐的拇指姑娘，她就要凍死了！開始飄雪了，每次只要有一片雪花打到她，她就像被整鏟的積雪砸到似的，因為我們很高大，而她只有區區一寸。她用一張枯萎的葉子裹住自己，可是根本起不了保暖作用，她冷得直發抖。

現在，她走到了樹林邊緣附近，那裡有一大片麥田，可是麥子早已收割完畢，凍結的土地上只剩乾枯光禿的殘梗。走在這片麥田上，她就像迷失在遼闊的森林裡，噢，她冷得猛發抖！接著她來到田鼠的門口，田鼠在殘梗之間挖了個小洞當家。田鼠住在這裡又暖和又舒適，不僅貯存了整個房間的麥粒，還有一間美妙的廚房和食物儲藏室。可憐的拇指姑娘站在門前，像個小乞兒似的，懇求田鼠施捨一點大麥，因為她已經兩天沒進食了。

「欸，妳這可憐的小東西，」好心腸的田鼠說，「來我暖和的房間，跟我一起吃晚飯吧。」田鼠非常喜歡拇指姑娘，於是說：「如果妳想要，留下來跟我一起過冬吧，可是妳一定要幫我把房間收拾得整整齊齊，還要講故事給我聽，因為我很喜歡聽故事。」拇指姑娘按照好心老田

鼠的要求做，在這裡過得非常愉快。

「再不久就會有個訪客上門，」田鼠說，「我鄰居每星期都會來看我一次，他過得甚至比我還好呢。他的房間很大，而且穿著一身美麗的黑色絲絨大衣，如果妳可以有他那樣的夫婿就好了，妳就會得到很好的照顧，可是他什麼都看不見，妳一定要跟他講妳最精彩的故事。」

拇指姑娘不喜歡這個提議。她根本不考慮跟這個鄰居成親，因為他是隻鼴鼠。他穿著黑色絲絨大衣來拜訪他們，田鼠談起他多有錢又有學問，而且他家房子比她家大了不只二十倍。可是即使他滿腹學問，卻對太陽和花朵沒有好感，因為從沒看過它們。

拇指姑娘唱了《金龜飛走吧》和《牧師出門去》這兩首歌。鼴鼠聽了她的甜美嗓音就此愛上她，可是他什麼也沒表示，因為他生性穩重。

不久之前，他才挖了條長長的地道，從自己家裡通到她們家；拇指姑娘和田鼠隨時想在這條通道裡活動都可以。不過，有隻死掉的小鳥躺在通道上，他懇求她們不要害怕，那隻小鳥完整無缺，翅膀和嘴喙都在，一定是不久前才死去的，現在就葬在鼴鼠挖出通道的地方。

鼴鼠嘴裡啣著一小片腐爛木頭，在黑暗中會像火一樣發出微光。接著他在前頭帶路，替她們照亮又長又暗的通道。一行人來到死鳥倒臥的地方時，鼴鼠用寬鼻子往地道上方猛推，開了個大洞，天光灑了進來。地板中央躺著一隻死去的燕子，美麗的翅膀貼在身側，腦袋和雙腳縮進羽毛底下：這隻可憐的小鳥一定是凍死的。拇指姑娘看了很難過；無論是什麼鳥她都喜愛；鳥兒整個夏天都在她面前歌唱啁啾，動聽極了。可是鼴鼠用他的彎腿推小鳥一把並說：「現在他不能再唱歌了，身為小鳥一定很悲慘。謝天謝地我的孩子不會這樣：這種小鳥除了『啁啁啾啾』，什麼也不會，而且到了冬天就會餓死！」

「對，你真聰明，這樣說沒錯，」田鼠說，「冬天一到，對小鳥來說，『啁啁啾啾』又有什麼用處呢？肯定只會餓死和凍死的啊。可是大家都說這樣很了不起。」

拇指姑娘什麼也沒說，可是等他們兩個一轉身，她彎下腰，把蓋住鳥頭的羽毛撥開，吻了吻他合上的眼睛。

「夏天對我唱得那麼動聽的，也許就是這隻小鳥，」她想，「親愛的美麗鳥兒，你曾經給我多大的樂趣啊！」

鼴鼠把透進天光的那個洞口封起來，然後送女士們回家。可是到了夜裡，拇指姑娘輾轉難眠，於是下床用乾草織了一大張美麗的毯子，帶去蓋在死去小鳥的身上，然後在鳥兒四周撒上柔軟如棉的輕薄花蕊，好讓鳥兒可以躺在柔軟的東西上頭。這些花蕊是在田鼠的房間裡找到的。

「永別了，你這漂亮的小鳥！」她說，「永別了！謝謝你在夏天帶來的美麗歌聲，那時所有的樹木都很青翠，陽光暖暖照在我們身上。」接著她把小鳥的腦袋摟向自己的胸口。小鳥沒死，只是凍僵罷了，一旦暖和了，就轉醒過來。

一到秋天，所有的燕子都會飛往溫暖的國度，可是一有耽擱，就會冷到跌落地面，彷彿死了似的，躺在原地被冰冷的積雪蓋住。

拇指姑娘嚇壞了，猛打哆嗦，因為她只有一寸高，跟她比起來，那隻鳥非常大。可是她鼓起勇氣，把棉花似的花蕊圍得離那隻可憐的小鳥更近，然後拿自己用來當被子的葉子過來，蓋在小鳥頭上。

第二天晚上，她又悄悄出去找他。現在他活過來了，只是相當虛弱，只能睜開眼睛片刻，看著拇指公主。因為她沒有提燈可用，只能拿著一小塊腐木站在他面前。

「謝謝妳，妳這漂亮的小小孩，」病弱的燕子說，「妳把我的身子烘得這樣暖，我再不久就能恢復體力，可以在溫暖的陽光中飛來飛去。」

「噢，」她說，「外頭好冷，下著雪，凍得不得了。留在溫暖的床上，我會照顧你的。」

接著她用花瓣替燕子盛了點水來，燕子喝完就告訴她，他在荊棘叢裡刮傷了一邊翅膀，當燕群往溫暖的國度疾飛時，他飛得不如其他燕子快，最後跌落在地，除此之外什麼都不記得了，他完全不曉得自己怎麼會來到這個地方。

整個冬天，燕子都留在那裡，拇指姑娘熱心地照料他服侍他。因為不管是田鼠或鼴鼠都不喜歡這隻可憐的燕子，所以拇指姑娘什麼也沒告訴他們。一等春天降臨，太陽烘暖了大地，燕子便向拇指姑娘道別。她重新挖開鼴鼠之前在地道上方打出的洞。陽光燦爛地撫照在他們身上，燕子問拇指姑娘願不願意跟他一道離開。她可以坐在他背上，他們可以一起遠走高飛，到翠綠的樹林去。可是拇指姑娘說，如果她拋下老田鼠，田鼠會很悲傷。

「不行，我不能走！」拇指姑娘說。

「那麼再會了，再會，妳這個善良漂亮的姑娘！」燕子說，然後展翅飛進了陽光中，拇指

姑娘目送著他，淚水湧上雙眼，因為她真心喜歡著這隻可憐的燕子。

「啁啁啾啾！啁啁啾啾！」燕子唱著，一面飛進了翠綠的樹林。拇指姑娘非常悲傷。田鼠不准她踏進溫煦的陽光中。田鼠家上方的田地當初播下的穀物，已經高高竄入天空，對這個可憐的姑娘來說，簡直就像一座濃密的林子，畢竟她只有一寸高。

「妳有婚約了，拇指姑娘，」田鼠說，「鼴鼠來提過親了，對妳這樣可憐的孩子來說，這是多大的福氣啊！現在妳一定要好好張羅自己的嫁衣，毛料的和亞麻的都要準備齊全，當鼴鼠的妻子可什麼都不能缺。」

拇指姑娘不得不搖起紡車，鼴鼠雇了四隻蜘蛛幫她日夜不休地織。每到傍晚，鼴鼠就會登門拜訪，他最愛掛在嘴邊的就是：太陽現在把大地烤得跟石頭一樣硬，等夏天一結束，太陽就不會那麼熱了。沒錯，等夏天一過，他就要跟拇指姑娘成親了。可是拇指姑娘一點都不開心，因為她不喜歡惹人厭的鼴鼠。每天早上太陽升起還有每天傍晚太陽下山的時候，她都會悄悄溜到門外。風吹開麥穗的時候，她就能看見蔚藍的天空，她覺得外頭如此明亮美麗，真心希望能再見到她那隻親愛的燕子。可是燕子不會回來了，他肯定已經飛到了遠方的翠綠樹林。秋天一到，拇指姑娘所有的衣裝都準備齊全了。

「再一個月，就是妳的大喜之日。」田鼠對她說。

可是拇指姑娘哭著說她不願嫁給那隻討厭的鼴鼠。

「胡說什麼，」田鼠說，「別這麼固執了，不然我就用白牙咬妳。妳就要嫁給這樣一位了不起的夫婿，連皇后都沒有他這樣好的黑絲絨外套。他的廚房跟地窖塞滿了糧食。妳運氣這麼好，該感恩才對。」

婚禮在即，鼴鼠過來接拇指姑娘，她就要跟他在地底深處一同生活，再也無法享受溫暖的陽光，因為他不喜歡陽光。這個可憐的小東西滿懷憂傷，她現在就要向輝煌的陽光告別，田鼠允許她站在門檻那裡看太陽。

「再會了，耀眼的太陽！」她說，朝太陽伸出雙臂，踏出田鼠的家門往前走了點路，現在麥子已經收割完畢，田裡只剩乾枯的殘梗。「再會了！」她重複，摟住還在綻放的小紅花，「如果你再見到那隻小燕子，請替我問候一聲。」

「啁啁啾啾！啁啁啾啾！」有個聲音突然在頭頂上響起。她一抬頭就看到那隻小燕子，燕子恰好飛過。燕子一看到拇指姑娘，開心極了。拇指姑娘告訴他，她多麼不願嫁給醜陋的鼴鼠，住在永遠沒有陽光的地底深處。她忍不住哭出來。

「寒冬就要來了，」燕子說，「我要飛往遠方的溫暖國度，妳要不要一起來？妳可以坐在我背上，我們可以遠離醜鼴鼠跟他陰暗的房間。飛得遠遠的，越過山巔，飛到溫暖的國度去，那裡的陽光比這裡更溫暖，一年四季都是夏天 而且開滿可愛的花朵。親愛的小拇指姑娘，跟我一起飛走吧，當初我凍僵倒在陰暗的地下通道時，妳救了我的命。」

「好，我跟你一起走！」拇指姑娘說著便坐上燕子的背，雙腳踩在燕子展開的羽翼上，把自己的飾帶緊緊繫在他最強韌的一根羽毛上。接著燕子飛騰入空，越過森林和海洋，高高飛越終年積雪的群山峻嶺。冰冷刺骨的空氣讓拇指姑娘直發冷，但她躲進燕子溫暖的羽毛底下，只把小小腦袋探出來，欣賞下方的美景。

他們終於來到溫暖的國度，陽光更加燦爛，天空看起來有兩倍高。溝渠裡和樹籬上長著最漂亮的藍綠葡萄；檸檬和柳橙垂掛在林子的樹上；空氣中瀰漫著長春花和鳳仙花的香氣，可愛的孩童在路上四處奔跑，和色彩鮮豔的蝴蝶嬉戲。可是燕子繼續往前飛，景色越來越美。他們

最後來到一座藍色湖泊，湖畔的美麗綠樹下矗立著白得耀眼的大理石古老宮殿，高聳的石柱上纏繞著樹藤，柱頂有許多燕子的窩巢，其中一個屬於載著拇指姑娘的燕子。

「那就是我的家，」燕子說，「可是妳不應該住那邊，那裡的環境整理得不夠舒適，妳不會滿意的。妳從下頭的美麗花朵挑一個，我會把妳放進去，妳就能照自己的意思過得舒舒服服。」

「太好了。」她拍著小手喊道。

有根大理石柱子倒在地上，斷成三截，不過這些斷柱之間長著極為美麗的白花。燕子帶著拇指姑娘飛下去，把她放在其中一片寬葉上。令這個小姑娘好生訝異的是，那朵花裡竟然坐著一個小男人，一身白色接近透明，彷彿用玻璃做成，頭上戴著漂亮的金冠，肩膀上長著光燦燦的翅膀，個子不比拇指姑娘大。他是花之天使。每朵花都住著一個小男人或小女人，不過這一位是統管所有人的國王。

「天啊！他好漂亮！」拇指姑娘對燕子低聲說。

一見到燕子，小王子非常害怕，因為比起這麼嬌小的他，燕子顯得十分巨大。可是等他看到拇指姑娘，開心極了。他從沒見過這麼漂亮的姑娘，於是摘下頭上的金冠，放在她的頭頂上，並且詢問她的芳名，問她願不願意成為他的妻子，這樣她就會成為所有花兒的王后。比起蟾蜍的兒子和一身黑絲絨皮毛的鼴鼠，眼前這位是個完全不同類型的丈夫。所以她對迷人的王子說：「我願意。」女士男士紛紛從各朵花裡走出來，各個漂亮俊美，看了真教人歡喜。每一位都為拇指姑娘帶來一份禮物。不過，最棒的一份禮物是一雙美麗的翅膀，這副翅膀原本屬於一隻大白蠅。他們將這副翅膀安在拇指姑娘的背上，現在她可以在花朵之間飛翔了。一片喜氣洋洋，燕子坐在他們上方的窩巢裡，準備高唱婚禮歌曲，燕子竭盡所能唱到最好，不過燕子的內心湧起一陣悲傷，因為燕子好喜歡拇指姑娘，永遠不想跟她分開。

「以後妳不叫拇指姑娘了，」花之天使對她說，「這個名字不好聽，配不上這

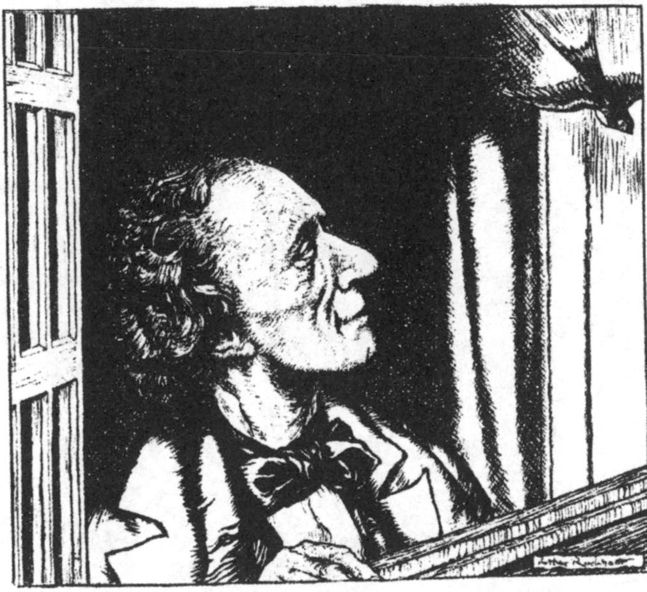

麼美麗的妳，我們要叫妳瑪雅。」

「再見了，再見了！」小燕子心情沉重地說，再次從溫暖的國度飛走，飛回了遠方的丹麥。回到丹麥，燕子在一個會說童話故事的男人窗前築了個小小的巢。燕子對著男人歌唱：「啁啾啁啾！啁啾啁啾！」而這個故事就是這樣聽來的。

賣火柴的小女孩

天寒地凍，落雪紛紛，天就快暗了。夜晚的腳步來到，這是今年的最後一夜。在這片寒冷與黑暗中，有個窮苦的小女孩赤腳在街道間穿梭，頭上沒戴帽子保暖。她出門時穿了拖鞋，可是又有什麼用處呢？拖鞋太大了，原本是她媽媽在穿的。兩輛馬車轟隆隆飛馳而過，這個小女孩為了閃避，趕忙過街，結果弄丟了拖鞋。一隻拖鞋怎麼也找不到，另一隻則被一個男孩拿走了。男孩搶了拖鞋就跑，想說等他有了自己的小孩，就可以拿這隻拖鞋當搖籃。於是現在小女孩只能光著小小的腳走路，天氣這麼冷，她的腳凍得發紅又發青。她圍著一條舊圍裙，裙上兜著一些火柴，手裡另外握著一把。整天下來，沒人向她買火柴，也沒人施捨她一枚銅板。

她又冷又餓，身體顫抖著緩緩前行，這個畫面看起來真是悲慘，好可憐的小女孩！雪花蓋住了她的金髮，她那頭漂亮的金色鬈髮往下披在脖子上，可是她現在想的不是這件事。所有的窗戶裡都有燈光在閃耀，並且傳出陣陣烤鵝的美妙香氣，因為今晚是大年夜。沒錯，她想的是這個！

那裡有兩棟房子，一棟比另一棟更接近街心，她就在這個凹角裡縮起身子坐下。她縮起小腳，卻覺得更冷。她不敢回家，因為火柴一根也沒賣出去，連一個銅板都沒辦法帶回家，她爸爸肯定會毒打她一頓，況且，家裡也很冷，因為他們上頭除了屋頂之外別無其他，風會穿過屋頂咻咻灌進來，雖然最大的孔洞已經用乾草和破布塞了起來。

她的小手冷得幾乎失去知覺。啊！點根火柴也許會有點用處，可以從手裡那把抽一根出來，往牆上一劃，用來暖暖她的手。於是她抽了一根出來。哧嚓！火苗燃起，嗶嗶啵啵地燃燒！火焰溫暖明亮，好似一根小蠟燭，她將手放在上面；這個小小火光真是美妙！小女孩彷彿坐在擦得晶亮的大暖爐前面，暖爐有閃亮的銅腳和銅製的爐面。爐火燒得好旺！好舒服！可是這朵小小火焰一熄滅，暖爐也隨之消失不見，她手裡只剩燒剩的火柴。

她又往牆上劃一根火柴，火柴頓時燃亮，火光投在牆上的時候，牆壁變得有如薄紗一般透明，她可以看見屋裡的情景。桌上鋪了張雪白桌巾，上頭放著閃閃發亮的成套碗盤；烤鵝升起美妙的熱氣，鵝身裡塞了蘋果和乾李。更妙的是，這隻鵝從盤子上跳下來，胸口插著刀與叉，沿著地板搖搖擺擺朝小女孩走過來。接著那根火柴熄滅了，她眼前只剩那堵冰冷潮濕的厚牆。

她再點燃一根火柴。轉眼她就坐在了一棵美麗的耶誕樹下，她之前曾經透過玻璃門看到富商家宅裡的耶誕樹，但這棵樹更大，裝飾得也更華麗。綠色枝椏上燃燒著幾千盞蠟燭，上頭還掛著商店櫥窗裡那種彩色圖卡，這些東西全都俯瞰著她。小女孩將手朝它們伸去，接著火柴就熄滅了。耶誕燈火越升越高，最後在她眼中成了天際的星辰：一顆星子落下，劃出一道長長的火光。

「有人快死掉了。」小女孩想，因為她過世的老祖母，也就是唯一愛過這個小女孩的人，曾經告訴她：天上落下一顆星星，就表示地上有個靈魂升天到上帝那裡去。

她又朝牆壁劃了根火柴，眼前再次亮起。在那片明亮中，老祖母站在那裡，模樣清楚閃亮，溫和可親。

「奶奶！」這孩子嚷嚷，「噢！帶我跟妳走！我知道等火柴燒完，妳就會離開。就像剛剛那溫暖的火、溫暖的食物和那棵輝煌的耶誕樹一樣消失不見！」

她趕緊劃亮手裡剩下的那束火柴，因為她想把祖母留在身邊。火柴燃亮，散放強烈的光芒，比正午還要明亮。祖母不曾這麼高大、這麼美麗過。她把小女孩摟在懷裡，兩人在明亮與喜悅中，飛離了大地，飛到很高很高的地方，那裡既沒有寒冷，也沒有飢餓，更沒有憂慮。她們跟上帝在一起了！

不過，角落裡，倚在牆壁上的正是那個可憐的女孩，臉頰透紅，嘴角帶笑，在舊年的除夕夜裡凍死了。新年的太陽升起，照著一個小小的屍體！這孩子坐在那裡，僵硬冰冷，身上帶的火柴有一束已經燒盡。「她想取暖。」人們說，沒人想像得到她看到了多麼美麗的畫面，也沒人想像得到，她跟奶奶在什麼樣的光輝中喜樂地邁入了新的一年。

冰雪女王

七則故事串聯而成的童話

第一個故事：關於一面鏡子和它的碎片

注意，我們要開始講嘍！等故事說完，我們知道的會比現在多。始作俑者是個邪惡的精靈，他是精靈當中最壞的一個，也就是惡魔本人。某天他雀躍不已，因為他做好一面有特殊魔力的鏡子。良善和美好的事物只要照到這面鏡子，就會萎縮到幾乎化為烏有。但只要照到一無是處和醜陋的東西，就會變得很突出，而且前所未有的醜惡。最宜人的風景照在這面鏡子裡，看起來就像煮爛的菠菜，而最棒的人會變得面目可憎，或是頭下腳上倒立站著，而且沒有身體，臉

龐扭曲到認不出是誰，臉上一丁點雀斑會擴大到布滿鼻子和嘴巴。這個惡魔說，這樣有趣極了。只要有人的腦海裡湧現一個良善虔誠的念頭，照在這面鏡子上就會變成一抹邪笑。這個巧妙的發明逗得惡魔樂不可支。他辦了所學校，只要去過這所精靈學校的人，就會四處宣傳說他們目睹了一樁奇蹟。說人們難得頭一次可以看清世界與人類的真面目。現在他們居然想帶著這面鏡子飛到天上去譏笑天使。他們飛得越高，鏡子笑得越開，他們簡直就快拿不住鏡子。他們越飛越高，鏡子顫抖得如此厲害，最後從他們手中落下，摔到地上裂成千千萬萬個碎片。現在這面鏡子帶來比以往更多的不幸，因為有些碎片小到不足麥粒大，這些碎片在世界四處飛竄，只要飛進任何人的眼裡，就會卡在那裡不動。而那些人看什麼都不對勁，或者只看得到壞的一面，因為一小塊碎片仍然保有整面鏡子的魔力。有些碎片甚至鑽進了一些人的心，這樣很糟糕，因為這樣的心就會化成冰。有些鏡子的碎片大到足以做成窗玻璃，可是要是透過這些窗玻璃來看朋友可就糟了。有的碎片甚至製成了眼鏡，人們戴上這些眼鏡原本是為了看得更清晰並伸張正義，卻適得其反，發生了邪惡的事情。這個惡魔笑到肚子發抖，這種情況讓他樂壞了。不過，那些玻璃碎片到現在依然在空中亂飛，現在來聽聽發生什麼事情。

第二個故事：一個小男孩和一個小女孩

在一座大城裡，房子和人都多得不得了，不是人人都有空間可以擁有一個小花園，很多人只能退而求其次，在盆栽裡種點花。這裡住了兩個窮孩子，他們擁有比盆栽稍大的花園。他們不是手足，卻像兄弟姊妹一樣相親相愛。他們父母住在相對的兩間閣樓裡，兩家的屋頂非常接近，屋簷下有條排水溝連起兩家的窗戶，只消跨越排水溝，就可以從一扇窗到另一扇窗。

兩個孩子的父母各有一個大箱子，裡頭種了些平常烹調用的香草以及一小叢玫瑰，玫瑰長得非常茂盛。現在，這兩對父母想到可以把箱子並排放在排水溝上，之後就可以從一扇窗連向另一扇窗，看起來會像一堵花牆。豌豆藤從箱子上垂掛下來，兩株玫瑰叢伸出長長的細枝，繞住窗戶之後朝著彼此彎垂，簡直像是花朵和葉子組成的凱旋門。這些箱子的位置非常高，孩子

們知道不能隨便爬上去，不過父母常常允許他們到箱子後方的屋頂，坐在玫瑰下方的小小板凳上。兩人在那裡總是玩得很盡興。

到了冬天，這樣的樂趣就會暫時劃下句點。窗戶有時會整個凍結，不過他們會在暖爐上烘熱銅板，再將暖熱的銅板貼在冰凍的窗玻璃上，弄出一個圓乎乎的窺視孔。兩扇窗後面各有一顆溫和明亮的眼睛，就是這個小男孩和小女孩正往外看著。他叫卡伊，她叫葛爾妲。

夏天時，他們只要跳一步就可以抵達彼此身邊，但是到了冬天，想碰面就得在長長的樓梯爬上爬下，還得經過外頭的大雪紛飛。

「看白色蜜蜂擠成一團的樣子。」老祖母說。

「他們也有蜂后嗎？」小男孩問，因為他知道真正的蜜蜂有。

「有，他們也有，」祖母說，「蜂后會飛到蜜蜂聚集得最密的地方。她是當中最大的一隻，她從來不降落在地面上，而是會往上飛進烏雲裡。許多個冬夜，她都會在城市的街道穿梭，往窗戶裡頭看，那些窗玻璃就會神祕地凍結起來，就像布滿花朵。」

「有，我看過！」兩個孩子嚷嚷，現在他們知道這是真的。

「雪后進得了屋子嗎？」小女孩說。

「要是她來了，」男孩喊道，「我就會把她放在暖爐上，這樣她就會融化。」

可是祖母撫平他的頭髮，多說了幾則傳說。

到了晚上，小卡伊在家裡，衣服脫到一半的時候，他爬上窗邊的椅子，望出那個小洞。外頭飄落幾片雪花，最大的雪花一直躺在其中一個花箱的邊緣。那片雪花越變越大，最後化為披著細緻白紗的女子，那件白紗看起來是由幾百萬片星辰般的雪花拼成。她美麗纖細，可是整個人是用閃閃發亮的冰做成的。可是她有生命，雙眼好似清澈的星辰，可是裡面沒有平安或靜定。

她向窗戶點頭招手。小男孩很害怕，連忙從椅子上跳下來，接著窗前彷彿有隻大鳥飛過。

隔日，天氣清朗寒冷，接著春天來了。陽光明媚，綠芽萌發，燕子忙著築巢。窗戶打開，兩個孩子再次坐在花園裡，就在高高樓頂上的排水溝那邊。

今年夏天玫瑰開得多麼美麗！小女孩學了首詩歌，裡頭提到了玫瑰，讓她想起自己的玫瑰，於是將這首歌唱給小男孩聽，他也跟著唱，

玫瑰在山谷間生長
我們會在那裡見到基督聖嬰

這兩個孩子手牽手，吻了吻玫瑰。他們望著上帝明亮的陽光，對它說話，彷彿基督聖嬰就在那裡。夏日多麼燦爛美好！在清新的玫瑰花叢下，外頭多麼美麗，玫瑰花彷彿永遠開不完似的！

卡伊和葛爾妲坐在一起欣賞野獸和小鳥的圖畫書，教堂塔樓的時鐘正好敲響十二點，這時卡伊說：

「噢！有東西打中我的心，刺到了我的眼睛。」

小女孩連忙將他拉向自己，他眨眨眼睛。沒有啊，什麼也沒看到。

「我想已經掉了吧。」他說，可是其實並沒掉，那是從鏡子彈出來的碎片，就是那面可怕的魔鏡，你還記得吧。一切美善的事物只要照在這面鏡子裡，就變得渺小惡劣，可是惡劣又邪門的東西卻會變得更顯眼，每個錯誤立刻變得很鮮明。可憐的小卡伊心裡也扎進了一枚碎片，他的心不久就會結成冰。雖然他現在不覺得痛，可是碎片留了下來。

「妳為什麼哭？」他問，「這樣很難看耶。我又沒怎樣。噢，呸！」他突然驚呼，「那朵玫瑰被蟲啃了，這朵長得歪七扭八。這些玫瑰根本難看死了，跟用來種的箱子一樣醜。」

接著他踢了箱子一下，扯掉這兩朵玫瑰。

「卡伊，你怎麼了？」小女孩喊道。

當他注意到她害怕的樣子，又扯下另一朵玫瑰，然後一跳躍進自家的窗戶，拋下漂亮的小葛爾妲。

後來她帶著自己的圖畫書過來，他卻說那種書只適合襁褓中的小嬰兒看。聽祖母講故事的時候，他總是用「可是」來打岔，有時還會背著祖母，戴上眼鏡學她說話。他模仿得維妙維肖，逗得大家哈哈笑。不久他就學起街上每個人的說話神態和走路姿勢。只要是古怪或醜陋的特點，卡伊都學得起來。於是人們說：「那個小子腦袋挺不錯的。」可是其實那是因為他的心裡卡著玻璃碎片，他甚至捉弄一心一意愛著他的小葛爾妲。

現在他玩的遊戲不同以往，變得非常高明。某個寒冷的冬日，落雪紛紛，他帶著一只放大鏡出門，將藍色外套的下襬攤開，讓雪花落在上頭。

「現在看看這個放大鏡，葛爾妲。」他說。

每片雪花都放大了，看起來就像一朵美妙的花朵，或是有十道星芒的星星，看起來真美麗。

「看看這個多妙啊，」卡伊說，「比真正的花有趣多了，一點瑕疵也沒有，在還沒融化以前，都很完美。」

不久之後，卡伊戴著厚手套、背上扛著雪橇，抬頭向葛爾妲呼喚：「爸媽說我可以到大廣場去，其他男生都在那邊玩。」說完就走了。

在大廣場上，膽子最大的男生常常把自己的雪橇拴在農人的載貨馬車後面，然後坐在雪橇上，讓馬車拉上好一段路，真是好玩極了。男生們正在玩耍的時候，出現一架漆成白色的大雪橇，裡頭坐著一個人，身上裹著粗糙的白色皮草，頭戴一頂粗糙的白扁帽。雪橇在廣場繞了兩圈，卡伊把自己的小雪橇拴在上頭，跟著騎行。大雪橇滑得越來越快，穿過下一條街。駕駛人轉過頭來，對卡伊友善地點點頭，彷彿兩人相識似的。每一次卡伊想解開自己的小雪橇，那個陌生人又會再對他點點頭，卡伊就繼續乖乖待著不動。就這樣一路出了城門。雪開始迅速落下，卡伊伸手不見五指，可是他們依然繼續往前奔馳。這時他急著想解開繩索，好從大雪橇那裡脫身，可是沒有用，因為小雪橇拴得太緊，風似地往前急馳。接著他放聲呼叫，可是沒人聽到他的聲音，大雪紛紛落下，雪橇往前狂馳，卡伊相當害怕。他想禱告，可是除了乘法表，什麼也不記得。

雪花變得越來越大，最後看起來就像大白雞，然後突然彈起來讓路。大雪橇戛然停下，駕雪橇的人站起身來，身上的皮草和扁帽竟然都是雪做的。其實是位女士，高䠷修長，白得燦亮，原來是雪后。

「一路真是順暢！」她說，「可是你怎麼在發抖呢？快爬進我的皮草來。」

她讓他登上大雪橇，坐在她身旁；當她用皮草裹住他時，他覺得自己彷彿陷進了雪堆。

「還會冷嗎？」她問，然後吻了吻他的額頭。

噢，這個吻比冰還要冷，寒意直透他的心，而他的心早有一半變成冰，他覺得自己就快凍死了，但這個感覺轉眼過去。他恢復了正常，不再注意到四周的寒冷。

「我的雪橇！別忘了我的雪橇。」

那是他的頭一個念頭，他的小雪橇就拴在一隻大白雞身上，而這隻雞背著小雪橇跟在他後頭飛。雪后再次吻了吻卡伊，這回他完全忘了小葛爾妲、他祖母以及自己的家。

「我不會再吻你了，」她說，「要不然可會把你吻死的。」

卡伊看著她。她長得好美，他想像不出更聰明或更賞心悅目的臉孔。之前她在窗邊召喚他的時候，他覺得她看起來像冰做的，但現在不再是了。在他眼中，她很完美，他一點都不覺得害怕。他告訴她，他會做心算，可以一路算到分數，而且他知道這個國家的面積和人口有多少。她一直面帶笑容，讓他覺得自己懂得的事情不夠多，然後他抬頭望向遼闊的天際。她帶著他高高飛在烏雲上頭，狂風呼呼吹嘯，好像在唱古老的歌。他們飛越樹林和湖泊、飛過大海和陸地。冷風在他們下面怒吼，狼在嚎叫，積雪喀啦作響。黑烏鴉在他們上方飛翔，尖聲啼叫，可是明亮清澈的月亮在這一切的上方照耀，卡伊望著漫漫冬夜，天亮時，他在雪后的腳邊睡著了。

第三個故事：施法術老婦的花園

卡伊一去不回，小葛爾妲該如何是好？卡伊發生什麼事了？沒人曉得，沒人有任何消息。一起玩的男生們只是說，他們看到他把自己的雪橇拴上一架大雪橇，駛過馬路，最後穿過城門揚長而去。沒人知道他的下落，大家為了他掉了很多眼淚，小葛爾妲尤其痛哭好久，然後她說他死了，溺死在他們學校附近的那條河裡。噢，那年冬天的日子可真是漫長又黑暗！可是現在春天到了，陽光更溫暖了。

「卡伊死了，沒了。」小葛爾妲說。

「我不相信。」陽光說。

「他死了，沒了。」她對燕子說。

「我們不相信。」牠們回答。最後連小葛爾妲也改變了想法。

「我要穿上我的新紅鞋，」有個早上她說，「就是卡伊從來沒看過的那雙紅鞋，然後我要到河邊去，打聽他的消息。」

時間還很早，老祖母還在睡，葛爾妲吻了吻她，然後穿上紅鞋，獨自走出城門，來到河邊。

「你真的把我的小玩伴帶走了嗎？如果你把他還給我，我就把紅鞋送給你！」

她覺得波浪好像以古怪的方式對她點點頭，於是她脫下比什麼都寶貝的紅鞋，這比什麼都最寶貝，然後把兩隻都丟進河裡。可是鞋子落在河畔附近，小波浪又把鞋送回她身邊，帶到地面上。河流彷彿不願拿走她最珍惜的東西，因為她的小卡伊並不在河裡。可是她以為鞋子丟得不夠遠，於是爬進一艘停在蘆葦叢中的船，走到船的另一端，從那裡把鞋子丟進河裡，可是這艘船沒拴牢，結果這麼一動，船從岸上滑進河裡。她一注意到就連忙回頭，可是還來不及走回船的另一端，船已經漂離岸邊一碼遠，漂離的速度比之前還快。

小葛爾妲非常害怕，哭了起來，可是除了麻雀，沒人聽見她哭，牠們也沒辦法把她帶回陸地上，可是牠們沿著河岸飛翔，一面唱歌，彷彿是要安慰她：「我們在這裡！我們在這裡！」那艘船順著水流前行，小葛爾妲坐著不動，腳上只穿襪子，那雙小鞋跟在她後面漂游，可是追不上這艘船。船往前漂得更快了。

河流兩岸風光明媚，有美麗的花朵、老樹、牛羊散布的山坡，可是放眼不見人影。

「也許這條河會帶我去找小卡伊。」葛爾妲想。

她開心起來，站起身，連續幾個鐘頭都看著迷人的綠色河岸。接著她來到一個大大的櫻桃園，園裡有棟搭著茅草屋頂的小屋，設有古怪的藍窗和紅窗。屋外立著兩個木頭士兵，向駛過的船舉槍行禮。

葛爾妲向木頭士兵呼喚，因為她以為它們是活的，它們當然沒回答。河流把船帶向岸邊，她來到很靠近木頭士兵的地方。

葛爾妲喊得更大聲了，有個老婦人拄著撐杖走到屋外。她戴著一頂大天鵝絨帽，上頭畫著細緻的花朵。

「妳這可憐的孩子！」老婦說，「妳怎麼會到水流這麼急的大河上，還漂到了這麼遠的地方來？」

接著老婦人涉水走進河裡，用撐杖鉤住船，將船拉向陸地，再將小葛爾妲抱出來。再次回到乾燥的陸地，葛爾妲很高興，雖然她有點怕那個陌生的老婦人。

「過來告訴我妳是誰，為什麼會來到這裡。」老婦人說。葛爾妲一五一十都跟老婦人說了，老婦人搖著頭說「嗯！嗯！」葛爾妲把事情都說完之後，問她有沒有看到小卡伊，婦人說卡伊沒來過這邊，不久之後或許會經過。她要葛爾妲別傷心，叫葛爾妲先欣賞花兒、品嘗櫻桃，因為這些花比圖畫書裡都要好，因為它們都會講故事。接著老婦人牽起葛爾妲的手，領著她走進屋裡，順手鎖上了門。

房子的窗戶非常高，窗玻璃有紅、藍和黃，日光照進來的時候會交織成各式各樣的奇妙色彩。桌上放著精緻的櫻桃，葛爾妲想吃多少都可以。她一面吃，老婦人一面用一把金梳子替她梳頭髮，漂亮的黃色鬈髮垂在那張友善小臉的周圍，看起來就像一朵盛開的玫瑰。

「我一直希望有個妳這樣討人喜歡的小女孩，」老婦人說，「我們兩個會處得很好的。」

老婦人越是替葛爾妲梳頭髮，葛爾妲就越是淡忘親如兄弟的卡伊，因為老婦人會法術，但她並不是邪惡的巫婆。她只是為了自娛而偶爾施點法，而且她想把小葛爾妲留在身邊。所以她走進花園，舉起撐杖指向玫瑰花叢，玫瑰轉眼沉入土裡，誰也看不出它們當初長在什麼地方。老婦人害怕的是，如果小女孩看到玫瑰，可能就會想起自家的玫瑰，繼而憶起卡伊，然後一溜煙跑走。

現在她把葛爾妲帶到屋外的花園，那裡瀰漫著花香，多麼美好！人所能想像得到的四季花種都在這裡綻放，沒有圖畫書可以這麼漂亮和鮮豔。葛爾妲開心地跳起來，玩到太陽在高高的櫻桃樹後方落下。接著老婦送她到可愛的床上睡覺，那裡有繡滿藍色紫羅蘭的紅絲枕頭，她在那裡入睡，就像王后在大喜之日那樣做了美夢。

許多個日子就這樣過去。有一天，葛爾妲又來到溫暖的陽光下跟花朵嬉戲。每朵花她都認識，可是儘管有那麼多種類的花，她還是覺得缺了一種，可是說不出是哪一種。有一天她坐著欣賞老婦人那頂畫滿花朵的帽子，當中最漂亮的就是玫瑰。老婦人施法術讓玫瑰消失，卻忘了把帽子上那一朵抹除。不過，人如果不留神，就會發生這種事。

「咦，這個花園沒有玫瑰嗎？」葛爾妲喊道。

她走到花圃之間尋尋覓覓，但是連一朵都找不到。接著她坐下來哭泣：淚水落在埋藏玫瑰花苞的地方，溫暖的淚水濕潤了土地，玫瑰樹立刻往上竄起，像沉進地下以前那樣盛放。葛爾妲擁抱這個樹叢，吻了吻玫瑰們，想起家裡的美麗玫瑰，也連帶憶起了小卡伊。

「噢，我耽誤了多少時間啊！」小女孩說，「我原本想找小卡伊的！你們知道他在哪裡嗎？」她問玫瑰們，「你們覺得他死了嗎？」

「他沒死，」玫瑰們回答，「我們一直在地裡，死去的人都在那裡，可是卡伊不在。」

「謝謝你們，」小葛爾妲說，她走到其他花朵前面，望進它們的花冠，然後問：「你們知道小卡伊在哪裡嗎？」

可是站在太陽下的每朵花滿腦子只有自己的故事或是幻想故事。葛爾妲聽了好多好多故事，可是沒有一朵花知道卡伊的去向。

虎百合說了什麼呢？

「妳有沒有聽到『砰｜咚』的鼓聲？總是只有兩個音，永遠是『砰｜咚！』聽聽女人們的哀歌！聽聽祭司們的呼喚！印度寡婦披著紅長袍站在火葬柴堆上，火焰繞著她和她的亡夫往上竄起，可是那個印度女人滿腦子只有四周裡一個活著的男人，他的雙眼比火焰更熾熱，他灼熱的目光曾經如此觸動她的心，這力量勝過即將吞噬她軀體的火焰。火葬柴堆的火有可能燒滅內心的火焰嗎？」

「我完全聽不懂！」小葛爾妲說。

「那是我的故事。」這朵百合說。

牽牛花又說了什麼？

「那條窄路過去的地方，矗立著一座古堡，傾頹的紅牆上覆蓋了濃密的藤蔓，一直往上蔓生到陽台那裡，那裡站著一位美麗的姑娘；她倚著欄杆彎身望向馬路。枝椏上的玫瑰沒一朵有她清新，在風中搖曳的蘋果花，不會比她走路的模樣更輕盈。她身上華貴的絲綢窸窣作響！『他還沒來嗎？』」

「你是說卡伊嗎？」小葛爾妲問。

「我只是在講故事，講我的夢境。」牽牛花回答。

小雪花蓮又說什麼呢？

「有一塊長板子用繩子掛在兩棵樹之間，是個鞦韆。兩個漂亮的小女孩坐在鞦韆上盪啊盪，身上的衣服白如雪，帽子上繫著綠色長緞帶，她們的哥哥比她們都高大，站在鞦韆上，兩條手臂勾住繩子好穩住自己，一手拿了個小碗，另一手拿了條陶管，他正在吹泡泡。鞦韆飛得高高的，泡泡往上升，變換不停的色彩很美麗。最後一個泡泡還掛在陶管口，在風中搖擺。鞦韆繼續飛揚：小黑狗輕得跟泡泡似的，用後腿站起來，也想上鞦韆，但鞦韆繼續盪得好高，小狗跌了下來，氣得汪汪叫，因為牠被捉弄了。然後泡泡爆開。搖晃的鞦韆板子和爆開的泡泡，這就是我的歌曲。」

「雖然你說的這首歌很不錯，可是你說得好悲傷，而且你根本沒提到卡伊。」

風信子又講了什麼呢？

「有三位美麗的姊妹，肌膚透淨又嬌嫩。一位一身紅洋裝，第二位藍洋裝，第三位白洋裝。她們手牽手在明亮的月光下跳舞，就在平靜的湖邊。她們不是精靈，而是人類。那裡的氣味真是甜美芬芳！女孩們隱入森林不見了，甜美的香氣變得更濃郁：湖泊對面的密叢裡放了三具棺材，裡頭躺著那三位美麗姑娘，螢火蟲好似懸浮的小燈，在她們四周一閃一閃飛舞著。

這些跳舞的女孩是睡著還是死了？花朵的香氣說，她們全都死了，而暮鐘敲響的，正是她們的喪鐘。」

「你讓我好難過，」小葛爾妲說，「你的香氣這麼濃烈，讓我忍不住想起那些死去的姑娘。啊！難道小卡伊真的死了嗎？玫瑰它們到過地底下，說他沒死啊。」

「叮鈴！叮鈴！」風信子搖響了自己的花鐘，「我們不是為了小卡伊敲鐘，我們並不認識他，我們只是在唱我們的歌，我們唯一知道的歌。」

葛爾妲走到在綠葉間發出亮光的金鳳花那裡。

「你是個明亮的小太陽，」葛爾妲說，「如果你知道的話，請告訴我，我到哪裡可以找到我的同伴。」

金鳳花發出如此歡樂的亮光，回望著葛爾妲。金鳳花會唱出什麼樣的歌呢？它唱的也跟卡伊無關。

「春季的頭一天，在小小的中庭裡，明亮的太陽發出暖暖的光芒。光線沿著鄰家房子的白牆往下滑，附近長出頭一朵黃花，在明朗的陽光下，散放黃金般的光。老祖母坐在門外的椅子上，她孫女是個窮苦的漂亮女僕，正返鄉探親一小段時間；她吻吻祖母。那個蒙福的吻裡有金子，心的金子，唇上的金子，地裡的金子，旭日東升時天空中的金子。喏，那就是我的小故事。」

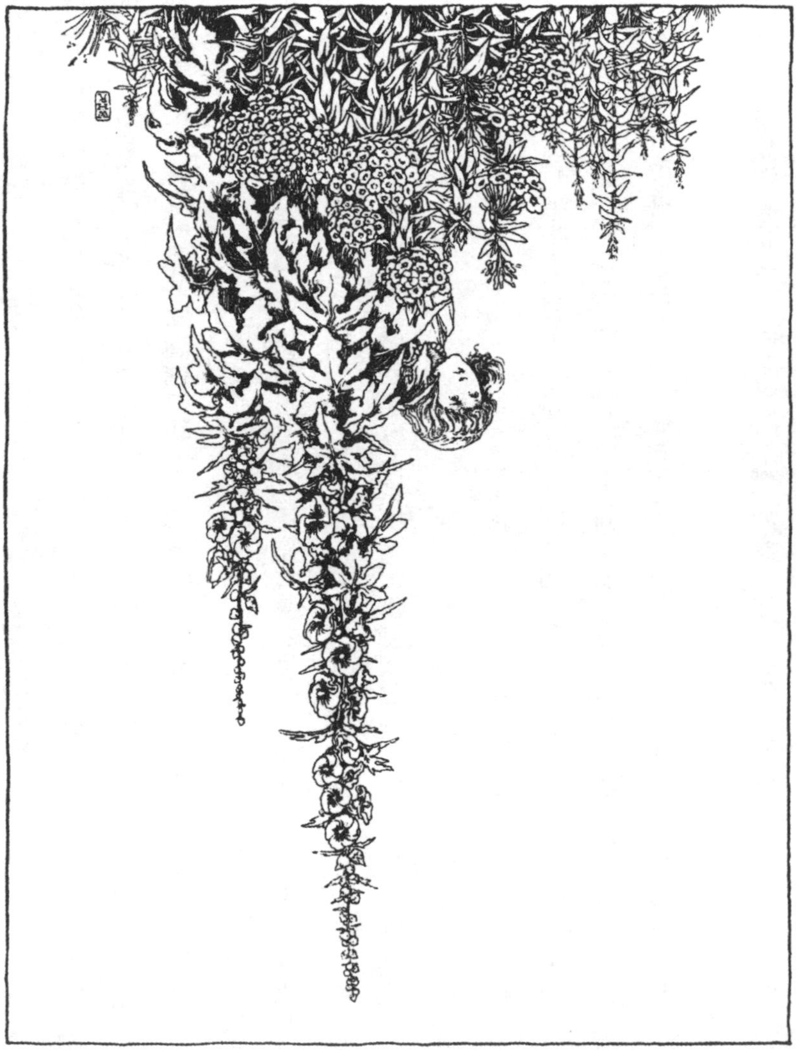

金鳳花說。

「我可憐的老祖母！」葛爾妲嘆氣，「對，她一定很想我，替我難過，就像為小卡伊難過那樣。可是我應該要趕快帶卡伊回家。我在這裡問花也沒用，它們只知道自己的歌，什麼消息也沒給我。」接著她把小小的罩袍繫好，這樣才能跑得更快，不過她跳過水仙花的時候，它撞上她的腿，她停下來看著這朵長長的黃花，然後問：「也許你知道小卡伊的事情？」

她朝那朵花彎下身子，它會說什麼呢？

「我看得到我自己！我看得到我自己！」水仙花說，「噢！噢！我的香氣真是甜美！在頂樓的小房間裡，有個跳舞的女孩站在那裡：她一會兒單腳站、一會兒雙腳站，最後對著世界踢蹬兩邊腳跟。她只是個視覺幻象，別無其他。她從水壺朝一件衣物上倒水，那是她的束腹。愛整潔是美德！她的白洋裝掛在鉤子上，也在這個茶壺裡清洗過，然後放在屋頂上晾乾。她把它穿上身，再將橘黃色手帕繫在脖子上，將洋裝襯得更白。把腳繃直！看看她靠單腳保持平衡的模樣。我看得到我自己！我看得到我自己！」

「那些事情我全都不在乎，」葛爾妲說，「你不用告訴我。」

接著她跑到花園的盡頭。門鎖著，但她用力抵住生鏽的門鎖，最後鎖斷掉，門彈了開來，小葛爾妲光著腳，衝進遼闊的世界。她回頭三次，但沒有追兵。她拔腿狂奔，直到再也跑不動為止，然後在一個大石頭上坐下。當她四下張望，發現夏天已經過去，現在已是晚秋。之前在那座陽光永遠普照的美麗花園裡，四季的各種花朵永遠綻放，不會注意到季節的變化。

「唉呀！我耽誤了好久！」小葛爾妲說，「都秋天了，我不能再休息下去。」

接著她起身繼續走。噢，她的小腳好瘦好累啊。四周看起來寒冷蕭瑟，長長的柳葉已經枯黃，露珠像水一樣滴落。一片接一片的葉子飄落，只有黑刺李還在結果，可是黑刺李是酸的，吃了牙齒很難受。噢，廣闊的世界看起來好灰暗好陰沉！

第四個故事：王子和公主

葛爾妲不得不再次坐下來歇歇，對面有隻大烏鴉越過雪地跳啊跳過來。烏鴉停下腳步，端詳她好久，一面點著腦袋。現在牠說：「嘎！嘎！妳好啊！妳好啊！」牠盡量把人話說好，因為牠有意善待這個小女孩，而且問她在這個遼闊的世界裡，孤身一人是要往哪兒去。葛爾妲明白「孤身」這個詞的意思，她親身體驗過了。她把自己的生活和經歷如實告訴了烏鴉，問牠是否見過卡伊。

烏鴉沉重地點點頭並說：

「可能喔！可能喔！」

「是嗎？你真的這麼想？」小女孩喊道，她拚命吻著烏鴉，緊緊抱住牠，險些把牠悶死。

「動作輕點、輕點！」烏鴉說，「我想我知道，我相信那可能是卡伊，可是他跟公主在一起，肯定把妳忘光了。」

「他跟公主住在一起嗎？」葛爾妲問。

「是的，聽我說，」烏鴉說，「要我說人類的話實在很吃力，如果妳懂烏鴉的話，我就能說得更順口。」

「我不懂，我從來沒學過，」葛爾妲說，「可是我祖母懂，她會說烏鴉的語言，真希望我以前學過。」

「這倒無所謂，」烏鴉說，「我會盡量把話說清楚，可是沒辦法保證會講得好。」

接著烏鴉講了牠所知道的事。

「我們現在住的這個國家由一位公主統治，她冰雪聰明，全世界的報紙都讀過，但是轉眼就忘得精光，她就是這麼聰明。不久前她坐在王位上，那個位置坐起來沒有一般人想像的有趣。她開始哼歌，歌詞像這樣：『噢，我怎麼還沒結婚呢？』她說：『說的也是，我為什麼不結婚呢？』」烏鴉說，「然後她打定主意要結婚，就等找到一個聽她講話懂得回應的丈夫，而不是光會模樣尊貴地站著的那種，因為那樣很無趣。所以她把女侍全部召來，她們聽到她的打算之後都非常高興。『這樣很好啊，』她們說，『我們前幾天正好也這麼想。』我告訴妳的事情千真萬確，」烏鴉補充，「我有個溫馴的未婚妻可以在城堡裡自由活動，她什麼都會告訴我。」

當然了，這個未婚妻是隻烏鴉，因為烏鴉總是會找同伴，物以類聚嘛。

「這項消息立刻登在報紙上，文章四周印著一圈心，還加上公主的首字母簽名。讀了那篇文章就會知道，凡是相貌堂堂的年輕人都可以進宮來跟公主談談。只要講起話來態度很自在，口才最好的那個人，公主就會選為自己的夫婿。沒錯，沒錯，」烏鴉說，「妳可以相信我，我說的千真萬確。年輕人紛紛前來，人潮洶湧，來回走動，可是頭一天或第二天都沒人成功。他們在街上的時候，各個能言善道，可是一走進宮殿大門，看到警衛一身銀色制服站著，走上階梯，又看到穿著金色制服的侍從以及燈火輝煌的大廳時，就會慌張起來。他們站在寶座前面，公主就坐在上頭，他們除了重複她說的最後幾個字，什麼都說不出口。而她根本不想重複聽自己講的話，這些人彷彿注射了麻醉劑，昏昏欲睡似的，直到回到街上，又能開口講話了。這些人從城門到宮殿大門排成了長長的隊伍。我自己都去看了，」烏鴉說，「他們又餓又渴，可是在宮殿裡他們連一杯溫水都喝不到。有幾個靈光的傢伙隨身帶了麵包和奶油，可是不願跟旁邊的人分享，因為他們暗想：『讓他露出一副餓鬼的樣子，公主就不會想要他。』」

「可是卡伊，小卡伊呢？」葛爾妲問，「他什麼時候來過？他在人群裡嗎？」

「等等，等等嘛！我們正要講到他呢。到了第三天來了個小傢伙，他沒騎馬也沒乘馬車，開開心心走向城堡，雙眼就跟妳一樣閃閃發光，他留了一頭金色長髮，可是衣服破破爛爛。」

「那就是卡伊！」葛爾妲喜出望外地說，「噢，我找到他了！」她拍起手來。

「他背上有個小背包。」烏鴉說。

「不會吧，是小雪橇才對，」葛爾妲說，「因為他當初是駕著雪橇離開的。」

「可能吧，」烏鴉說，「我沒看得那麼仔細。可是我從溫馴的未婚妻那裡知道的是，當他穿過宮殿大門，看到一身銀的警衛，登上階梯，又看到一身金衣的侍從時，一點尷尬的反應都沒有。只是點點頭，對他們說：『站在樓梯上工作一定很無聊吧，要是我寧可進屋子裡去。』大廳燈火通明，顧問和大臣都赤著腳走來走去，手裡捧著金色容器。凡是看到這個景象的人都會肅穆起來，而他的鞋子踩在地上嘎吱作響，吵雜極了，可是他一點都不難為情。」

「卡伊就是這樣！」葛爾妲喊道，「他那個時候穿上了新鞋子，我聽過他的鞋子在祖母的房間裡嘎吱響。」

「是的，它們當然會嘎吱響，」烏鴉繼續說，「他大膽地直接走到公主面前，公主坐在大得像紡車的珍珠上，所有的女侍帶著隨從，隨從帶著自己的隨從，所有的騎士帶著自己的跟班，跟班自己還有僕從，而這些僕從又各自帶著一名小廝，他們全都站在四周。站得離門口越近，態度就越驕傲。僕從的小廝，老是穿著拖鞋走動，站在門口的神情高傲得不得了，你幾乎不敢正眼看他們！」

「這樣一定很糟糕！」小葛爾妲態度動搖了，「可是卡伊贏得公主了嗎？」

「如果我不是烏鴉，我也能贏得公主，雖然我已經訂了親。他們說他能說善道，就像我用烏鴉的話講話那樣。這是從我溫馴的情人那裡聽來的。他開朗討喜，說自己不是來向公主提親，而是來聆聽公主的智慧，他對她很中意，她對他也是。」

「對，那一定是卡伊！」葛爾妲說，「他非常聰明，心算可以算到分數呢。噢，你能不能也帶我去那座城堡？」

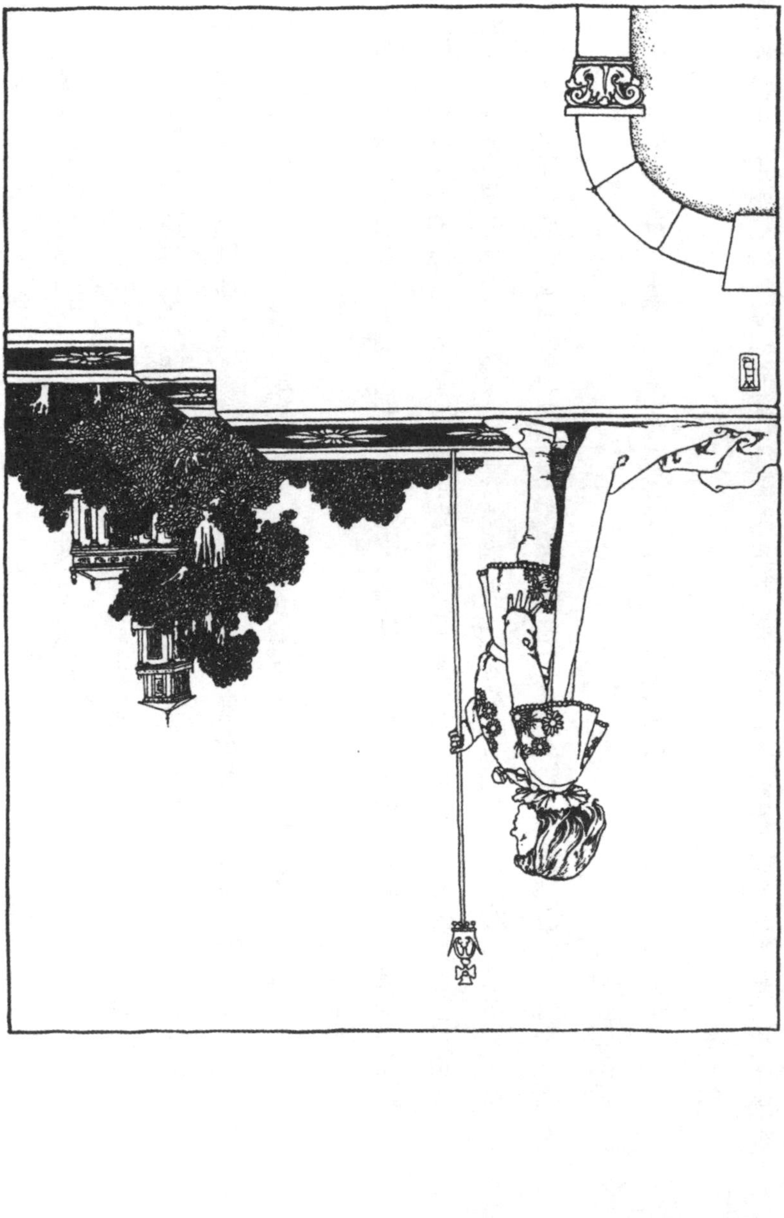

「說來容易做來難，」烏鴉回答，「我們要怎麼過去呢？我會跟我溫馴的未婚妻談談，也許她可以給我們一點意見。我得告訴妳，他們永遠不會讓妳這樣的小女孩進宮的。」

「不，他們會准許的，」葛爾妲說，「等卡伊聽說我來了，就會馬上走出來，帶我進去。」

「到門欄那裡等我。」烏鴉說，扭頭飛走了。

烏鴉回來的時候，時間已經很晚了。

「嘎！嘎！」牠說，「我的未婚妻要我向妳問好，這裡有條小麵包要給你。是她從廚房拿來的。那裡有不少麵包，妳一定餓了吧。妳打著赤腳，不可能從前門進宮，一身銀裝的守衛和一身金裝的侍從不會放行的。可是別哭，妳還是上得去。我的未婚妻知道後面有個小樓梯，可以通往臥房，她知道去哪裡可以拿到鑰匙。」

他們走入花園，踏上林蔭大道，那裡的樹葉一片片飄落，宮殿的燈火一盞接一盞熄滅時，烏鴉帶著葛爾妲走到開了個縫的後門。

噢，格爾妲的心因為恐懼和嚮往跳得多快啊！彷彿她打算做什麼壞事似的，可是她只是想知道那個人是不是小卡伊。是的，一定是。她多麼思念他的清澈雙眼和長髮，她想像他看到她的時候，對她綻放笑容，那抹笑容就像兩人以前坐在家裡種的玫瑰之間那樣。他一定很高興見到她，聽到她為了他跋涉得這麼遠，得知家裡因為他一去不回有多傷心。噢，她心裡的恐懼和

喜樂多麼強烈啊！

現在他們站在樓梯上。櫃子上點著一盞燈，地板中央站著那隻溫馴的雌烏鴉，把腦袋轉來轉去，瞅著葛爾妲。格爾妲依照祖母教導她的方式，行了個屈膝禮。

「我的未婚夫說了很多妳的好話，小淑女，」溫馴的雌烏鴉說，「可以這麼說吧，妳的經歷非常動人。能不能麻煩妳提燈？我會負責帶路。我們順著這條路直走，免得遇到什麼人。」

「我覺得後面好像有人，」葛爾妲說，有東西衝過她身邊：好像是牆壁上的影子；是鬃毛飄揚的馬、踩著細瘦的腿，是騎著馬的獵人、紳士和貴婦。

「這些只是夢影，」雌烏鴉說，「它們

來把殿下們的思緒帶出去狩獵，那樣反倒更好，因為妳可以趁他們睡覺的時候，把他們看得更仔細。可是我希望等妳將來飛黃騰達的時候，可別忘了我。」

「噢，這是一定的啊！」從樹林裡來的烏鴉說。

現在他們走進了第一個大廳：那裡掛著玫瑰色的緞子，上頭繡著人造花。在這裡，夢影又從身邊飛掠而過，但速度快得葛爾妲看不清這些王公貴人。門廳一個比一個富麗堂皇，是的，幾乎令人看得頭昏眼花！最後他們來到了寢室。這裡的天花板就像大棕櫚樹的樹冠，葉子用貴重的玻璃製成，地板中央有兩張床鋪，每張床都像一朵百合，掛在粗粗的金莖上。公主躺在白色的那張床；另一張床是紅的，葛爾妲要到那張床去找小卡伊。她把一片紅花瓣撥開，看到了棕色的頸背。噢，是卡伊沒錯！她大聲呼喚他的名字，舉著燈朝他湊去。那些夢影再次坐在馬背上衝進房裡，他醒了，轉過頭來，竟然不是小卡伊！

王子只有脖子像卡伊，但長得年輕俊美，公主眨著眼睛，從白百合抬起腦袋，問來人是誰。小葛爾妲哭出來，把自己的事和烏鴉們怎麼幫她全都從實招來。

「妳這可憐的孩子！」王子和公主說，說他們並不生烏鴉們的氣，可是烏鴉以後不能再做這樣的事。不過，牠們應該得到獎賞。

「你們想要自由自在呢？」公主問，「還是想當任職宮廷烏鴉，享用廚房用剩的東西？」

兩隻烏鴉一鞠躬，懇求固定的職位，因為牠們考慮到自己的晚年，並說：「到了晚年不愁吃的，是件很不錯的事。」牠們這麼說。

王子下了床，把床讓給葛爾妲睡，除此之外，他也沒辦法多做什麼。她交握小小的雙手，心想：「人和動物都好善良！」接著閉上眼睛，靜靜入睡。所有的夢影再次飛奔進來，看起來有如天使，它們拖著一架小雪橇，卡伊就坐在上面點著腦袋，可是這全是一場夢，她一醒來就再次消失了。

隔天，她從頭到腳一身天鵝絨裝扮，他們邀請她留在城堡裡享受愉快的時光。可是她只懇求他們提供一輛單馬拉的小馬車，還有一雙小鞋。這樣她就可以駕著馬車去尋找卡伊。

她不只拿到了鞋子，還有暖手筒，而且打扮得整整齊齊。她準備出發的時候，一輛純金打造的馬車停在門口。王子和公主的皇家徽章在馬車上像星辰一樣閃耀。馬車夫、僕人和頭戴金冠坐在馬背上的騎馬侍從。王子和公主親自扶著她坐進馬車，祝她一切好運。樹林的那隻烏鴉現在已經結了婚，會陪伴她走頭三英里路，牠坐在葛爾妲的身邊，因為牠無法忍受倒行坐車：雌烏鴉站在門口撲動翅膀，沒跟他們一起上路，因為牠頭在痛。打從得到固定職位，獲准吃太多東西之後，就開始有了這種症狀。馬車上放了甜餅，座位上還擺了堅果薑餅和水果。

「再會！再會！」王子和公主喊道。小葛爾妲哭了，烏鴉也哭了。往前走三英里之後，烏

鴉向她道別，這樣的離別非常沉重。烏鴉往上飛到一棵樹上，在馬車消失蹤影以前，一直鼓動著黑翅膀，馬車像燦爛的陽光一樣熠熠生輝。

第五個故事：小強盜女孩

他們穿過濃密的森林往前行駛，可是馬車就像火炬一樣發亮，吸引了強盜們的目光，他們無法任由它離去。

「是黃金！是黃金耶！」他們嚷嚷，衝上前來攔截，揪住馬匹，殺了騎馬侍從、馬車夫和僕人，最後把小葛爾妲拖下馬車。

「她好胖好軟，像是吃山核桃長大的！」強盜老婦說，她留著一把糾結的長鬍子，亂糟糟的眉毛垂在眼睛上。「會跟胖胖的小羔羊一樣美味！好一道佳餚！」

她抽出晶亮的刀子，閃出可怕的寒光。

「噢！」老婦人同時放聲尖叫，因為她自己的女兒撲上她的背，頑皮地狠狠咬住她的耳朵。

「妳這個醜八怪渾小子！」老婦人破口大罵，這下沒時間殺葛爾妲了。

「她要陪我玩！」小強盜女孩說，「她要把暖手筒和漂亮洋裝給我，到床上陪我一起睡覺！」

接著女孩又咬一口，婦人痛得跳到半天高，忽地旋過身來，所有的強盜都笑了，並且說：

「看看她在陪自家的小鬼跳舞呢。」

「我想坐那輛馬車。」小強盜女孩說。

她被寵壞而且個性倔強，習慣為所欲為，她和葛爾妲坐在馬車裡，越過樹樁和岩石，往森林深處駛去。小強盜女孩跟葛爾妲身高差不多，可是比較健壯，肩膀更寬，而且皮膚曬成棕色，眼眸烏黑，看起來相當悲傷。她摟住小葛爾妲的腰，然後說：

「只要妳不惹我生氣，他們就不會殺了妳。我想妳是公主吧？」

「不是。」葛爾妲回答，然後把自己經歷過的事情全告訴她，說自己有多喜歡小卡伊。

小強盜女孩嚴肅地看著她，輕輕點點頭，然後說：

「即使妳惹我生氣，他們也不會殺妳，因為我會自己動手。」

接著她擦乾葛爾妲的眼淚，將手伸進柔軟溫暖的美麗暖手筒。

現在馬車停下，她們到了強盜城堡的中庭。從屋頂到地面爆出東西，渡鴉和烏鴉從大洞裡飛出來，每一頭看起來都像可以吞掉人似的大牛頭犬高高跳起來，可是牠們並沒吠叫，因為這裡嚴禁牠們出聲。

在煙霧瀰漫的古老大廳裡，石頭地上有個明亮的火堆在燃燒，煙霧沿著天花板飄蕩，想找路鑽出去。一大鍋的湯汁正在沸騰，野兔和家兔正在烤叉上烤著。

「妳今天晚上可以跟我還有我的小動物們一起睡。」小強盜女孩說。

兩人吃了也喝了點東西，然後走到一個角落裡，那裡鋪了乾草和毯子。上方的板條和棲木上，坐著一百多隻鴿子，看起來都像睡著似的，可是兩個小女孩走近時，牠們都把腦袋轉過來。

「這些都是我的，」小強盜女孩說，快手抓起最近的一隻，揪住牠的雙腳，狠狠搖晃到牠猛拍翅膀。「親親牠吧！」她嚷嚷，一面塞向葛爾妲的臉。「旅鴿就坐那邊，那兩個壞蛋啊，要是不好好關住，就會直接飛走。還有這是我的老甜心，牠叫叭。」她抓住鹿角，拉出一隻馴鹿，牠被拴著，脖子上套了個擦亮的銅環。「我們一定要緊緊拴住牠，要不然牠會從我們身邊溜走。每天晚上，我都會用一把銳利的刀子搔牠的脖子，牠就會很害怕。」

接著小女孩從牆壁縫隙抽出一把長刀，滑過馴鹿的脖子，可憐的馴鹿蹬著腿，強盜女孩哈哈笑，然後把葛爾妲拉上她的床。

「妳睡覺都把刀子放在身邊嗎？」葛爾妲問，一臉害怕地看著刀子。

「我向來帶著刀子睡覺，」小強盜女孩回答，「誰也不曉得會發生什麼事。小卡伊的事，還有妳為了什麼來到外面世界，全部再跟我說一遍吧。」

於是葛爾妲從頭再說一回，旅鴿在她們上方的籠子裡咕咕叫著，其他的鴿子都在睡覺。小強盜女孩攬住葛爾妲的脖子，另一手握著那把刀，湊近葛爾妲睡，好把她的話聽清楚。可是葛爾妲根本不敢閉上眼睛，她不知道自己接下來是死是活。

強盜們圍著火堆坐，邊唱歌邊喝酒，強盜老婦醉得跌跌撞撞。這番景象看在小女孩的眼裡相當駭人。

接著旅鴿說：「咕！咕！我們看到了小卡伊。一隻白雞扛著他的雪橇：他坐在雪后的馬車上，路過我們原本生活的森林，我們當時躺在窩裡。她朝我們這些幼鴿吹氣，結果除了我們兩隻以外大家都死了。咕！咕！」

「你們在說什麼？」葛爾妲問，「雪后往哪裡去了？你們知道嗎？」

「她可能到拉普蘭去了，因為那裡一直是冰天雪地，問綁在繩子上的馴鹿就知道。」

「沒錯，那裡冰天雪地，美妙極了，」馴鹿說，「在那裡，可以在閃閃發亮的冰原上自由奔跑。雪后在那裡架了個夏季帳棚，可是她的永久住所是北極附近的一座城堡，在一個叫斯皮茲貝爾根的島上。」

「噢，卡伊，小卡伊！」葛爾妲喊道。

「躺著別動，」小強盜女孩驚呼，「要不然我把刀捅進妳的身體。」

到了早上，葛爾妲把旅鴿說的話轉告給小強盜女孩，小強盜女孩一臉認真，點點頭並說：「不要緊！不要緊！」然後轉頭問馴鹿：「你知道拉普蘭在哪裡嗎？」

「誰能比我更清楚？」馴鹿回答，雙眼放光。「我在那裡出生長大，以前我都在雪地裡奔跑。」

「聽著！」小強盜女孩對葛爾妲說，「妳看我們家的男人都出門去了，只有媽媽還在，她會留在家裡，可是到了中午她就會灌好大一瓶酒，喝完就會睡上一覺，到時我再替妳想想辦法。」

接著她跳下床，一把勾住母親的脖子，扯著她的鬍鬚，一邊嚷嚷：

「早安啊，我的老母羊。」她母親用手指彈她的鼻子，直到又紅又青，不過母親這麼做純粹為了愛。

等母親灌完整瓶酒去睡覺，小強盜女孩走到馴鹿那裡並說：

「我實在很想用刀子多搔你的脖子幾次，因為你的反應很好笑，可是不要緊。我會鬆開你的繩索，讓你溜出去，這樣你可以跑回拉普蘭，不過你一定要好好用你那四條腿，載這個小女孩到雪后的宮殿去，她的玩伴就在那邊。她告訴我的事情，你都聽到了。那時候她講得夠大聲，你可能就像平常那樣在偷聽。」

馴鹿歡喜得跳起來。小強盜女孩把小葛爾妲抱到馴鹿背上，事先想到將她牢牢綁在上頭，甚至把自己的小靠墊送她當鞍座。

「皮草靴子還妳，因為天氣變冷了，」她說，「不過，暖手筒我要留下來，因為很漂亮。不過，妳不會冷到的，這是我媽媽的無指大手套，可以一路套到妳手肘那裡。現在妳的樣子像我那個醜八怪媽媽了。」

葛爾妲喜極而泣。

「看到妳哭哭啼啼真受不了，」小強盜女孩說，「這樣不行，妳要露出很開心的模樣。這裡有兩條麵包和一塊火腿，這樣妳就不會餓肚子了。」

這些東西都綁在馴鹿的背上。小強盜女孩打開門，把所有的大狗哄誘進來之後，用利刀割斷拴住馴鹿的繩子，然後對馴鹿說：「現在快跑，好好照顧這個小女生。」

葛爾妲向小強盜女孩伸出戴著無指大手套的雙手並說：「再見了！」

馴鹿拔腿奔過樹樁和岩石，穿過大森林，越過沼澤和草原，能跑多快就跑多快。狼群號叫，大烏鴉嘎嘎叫。「嘶！嘶！」這樣的聲音在空氣中蕩漾，天空彷彿閃現火焰似的。

「這些是我熟悉的北極光，」馴鹿說，「看看它們閃閃發光的樣子！」接著以前所未有的速度，夜以繼日跑下去。

第六個故事：拉普蘭的女人和芬蘭的女人

他們在一間小屋前面停下來，這間小屋很簡陋，屋頂幾乎斜到地面，門低到這家人想進出的時候，都得趴在地上用爬的。屋子裡除了一位拉普蘭老太太，沒有別人。馴鹿把葛爾妲的故事全盤托出，不過牠先說了自己的過去，因為馴鹿覺得自己的故事更重要。葛爾妲因為寒冷而筋疲力盡，一句話也說不出來。

「噢，你們這些可憐的東西，」拉普蘭婦人說，「你們還有很長的路要走呢！至少得再走一百英里，才能到芬馬克，因為雪后在那邊的鄉下度假，每天晚上大放藍色煙火[1]。因為我沒有紙，我會在鱈魚乾上寫幾個字，你們當成信交給芬蘭的女人，她可以給你們更好的消息。」

葛爾妲等身子暖和起來，吃了喝了東西之後，拉普蘭女人在鱈魚乾上寫了一些字，要葛爾妲好好保管，然後再把她綁回馴鹿身上。馴鹿疾馳離開。

1 註：北極光。

呼咻！呼咻！牠高高飛在天上，美麗無比的藍色北極光徹夜大放光明。

他們來到芬馬克，敲了敲芬蘭婦女的煙囪，因為她連個小屋都沒有。煙囪裡熱烘烘的，那個女人幾乎裸著身子。她立刻鬆開小葛爾妲的洋裝，脫下這孩子的手套和靴子，要不然小女孩會熱到受不了。接著她在馴鹿的頭上放了一塊冰，然後讀了鱈魚乾上的信。她前後讀了三次，牢記在心，然後把魚乾扔進湯鍋，因為這個魚乾可以吃，而她從不浪費任何東西。

現在馴鹿先說自己的故事，再講小葛爾妲的經歷，芬蘭婦女眨著機靈的眼睛，可是什麼都沒說。

「妳很機靈，」馴鹿說，「我知道妳可以用條線，把天底下的風綁在一起，如果水手鬆開一個結，就可以得到順風。如果他解開第二個結，風就會變強。可是如果他解開第三和第四個節，風就會強到把森林吹得翻天覆地。妳能不能給這個小女孩一點什麼，讓她擁有十二個男人的力量，可以征服雪后？」

「十二個男人的力量！」芬蘭婦女又說一遍，「哪有什麼用啊！」

接著她走向一張床鋪，找出一張捲起的大皮草，然後攤開來；上頭寫了些奇特的文字，芬蘭婦女讀了又讀，直到汗水淌下額頭。

可是馴鹿再次拚命替小葛爾妲求情，葛爾妲也淚眼汪汪，懇求地望著芬蘭婦女。芬蘭婦女再次眨眨眼，把馴鹿拉到角落，再放一塊冰在牠腦袋上，一面低聲說：

「小卡伊確實在雪后那裡，那裡所有的東西都很合他口味和喜好，他認為那裡是全世界最棒的地方，可是那是因為玻璃碎片跑進了他的眼睛，心裡也卡了一小塊碎片。一定要把那些碎片取出來，要不然他永遠無法恢復人性，永遠擺脫不了雪后的控制。」

「可是妳難道不能給小葛爾妲一帖什麼藥劑，讓她喝了可以得到力量，克服這些事情？」

「我可以給她的力量，並不會比她原本擁有的更強大。你難道看不出她的力量有多大？你難道沒看到，人和動物都得為她效勞？她光著腳在世界上闖蕩，卻一直順遂平安？她沒辦法從我這裡接收到比她原本還大的力量。她是個甜美天真的孩子，她的力量就在內心深處。如果她不能憑自己的力量到雪后那裡，移除小卡伊身上的玻璃，我們也使不上力！距離這裡兩英里，就是雪后的花園，你可以載小女孩到那裡去，把她放在雪地裡長滿紅漿果的大灌木叢旁邊。你可別站在那裡逗留閒聊，要趕緊回來這邊！」

接著芬蘭女人把小葛爾妲抬到馴鹿背上，馴鹿使勁全力快奔。

「噢，我忘了穿靴子！也忘了戴無指手套！」葛爾妲喊道。

她在刺骨的寒冷中才注意到這點，可是馴鹿不敢稍停腳步，一路衝刺到長著紅漿果的灌木叢，放下葛爾妲，吻吻她的嘴，大大的淚珠淌下牠的臉頰，接著牠用最快的速度回頭奔離。可

憐的葛爾妲站在原地，沒穿鞋子也沒戴手套，在天寒地凍的芬馬克。

她用最快的速度往前跑，接著有一大群雪花落下，但並非來自天空，因為天空一片明朗，籠罩在北極光裡。那些雪花沿著地面奔跑，越靠近就變得越大。葛爾妲還記得以前用放大鏡看的時候，雪花又大又美麗。可是在這裡，它們變得更長也更嚇人，它們是活的，是雪后的前哨兵，形狀怪異極了。有幾個看起來像是醜陋的大豪豬，其他則像是伸長腦袋、纏成一團的蛇；再其他則像毛髮直豎的小胖熊；這些雪花白得發亮，都是活的。

接著小葛爾妲說了禱詞。天氣如此寒冷，她可以看到自己的氣息，像煙霧似的從口中冒出來。她呼出的氣息變得越來越濃，最後化成了小天使，只要碰到地面就越長越大。小天使們戴著頭盔、手持盾牌與長矛，數量越來越多。葛爾妲禱告完的時候，四周已經圍了一整個天使兵團，他們用長矛刺擊可怕的雪花，雪花紛紛粉碎，這麼一來，小葛爾妲就能鼓起勇氣繼續往前。天使們輕撫她的雙手和雙腳，讓她覺得沒那麼寒冷，朝著雪后的宮殿走下去。

可是現在我們一定要來看看卡伊在做什麼。他早把小葛爾妲拋到腦後，壓根兒也沒想到她就站在宮殿前面。

第七個故事：雪后的城堡，那裡最後發生了什麼事

宮殿的牆壁以積雪砌成，窗戶和門由刺骨的寒風構成。那裡有上百個廳堂，都是由風吹雪形塑而成：最大的廳堂綿延好幾英里；強烈的北極光照亮這些廳堂，裡面廣闊空盪，全都像冰一樣冷，閃閃發光。那裡不曾有過歡樂，連一場北極熊的小舞會都沒舉辦過，而那裡的風大到可以彈奏音樂伴舞，讓熊靠著後腿站著走來走去，炫耀自己的美妙儀態；連擊掌拍背的小小紙牌遊戲都沒有；白狐狸姑娘們更沒有開過閒聊用的咖啡聚會。雪后的廳堂空盪、遼闊、寒冷。北極光來得如此規律，看它們何時最亮最暗，就能推斷時間早晚。在遼闊空盪的雪廳當中，有

座冰凍的湖泊，湖面碎裂成上千塊，可是每一塊都一模一樣，簡直是件藝術品。雪后在家的時候，會坐在湖泊中央，她把這座湖稱為理智的鏡子，說這是世上獨一無二，也是無與倫比的一面鏡子。

小卡伊凍得發青，其實幾乎都發黑了，可是他沒注意到，因為雪后會把他的冷顫吻去，而他的心早已變成一塊冰。他來回拖著幾片尖銳的扁冰，想方設法想拼湊出什麼東西。就像我們會用七巧板拼出圖形，卡伊也會排出很巧妙的圖形，一副想要摸索出什麼似的，這是冰做成的益智遊戲。在他眼裡，這些圖形非常了不起，也無比重要，他之所以這樣，全是因為卡在他眼裡的那片碎玻璃在作怪。他把這些冰塊排成文字，卻永遠排不出自己想要的那個字眼，那個字眼就是「永恆」。雪后說過：

「如果你排得出那個字，就可以做自己的主人，我會把全世界，還有新的一雙溜冰鞋送給你。」

問題是他怎麼也排不出來。

「現在我要趕往溫暖的國度去，」雪后說，「我要去看看那些黑鍋。」也就是火山口的意思，就是大家所謂的埃特納和維蘇威。「我要替它們敷上一層白！這件事很有必要，因為對葡萄和檸檬有好處。」

HEATH ROBINSON

說完雪后就飛走了，卡伊獨自坐在占地好幾英里的冰凍大廳，望著自己的冰片陷入沉思。他思考得那麼賣力，頭都痛了起來。他不出聲地坐得僵直，一副像是凍死了的人。

小葛爾妲穿過大門走進寬闊的廳堂。刺骨寒風迎面撲來，可是她說了一段禱詞之後，風隨之停息，彷彿睡著似的。她走進空盪冰冷的大廳，一眼看到了卡伊，馬上認出他來，連忙飛奔過去，緊緊擁住他，呼喚著：

「卡伊，親愛的小卡伊！我終於找到你了！」

可是他動也不動坐著，僵硬冰冷。接著小葛爾妲撲向他的胸口，流下熱淚。她的熱淚穿透過去，化掉他結成冰的心，也化掉了裡頭那一小塊玻璃。他看著她，她唱道：

玫瑰在山谷間生長

我們會在那裡見到基督聖嬰

接著卡伊大哭起來，哭到眼裡的玻璃片流出來。現在他認出她了，歡天喜地嚷道：

「葛爾妲，親愛的葛爾妲！這些日子妳都到哪裡去了？我又是在哪裡啊？」他環顧四周。「這裡好冷啊！好大好空！」

他緊緊抱住葛爾妲，她笑了出來，喜極而泣。這真是太美妙了，連四周的碎冰都因為歡喜而飛舞，它們跳累了之後躺下來，正好排出了那些字母。雪后說過，如果他排出來，就可以當自己的主人，而她會把全世界跟一雙新溜冰鞋送他。

葛爾妲吻吻他的臉，頰上頓時湧現紅暈。她吻吻他的眼，他的雙眼就變得跟她的一樣閃亮。她吻吻他的手腳，他變得健康又快活。雪后現在大可以回家來，因為釋放他自由的字已經由閃亮的冰排出來了。

他倆手牽手，離開冰雪大宮殿。他們聊起祖母以及屋頂上的玫瑰，不管他們走到哪裡，風就停息，陽光閃耀。他們走到長了紅漿果的灌木叢，馴鹿就站在那裡等候：牠帶了另一頭年輕母馴鹿過來，讓孩子們有暖熱的鹿奶可以喝，然後吻吻他們的嘴。接著牠們載著卡伊和葛爾妲先去找芬蘭婦女，他們在那個很熱的房間先徹底烘暖身子，再由她指點他們回家的方向，接著到拉普蘭婦女那裡，她替他們做了新衣服，也準備好雪橇。

馴鹿們陪著他們一路到北國的邊界，那裡已經冒出了頭一批綠芽。他們在這裡向兩頭馴鹿和拉普蘭婦女告別。「再會了。」他們異口同聲說。

現在頭一批小鳥開始啁啾啼唱，森林到處都有綠芽苞。有個年輕女孩騎著一匹駿馬穿越樹林而來，葛爾妲一眼就認出那匹馬，因為牠原本負責拉那輛黃金馬車。女孩頭上戴了頂亮紅色的帽子，腰間插了兩把槍。就是那個小強盜女孩。她在家裡待膩了，正要往北國去。如果她不喜歡那邊，欸，反正世界遼闊得很，還有很多地方可以去。她立刻認出葛爾妲，葛爾妲也認得她。真是一場喜相逢。

「好傢伙，你竟然像那樣跑走！」她告訴小卡伊，「我很好奇，你到底值不值得讓人跑到世界盡頭去搭救。」

可是葛爾妲輕拍她的臉頰，問起王子和公主的事。

「他們到國外去旅行了。」女孩告訴她。

「那隻烏鴉呢？」

「噢，那隻烏鴉死了，」她回答，「他的溫馴甜心現在成了寡婦，一條腿上纏著一段黑毛線。她抱怨個不停，可是講的全是廢話。現在跟我說說妳的經歷，妳是怎麼把卡伊找回來的。」

葛爾妲和卡伊跟她講了事情的經過。

「天靈靈地靈靈，我變我變我變變變，」小強盜女孩說，「所以最後一切都很順利。」她跟他們握握手，承諾說，如果哪天路過他們住的城市，會來探望他們，說完便騎馬離去。

卡伊和葛爾妲手拉手一起往前走，享受著春天的美妙氣候。大地一片翠綠，放眼都是花朵，教堂敲響了鐘聲，他們看到了一座大城的高高尖塔，就是他們以前住的地方。他們直接走向祖母的家，登上樓梯走進房裡，一切正如他們當初離開的模樣。時鐘滴答作響，指針報時。可是他們一進門，就注意到自己的改變。他們現在都長大了。

屋頂上的玫瑰探進敞開的窗戶，他們那兩張小板凳還放在外頭。卡伊和葛爾妲在板凳上坐下，手牽著手。他們把雪后宮殿那種寒冷空洞的奇景拋到腦後，彷彿是一場夢魘似的。祖母坐在上帝賜予的美妙陽光裡，對他們朗讀聖經：

「你們若不回轉，變成小孩子的樣式，斷不能進天國。」

卡伊和葛爾妲望進彼此的雙眼，終於明白了那首老詩歌的意義。

玫瑰在山谷間生長
我們會在那裡見到基督聖嬰

他倆坐在那裡，雖然已經長大成人，但內心卻還是孩子。此時正值夏天，溫暖燦爛的夏天。

牧羊女和掃煙囪工

你是否看過一個非常老舊的木櫃，因為年久而發黑，上頭刻著樹葉和蔓藤圖紋？這樣一個櫃子就立在客廳裡：是曾祖母傳承下來的東西，從頭到腳都刻了玫瑰和鬱金香。上頭有古怪的渦卷形圖紋，頂著頭角的小公鹿從這些圖紋裡探出腦袋。這座木櫃的櫃門中央刻了一個全身人像：他的模樣看起來很滑稽，咧著嘴，但也稱不上是在笑；他身子底下長著羊腿，頭上頂著小角，還蓄了一把長鬍鬚。屋裡的孩子們老叫他「羊腿—少校—中尉—作戰司令—中士」；這個頭銜很拗口，得到這樣頭銜的人並不多，不過要把他刻出來也不是件容易的事。而他就在那裡！他總是望著鏡子底下的那張桌子，因為桌上站了個瓷做的可愛小牧羊女。她的鞋子鍍了金，衣服上飾有紅玫瑰，還戴了頂金帽子，拿著牧羊人的曲柄杖，模樣真是可人。她附近站了個掃煙囪工，小小的，黑得像煤炭，也是瓷做的。他就跟其他人一樣乾淨整齊，因為他只是假裝成掃煙囪的人；如果瓷器工匠想要，大可以把他做成王子。

掃煙囪工瀟灑地拿著梯子站在那裡，臉龐和牧羊女一樣白裡透紅，這點其實算是失誤，因為他的臉應該有點黑才對。他站得離牧羊女很近：當初這一家的人就把他們兩個放在目前站的地方，既然被放在一起，他們就順理成章訂了婚。兩個年紀都輕，用同樣的瓷做成，兩個都纖細易碎。

小兩口附近站了個人，體型比他們大上三倍，是個會點頭的中國老人。他也是瓷做的，自稱是小牧羊女的祖父，可是他無法證明兩人有祖孫關係。他宣稱自己有權管她。「羊腿—少校—中尉—作戰司令—中士」正在追求牧羊女，想娶她為妻，中國老人對他點頭表示同意。

「這樣妳就有丈夫啦！」中國老人說，「我相信他是桃花心

木做的，他會讓妳成為『羊腿─少校─中尉─作戰司令─中士』夫人。他有一整個櫃子的銀盤，就藏在祕密抽屜裡。」

「我才不要進那個黑漆漆的櫥櫃呢！」小牧羊女說，「聽說他在裡頭已經有十一個瓷妻子了。」

「那妳可以當第十二個妻子啊，」中國人嚷嚷，「今天晚上，等那個老櫥櫃喀啦作響，就是妳成親的時候！我說到做到！」

說完就點頭睡著。牧羊女哭了起來，望著她的真愛：瓷掃煙囪工。

「我求求你，」她說，「帶我一起逃到廣闊的世界，我們不能繼續待在這裡。」

「我會照妳的意思做，」小掃煙囪工回答，「我們馬上出發，我想靠我這份掃煙囪的工作就能養活妳。」

「如果我們可以平安離開這張桌子就好了！」她說，「只有到了廣闊的世界，我才會快樂起來。」

他安慰她，示範給她看，要怎麼把小腳踩在桌子雕花的邊角上，再順著桌腳的鍍金雕葉往下爬。為了幫忙她，他還帶上了梯子。不久他們來到地板上。可是當他們仰頭望向那個舊櫥櫃，裡頭起了大騷動：所有雕刻的公鹿都伸長腦袋，豎起犄角，轉動脖子；羊腿─少校─中尉─作戰司令──中士高高彈入空中，對著老中國人大喊：「他們要逃了！他們要逃了！」

他們有點害怕，於是匆匆跳進窗座的抽屜裡。這裡有三四副不完整的撲克牌，還有一座小小的傀儡劇場，做工很精緻。那裡上演著戲劇，所有的女士、方塊、梅花、紅心和黑桃都坐在觀眾席前排，揮著扇子納涼；所有的傑克都站在他們後頭，上下各有顆腦袋，正如撲克牌裡的模樣。這齣戲講的是兩個無法終成眷屬的戀人，牧羊女看著就哭起來，因為就像她自己的經歷。

「我受不了了！」她說，「我一定要離開這個抽屜。」

可是當他們來到地板上，仰頭望向抽屜時，那個中國老人醒了過來，全身晃得很厲害，因為他的身子是個塊狀。

「那個中國老人要追上來了！」小牧羊女嚷嚷，她驚嚇過度，瓷膝跪倒在地。

「我有個點子，」掃煙囪工說，「我們要不要爬進那個裝乾燥花的瓶子裡，就在角落那邊？這樣就可以躺在玫瑰和薰衣草上，如果他過來，我們就朝他眼睛撒鹽。」

「這樣是沒用的，」她回答，「況且，我知道那個中國老人和那個裝乾燥花的瓶子以前訂過親。曾經相愛過的人，多少還會有點感情，不，逃到廣闊的世界裡，才是唯一的法子。」

「妳真的有勇氣跟我一起到廣闊的世界去嗎？」掃煙囪工問，「妳有沒有想過，世界有多大，我們可能永遠再也回不來？」

「想過了。」她回答。

掃煙囪工看著她並說：

「我打算從煙囪出去。如果妳真的有勇氣跟我一起穿過爐灶，我們先穿過鐵膛，再沿著管子上去，這樣就可以進煙囪，到了那裡我就知道怎麼辦了。我們會爬得好高好高，讓他們追不上來。煙囪頂端有個洞口，可以通往廣闊的世界。」

他領著她走到灶門。

「裡頭看起來好黑，」她說，不過還是跟著他穿過灶門，越過爐膛，鑽過管子，那裡一片漆黑。

「現在我們就在煙囪裡面，」他說，「看，看！上頭有美麗的星星在閃耀！」

那是天空中真正的星辰，往下撫照著他們，彷彿要替他們指路。他們手腳並用爬啊爬，這條路很嚇人，非常陡峭，可是他一路攙扶她，幫她往上爬。他擁住她，告訴她小小瓷腳要往哪裡踩最穩當。他們終於來到了煙囪邊緣，他們在上頭坐著歇息，因為他們筋疲力竭，這也難怪。星辰滿布的天空遼闊高遠，城鎮的屋頂在下方的深處。他們遠眺四周，望向世界。可憐的牧羊女從沒想過世界會是這個模樣，她把小小的腦袋靠在掃煙囪工身上，然後痛哭起來，直到淚水沖掉了腰帶上的鍍金。

「我吃不消，」她說，「我實在受不了。這個世界太大了！我好想回到鏡子下面的那張桌子！只有回到那裡去，我才會快樂起來。現在我已經跟著你走到了廣闊的世界，如果你真心愛我，就會陪我回去。」

掃煙囪工試著跟她講道理，講起那個中國老人以及羊腿—少校—中尉—作戰司令—中士；可是她痛哭流涕，然後吻吻她的小掃煙囪工，這樣他就會忍不住對她讓步，雖然這樣做很傻。

於是他們再次千辛萬苦攀下煙囪，然後爬過管子和爐膛。這份經

驗一點都不愉快。他們站在陰暗的爐子裡，靠在爐門後方傾聽，想看看房間裡有什麼動靜。一片靜悄悄。他們探出頭往房裡一瞧，啊！中國老人竟然倒在地板中央！他追他們的時候，不慎從桌上摔下來，現在斷成三截躺在那裡：背部脫離了身體、腦袋滾進了角落。羊腿－少校－中尉－作戰司令－中士站在那裡想著心事。

「太可怕了！」小牧羊女說，「老祖父都摔碎了，都是我們的錯，我永遠也沒辦法面對！」然後絞起小小的手。

「他可以補好的！他可以補好的！」掃煙囪工說，「別這麼難過。如果他們把他的背黏回去，替他把腦袋釘牢，他就會跟新的一樣好，只是不能再點頭而已，他還可以繼續對我們說一堆不中聽的話。」

「你真的這麼想嗎？」她喊道。

於是他們又爬上桌面，回到原本站的地方。

「妳看，我們又回到了原點，」掃煙囪工說，「不出走的話，當初可以省下多少麻煩啊。」

「要是他們可以把那個老祖父釘回去就好了！」牧羊女說，「我在想，那要不要花很多錢？」

他們真的把他釘回去了。這家人找人黏好他的背，也在他脖子上穿了個大鉚釘：他就跟新的一樣，只是再也不能點頭。

「你摔斷身子之後，好像變驕傲了，」羊腿—少校—中尉—作戰司令—中士說，「我想你沒道理擺架子吧，我到底能娶她？還是不行？」

掃煙囪工和小牧羊女可憐兮兮地看著那個中國老人，因為他們很怕他會點頭。可是他沒辦法點頭，想到要跟陌生人坦承他脖子上永遠會有個鉚釘，他就很心煩。於是那對瓷人偶永遠在一起，相親相愛直到碎裂為止。

縫衣針

從前有根縫衣針，它覺得自己很細緻，因此想像自己是根繡花針。

「當心啊，把我好好握緊！」手指把它拿出來的時候，它對手指說，「千萬別讓我摔下去！要是我掉在地上，可就永遠找不回來了，因為我是這麼的細緻！」

「隨便你怎麼想。」手指說著便捏住它的身子。

「瞧，我後頭還跟著隨從呢！」縫衣針說，它後頭拖了條長線，但是那條線沒打結。

手指用那根針指著廚子的拖鞋，拖鞋皮面裂開了，得要縫合起來。

「真是低俗的工作，」縫衣針說，「我絕對穿不過去的，我要斷了！我快斷了！」而它真的斷了。「我不是說過了嗎？」縫衣針說，「我太細緻了！」

「現在沒什麼用處了，」手指說，可是還是必須牢牢抓住這根針，因為廚子正往針上滴封蠟，然後用它將手帕別在胸前。

「所以，現在我成了胸針了！」縫衣針說，「我就知道我總有一天會得到榮耀：不平凡的東西，就是會有不平凡的表現！」

縫衣針靜靜對自己笑著，誰也沒看過縫衣針笑。它坐在那裡，得意洋洋的模樣，彷彿乘著華麗的馬車一面左顧右盼。

「請問你是金子做的嗎？」它問旁邊那根別針，「你的外表非常漂亮，有個特別的頭，只是很小，你一定要努力長大，因為不是每個針頭都有機會滴到封蠟。」

縫衣針神氣地挺直身子，結果從手帕上掉進廚子正在沖洗的水槽。

「現在要去旅行嘍，」縫衣針說，「只希望不會迷路。」

不過它真的迷了路。

「對這個世界來說，我太細緻了，」她躺在水溝裡說，「可是我知道自己的身分，這點總是能夠給我滿足感！」

於是縫衣針繼續保持著得意的舉止，沒有失去好心情。各式各樣的東西漂過它上方，有食物碎屑、乾草和舊報紙碎片。

「看看它們就這樣漂過去！」縫衣針說，「它們不知道底下有什麼！我在這裡，我穩穩停在這裡。喏，那裡有個碎屑滿腦子只有自己，明明只是個碎屑！現在有根乾草漂過去了，看它翻動的樣子！看它怎樣旋轉！別滿腦子只有自己啊，要不然可會撞上石頭的。有片報紙漂過去了，上頭寫的東西老早被遺忘，卻還是自以為了不起。我耐著性子靜靜坐在這裡。我很清楚我是誰，我會永遠保持本來的面目。」

有一天，有個閃閃發亮的東西落在縫衣針身邊；縫衣針相信它就是鑽石，其實只是瓶子的碎片。因為它發出閃光，縫衣針就向它搭話，自我介紹為胸針。

「我想你是鑽石吧？」縫衣針說。

「欸，是，就那類的東西。」

於是雙方都相信對方是很貴重的東西，開始聊起這個世界，以及人人有多麼自命不凡。

「我原本在一位女士的盒子裡，」縫衣針說，「這個女士是個廚子。她每隻手上有五根指頭，我從沒看過像那五根手指那麼自大的東西，不過呢，它們的用途就是把我從盒子裡拿出來和放回去。」

「它們出身高貴嗎？」瓶子碎片說。

「其實不高貴，」縫衣針說，「不過卻非常高傲。有五個兄弟，全都屬於手指這個家族。它們總是神氣活現地聚在一起，不過每個長度都不一樣：最外頭那根叫大拇指，又短又胖，領頭走在其他手指的前面，背後只有一個關節，所以只能對半躬身，可是只要有人的拇指被砍掉，那個人就沒資格從軍了。第二根手指俗稱『舔鍋』，專門品甜嘗酸，指向太陽跟月亮，而且負責在手指寫字的時候出力推筆。第三根指頭叫『長人』，老從肩頭往下看別人。第四根指頭叫『金環』，腰間繫著金腰帶走來走去，還有第五根手指『小玩伴』，它成天無所事事，還為了這點覺得驕傲呢。它們什麼也不做，只會吹噓，所以我就離開了。」

「現在我們坐在這裡閃閃發亮呢。」瓶子碎片說。

就在那時，更多水忽地湧進溝渠。水一漲，沖走了瓶子碎片。

「它高升了呢，」縫衣針說，「我卻還在這裡，反正我太細緻了。不過，這是我的驕傲，而且值得讚揚！」它神氣地坐在那裡，腦裡竄過不少偉大的念頭。「我簡直可以相信自己誕生自陽光，因為我是這麼的細緻！我真心覺得，陽光老是到水下來找我。啊！我細緻到我母親都找不到我。如果我以前那個針眼還在，我想我會哭出來，可是不行，我不會哭的，哭並不文雅。」

有一天，街頭有幾個孩子在溝渠裡挖挖找找，他們有時候會在這裡找到舊釘子、小銅板或那類的寶物。做這種事會弄得很髒，他們卻樂在其中。

「噢！」一個孩子嚷嚷，他被縫衣針扎到了，「這裡有個傢伙！」

「我才不是什麼傢伙，我是個小姐！」縫衣針說。

可是誰也不理它。封蠟已經脫落，它的身子都變黑了，可是黑色讓人看起來苗條，它覺得自己比以往都還纖細。

「有個蛋殼漂過來了！」男孩們說，他們把縫衣針牢牢插在蛋殼上。

「白色的牆壁，我自己是黑色的！配起來很不錯，」縫衣針說，「現在大家都能看到我了，只希望我不會暈船！」可是它一點都沒有暈船的症狀。「腸胃夠好，並且牢記自己不是普通人，就可以保護自己免暈船！現在我平安無事，越纖細，能承受的事情越多。」

「喀啦！」就在那時蛋殼破裂，因為有輛載貨馬車輾過蛋殼。

「老天，我被壓到了，」縫衣針說，「我要暈了！我快斷了！我快斷了！」可是，雖然被載貨馬車輾了過去，縫衣針並沒有斷。縫衣針直直躺在鋪路石上，我們就把它留在那邊吧。

醜小鴨

鄉間的風景真美。時值夏天，小麥田一片金黃，燕麥田綠油油，乾草層層疊在綠色牧場上。鸛鳥伸著紅色長腿走來走去，吱吱喳喳說著埃及話，這是他從母親那裡學來的語言。麥田和牧場周圍都是森林，林子裡有深邃的湖泊。是的，鄉間真是美好。陽光普照，這裡有一座老農場，周圍都是深深的運河，從牆壁到水面長滿了高大的牛蒡，最高的那些甚至比站著的小孩還高。那裡就跟樹林深處一樣未經開發。有隻鴨子坐在窩裡，因為要等小鴨孵出來，不過在小鴨出生以前，他幾乎已經耗盡體力，而且難得有人上門探訪。別的鴨子寧可到運河裡游來游去，也不想爬上來，坐在牛蒡底下陪他閒聊。

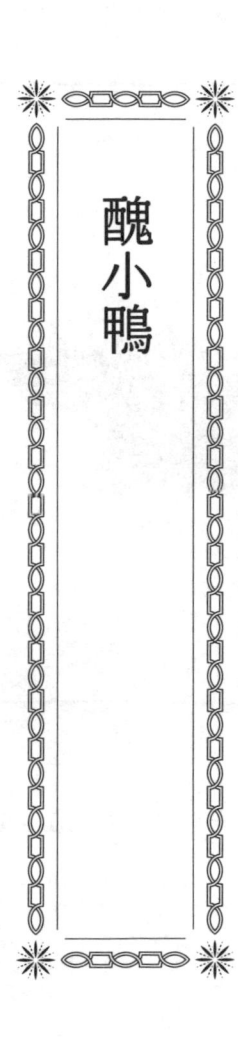

蛋殼終於一個接一個裂開了。「嗶！嗶！」小鴨喊道，從蛋裡探出小腦袋。

「呱！呱！」他們邊叫邊快跑出來，在綠色葉子底下東張西望，母鴨讓他們盡量看個夠，因為綠色對眼睛有好處。

「世界好大啊！」小鴨們說，這裡的空間當然比蛋裡大得多。

「你們以為這就是全世界嗎？」母鴨問，「世界一直遠遠延伸到園子的另一邊，到牧師的田地去，可是我從來沒去過那邊。我希望你們都孵出來了。」她說了下去，然後站起來。「不，還沒孵完呢。最大的蛋還在窩裡，到底還要多久呢？真煩。」他又坐了下來。

「唔，狀況如何？」上門探望的老母鴨問。

「那顆蛋孵了半天也沒動靜，」蹲在窩裡的母鴨說，「蛋殼就是不裂。好了，先看看其他小鴨子吧，沒見過這麼漂亮的小鴨吧？就跟他們爸爸一個樣，那個壞東西啊，一次也沒來看我。」

「讓我瞧瞧那個老是不裂的蛋，」老母鴨說，「相信我，這是火雞蛋沒錯。我以前就上過當，那時為了那窩小火雞，焦慮又心煩，因為那些小傢伙怕水，怎樣勸就是不肯下水。我叫個不停，還是沒用。讓我瞧瞧這顆蛋。沒錯，就是火雞蛋！甭管它了，先教孩子們游泳吧。」

「我想我再多孵一會兒吧，」蹲在那裡的母鴨說，「都孵這麼久了，再多個幾天也不打緊。」

「妳請便。」老母鴨說完就離開了。

最後那顆大蛋終於裂開。「嗶！嗶！」小傢伙說，爬了出來。他生得又大又醜。母鴨看著他。

「好大一隻，」母鴨說，「跟其他小鴨都不一樣，真的是小火雞嗎？很快就能查清楚了，一定要叫他下水去，推也要把他推下去。」

第二天天氣極為晴朗，陽光照在翠綠的牛蒡上。母鴨領著所有的小鴨到水邊去。他撲通跳下水，然後說「呱！呱！」，小鴨一個接一個跳進水裡。水淹沒他們的腦袋，但他們轉眼就冒出水面，雙腿自動划擺起來，游得非常好。小鴨們全在水裡，那隻醜醜的小灰鴨也跟著大家游。

「不，他不是火雞，」母鴨說，「看看他的腿划得多靈活，身子挺得多直啊。這是我家孩子沒錯！如果看得角度對，他整體還算漂亮。呱！呱！跟我來，我會帶你們到廣大的世界去，把你們介紹給家禽場的大夥兒，不過好好跟緊，免得給人踩到，當心貓咪。」

於是他們走進了家禽場，那裡正有人吵得不可開交，原來有兩家人在爭一顆鰻魚頭，最後卻讓貓搶走了。

「看吧，世界就是這個樣子，」鴨媽媽說著便舔了舔嘴喙，因為他也想要那顆鰻魚頭，「擺擺腿來走一走，如果遇到那邊那

隻老鴨，記得要鞠個躬，因為她可是這裡出身最高貴的，有西班牙血統，所以才會那麼胖。她腿上纏了條紅布，那可是很了不起的東西，是鴨子所能享有的最高榮譽，看到了嗎？那就表示他們不想失去她，而且人和動物都會特別注意她。你們搖搖身體，腳趾不要往內轉，有教養的鴨子會把腳趾往外伸，學爸爸媽媽那樣，就像這樣！現在彎起脖子，說『嘎！』」

小鴨都聽話照做了，可是附近的鴨子看了看他們，大膽地說：

「瞧瞧那邊！又來了一窩，好像這裡的鴨子還不夠多似的。哼！瞧那隻小鴨的模樣，真看不順眼！」一隻鴨子馬上飛起來，往醜小鴨的脖子啄了一下。

「別煩他，」母鴨說，「他又沒礙到誰。」

「是沒錯，可是他也長得太大、太怪了，」啄了醜小鴨的那隻鴨說，「所以非教訓一下不可。」

「那隻母鴨生的孩子都漂亮得很，」腿上纏著紅布的老母鴨說，「只有那隻是例外，那隻生得可真失敗，希望她可以把他養得好看點。」

「我無能為力啊，夫人，」母鴨說，「他長得不漂亮，可是個性很不錯，游起水來跟其他小鴨一樣好，甚至可以說更好。我想他長大自然就會變漂亮，或許也會縮小一點。他在蛋裡窩了太久，所以體型不大理想。」接著母鴨在醜小鴨的頸子上輕啄一下，撫平他的羽毛。「再說呢，他是隻公鴨，所以長相也不是那麼要緊，我想他會長得很健壯，會走出自己的路子來。」

「其他幾隻小鴨都不錯，」老母鴨說，「就把這裡當自己家吧，如果找到鰻魚頭，可以帶來給我。」

他們一家就在這裡安頓下來，可是最慢孵出來的醜小鴨很可憐，老是被啄咬、被推擠，備受譏笑，不只鴨子這樣對他，連雞也欺負他。

「他太大了！」他們都說。有一隻火雞，天生腳上就長了距，他自以為是皇帝，膨起羽毛，好似帆漲滿風的船，朝著醜小鴨衝過來，咯咯叫得滿面通紅。可憐的醜小鴨不知道自己該往哪裡站或哪裡走，他因為自己長得醜而憂鬱，成了整個禽場的笑柄。

頭一天就是這種情形，後來一天不如一天。可憐的醜小鴨被大家四處追趕，連他的兄弟姊妹都對他發脾氣，竟然說：「真希望貓把你抓走。」母鴨說：「真希望你走得遠遠的。」鴨子們咬他，雞們打他，負責餵禽場的女孩也踢他。

最後他逃走了，飛過籬笆的時候，把灌木叢裡的小鳥嚇得全飛起來。

「都怪我長得這麼醜！」醜小鴨心想，閉上眼睛繼續往前飛，飛啊飛進了一大片沼澤，野鴨就住那裡。他在這裡待了一整夜，疲憊又沮喪。

天亮時，野鴨們振翅飛起，看著他們的新夥伴。

「你是什麼啊？」他們問，醜小鴨輪流朝著每個方向，盡可能好好地行禮。「你真是醜得可以！」野鴨們說，「可是只要你別跟我們家族的人成親，就無所謂。」

可憐的東西！他根本沒有想到結婚的事，只希望他們能准他待在蘆葦叢之間，喝點沼澤的水。

他就這樣停留了兩天，接著來了兩隻野雁，或者正確說來，是兩隻雄野雁。他們才從蛋裡孵出來沒多久，所以才那麼莽撞。

「聽著，朋友，」一隻雁說，「你醜到討人喜歡。要不要跟我們一起走，當隻候鳥啊？這附近還有一片濕地，那裡有幾隻甜美可愛的野雁，全都單身未婚，都會說『呱！』，你醜成這樣，可以到那邊碰碰運氣，看能不能討個老婆！」

「砰！砰！」天空迴盪著響聲，兩隻雄雁隨即跌落在沼澤裡死了，把水染得鮮紅。「砰！砰！」槍聲再次響起，野雁一群群從蘆葦叢裡接連飛起。接著又是一聲槍響。原來有一場大規模的狩獵，獵人包圍沼澤伺機而動，有些甚至坐在樹枝上，樹枝遠遠延伸到蘆葦叢上方。幽暗的樹木間，藍煙像雲朵一般升起，越過水面遠遠飄離，獵犬衝進沼澤，嘩啦啦！濺起水花，燈心草和蘆葦朝著四面八方歪折。可憐的醜小鴨嚇壞了！他轉動腦袋，藏在翅膀下方，可是就在那時，有隻嚇人的大狗站在醜小鴨附近，舌頭垂在嘴外，雙眼發亮，樣貌可怕醜陋。獵犬把鼻子湊向醜小鴨，露出利牙，然後「嘩啦啦！」繼續涉水往前走，沒抓走醜小鴨。

「噢，謝天謝地！」醜小鴨嘆口氣，「我醜得連狗都不想咬我！」

於是他靜靜留在原地，槍響四起，在蘆葦之間流竄。天晚了，一切終於恢復平靜，但可憐的醜小鴨不敢起身，多等了好幾個小時才敢東張西望，然後用最快的速度逃離沼澤。他跑過田地和牧場，直到起了一場暴風雨，讓他寸步難行。

接近天黑的時候，醜小鴨來到一間破爛的農家小屋，這間小屋殘破到不知道應該往哪個方向倒，只好繼續站著。風雨在醜小鴨四周呼嘯，這個可憐的東西不得不坐下，免得被吹走。風雨越演越烈。醜小鴨在這時注意到，小屋的門有個鉸鍊脫落了，門斜斜掛著，醜小鴨可以從門縫鑽進屋裡，他就這麼做了。

小屋裡住著一位太太，還有一隻公貓跟一隻母雞。她把公貓叫做「小子」，他會拱起背，發出呼嚕聲，身上的毛甚至會迸出火花，可是得要逆著他的毛撫摸才會。那隻母雞的腿又短又細，所以叫做「短腳雞仔」，他下的蛋品質很好，女人把他當自己的小孩來愛。

到了早上，那隻奇怪的鴨子馬上被注意到了，貓咪開始發出呼嚕聲，母雞開始咯咯叫。

「怎麼回事？」女人說，一面東張西望，可是她視力不佳，以為醜小鴨是一隻走失的肥鴨。「這真是難得的收穫！」她說，「這樣我就能有鴨蛋了，希望不是公的，要試試看才曉得。」

於是她收留醜小鴨，試養三星期，可是一顆鴨蛋也沒到手。那隻貓是家裡的男主人，母雞是女主人，開口閉口總是說：「我們和全世界！」因為這隻母雞認為他們兩個代表半個世界，而且比另一半世界優秀很多。醜小鴨覺得，針對這點可以有不同的看法，可是母雞堅持己見。

「你會下蛋嗎？」母雞問。

「不會。」

「那你最好閉上你的嘴。」

接著那隻公貓說：「你會拱起背部、發出呼嚕聲跟迸出火花嗎？」

「不會。」

「那麼明理的人說話的時候，你沒資格發表意見。」

醜小鴨坐在角落裡，心情低落，接著新鮮空氣和陽光流洩進來，醜小鴨突然有種奇怪的渴望，想到水面上游泳，他忍不住跟母雞說。

「你到底是怎麼回事啊？」母雞嚷嚷，「你就是因為沒事做，才會滿腦子怪念頭。呼嚕叫或是下個蛋吧，這種衝動就會過去了。」

「可是到水裡游泳多麼愉快啊！」醜小鴨說，「讓水淹沒腦袋，潛到水底，多麼神清氣爽。」

「是啦，一定很愉快啦！」母雞說，「我想你一定發瘋了。問問貓就知道，他是我認識的動物裡最聰明的。問他喜不喜歡到水裡游泳或是潛進水底：我甚至不想發表自己的意見。問問我們家女主人，就是那位老太太；世間沒人比她更聰明，你想，她會想去游泳、讓水淹過腦袋嗎？」

「妳不懂我。」醜小鴨說。

「我們不懂你？那麼請問誰懂你了？你該不會以為自己比那隻貓跟那個女士還聰明吧，更不用說我了。別這麼自負了，孩子，我們對你一片善意，你應該覺得感激。你不是到了屋裡取暖，從身邊的友伴上學到了東西

嗎？可是你真饒舌，跟你打交道真不愉快。你可以相信我，我是為了你好才這麼說的。我跟你講了不中聽的話，單憑這點就知道我是真朋友！我勸你學學怎麼下蛋，不然就是學學怎麼發出呼嚕聲和迸出火花！」

「我想要到廣大的世界去。」醜小鴨說。

「好，那就去吧。」母雞回答。

於是醜小鴨就離開了。他到水裡游泳潛水，可是因為長得醜，每個生物都刻意冷落他。

秋天來了，森林裡的葉子變成黃色和棕色，風吹得這些葉子舞動不停，往上飛進寒冷的空氣。雲朵低低掛在空中，因為冰雹和雪花而沉甸甸的；大烏鴉站在籬笆上，因為寒冷而喊著：「嘎！嘎！」單是想到這個畫面，就已經讓人冷了起來。可憐的醜小鴨當然過得很不順利。有天傍晚，夕陽西下，燦爛輝煌，有一群美麗的大鳥從樹叢裡飛了出來，身子白得耀眼，脖子又長又靈活。是天鵝。他們發出很特殊的叫聲，展開大翅膀，從冰冷的地區飛往更溫暖的土地，飛向開放的湖泊。他們飛得好高好高啊！醜小鴨看著他們的時候，心中湧現奇怪的感受。醜小鴨在水裡像輪子一樣不停打轉，朝著他們伸長頸子，結果發出如此奇特響亮的叫聲，把自己都嚇了一跳。噢，他忘不了那些美麗快樂的鳥兒。等他們失去蹤影以後，他潛到水下，再次冒出水面時，他情緒激動。他不曉得那些鳥的名字，更不知道他們飛向何方，可是他對他們的愛，超過對任何生物的愛。他一點都不嫉妒他們。他怎麼可能有那樣好看的外表呢？如果有鴨子願意忍受他，跟他為伍，就該覺得慶幸了。這個可憐的醜東西！

這時冬天越來越冷，冷颼颼！醜小鴨不得不在水裡游來游去，免得水的表面徹底凍結；可是每天晚上，他游出來的那個洞就會縮得越來越小。水面凍結得硬邦邦，醜小鴨不得不拚命划水，免得那些嘎吱作響的冰逐漸包圍他。最後，他累到動彈不得，牢牢被凍在冰裡面。

隔天清早有個農人路過，看到醜小鴨的遭遇，就拿起木鞋把冰殼敲碎，然後將醜小鴨帶回家給他太太。醜小鴨再次清醒過來。孩子們想跟醜小鴨玩，可是他以為他們要傷害他，一害怕，就拍著翅膀往上飛到牛奶鍋，把牛奶濺得滿房間都是。農人的妻子猛拍雙手，醜小鴨一聽到就往下衝進奶油桶，接著闖進麵粉桶又出來。看他這會兒成了什麼模樣！女人放聲尖叫，拿火鉗追打他，孩子們又笑又叫，想抓住他，最後卻摔成了一團！還好屋門開著，這個可憐的東西才能夠竄過灌木叢，逃進新下的雪中，筋疲力竭地蹲下來。

可是如果我一一細數醜小鴨在嚴寒的冬季裡承受的悲慘和憂慮，未免太令人感傷。某天，他躺在沼澤邊的蘆葦叢裡，陽光開始再次閃耀，雲雀放聲啼唱：美麗的春天來了。

突然間，醜小鴨的翅膀可以拍動了：拍擊空氣的力道比以往都強大，而且穩健地拖著他往上飛。他都還搞不清楚怎麼回事，就發現自己來到一座大花園，那裡的接骨木樹散發著甜美的

氣味，長長的綠枝朝著運河彎下，這條運河蜿蜒穿過了這個地帶。噢，這裡籠罩在春天的新鮮氣息中，顯得多麼美麗！有三隻美麗的白天鵝從附近的灌木裡走出來，他們簌簌鼓動翅膀，在水面上輕盈游動。醜小鴨認出這些美妙的生物，陷入奇特的憂傷。

「我要飛到那些鳥身邊，到那些尊貴的鳥那裡！他們會殺了我，因為我長得這麼醜，卻膽敢接近他們。可是不要緊！死在他們手裡，總好過被鴨子追趕、挨家禽痛打、被照顧家禽場的女孩推來推去、在冬天挨餓受凍！」於是他往外飛進水裡，游向那些美麗的天鵝：這些天鵝看著他，展開翅膀朝他划來。「殺了我吧！」這個可憐的東西說，然後把腦袋垂向水面等死。可是他在清澈的水裡看見什麼了？他望著自己的倒影，啊，他不再是醜得讓人看了討厭、笨拙遲鈍的暗灰色小鳥了，而是一隻天鵝！

只要是從天鵝蛋裡孵出來的，生在養鴨場裡也無所謂。

令他高興的是，因為曾經飽嘗困頓和不幸，現在更能體會自己的幸福。那些大天鵝繞著他游啊游，用嘴喙輕撫他。

孩子們走進花園，將麵包和穀粒丟進水裡，最幼小的那個嚷嚷：「有隻新的耶！」其他孩子歡喜地高喊：「對耶，來了一隻新的！」他們拍著手，跳來跳去，奔向爸爸媽媽。他們又丟了點麵包跟糕餅進水裡，他們都說：「新來的天鵝比原本的都美！這麼年輕、這麼好看！」老天鵝們在他面前垂下頭來。

他覺得好難為情，將腦袋藏進翅膀底下，不知如何是好。他好開心，但一點都不驕傲。他想起自己當初怎麼受到迫害和蔑視，現在卻聽到大家說，他是所有鳥裡最美麗的一隻。連接骨木樹都在他面前將樹枝往下垂進水裡。陽光柔和溫煦，他簌簌鼓動翅膀，抬起細長的脖子，從內心深處欣喜萬分地喊道：

「我還是醜小鴨的時候，做夢也沒想過這樣的幸福！」

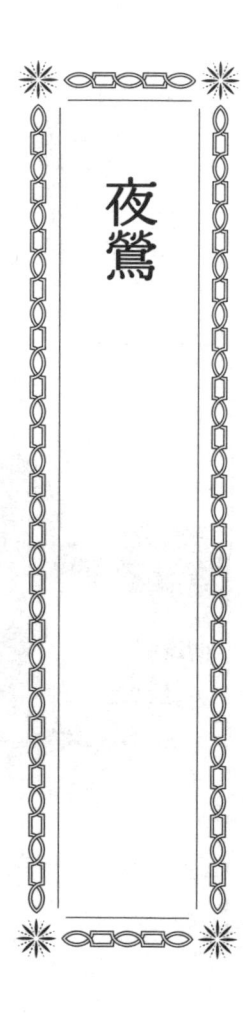

夜鶯

你們一定知道，在中國，皇帝是中國人，而圍繞在他身邊的也都是中國人。這個故事發生在許多年前，不過正因為如此，值得在人們遺忘以前聽上一聽。這位皇帝擁有全天下最華麗的宮殿。整座宮殿都由瓷砌成，所費不貲，不過，宮殿如此細緻易碎，碰觸的時候必須萬分小心。花園裡種著最奇異的花卉，最昂貴的幾個花種上還繫上鈴鐺，叮叮作響，不管誰路過都會注意到那些花。是的，皇帝花園裡的一切都打理得極為巧妙。花園如此遼闊，連園丁都不曉得盡頭在何方。如果一直往前走，就會進入林木高聳、湖水深深的茂密森林。樹林直接往下延伸至海邊，海水蔚藍深邃；大船可以航進樹木的枝椏下方。有隻夜鶯住在林木之間，歌聲如此美妙，

連忙碌不休的窮苦漁夫都會停下來聆聽。漁夫夜裡出海撒網時，就會聽見夜鶯歌唱。

「夜鶯的歌聲多麼美啊！」他說，可是他有工作在身，一忙就忘了這隻鳥。不過到了隔天晚上，一聽見牠的歌聲，就會再次說：「多麼美啊。」

旅人從世界各國來到皇帝的京城。他們對京城、皇宮和花園深感佩服，可是聽到這隻夜鶯歌唱時就說：「所有的東西當中，這才是最好的！」

旅人們回到家鄉時，就會談起這件事，有學問的人還寫了好多本書，描寫這座京城、宮殿和花園。可是他們從未忘懷這隻夜鶯，給牠最高的評價。會寫詩的人還寫下精彩的詩篇，歌頌深湖旁邊樹林裡的那隻夜鶯。

那些書籍暢銷全世界，有幾本甚至來到了皇帝的手裡，他坐在金交椅上，讀了又讀，不時點頭稱許，因為書裡將京城、皇宮和花園描寫得如此巧妙，讓他龍心大悅。他讀到書裡寫著：「可是夜鶯是當中最棒的一個。」

「這是怎麼回事？」皇帝驚呼，「我根本不知道有什麼夜鶯。我的帝國裡有這樣一隻鳥，就在我的花園裡，而我卻不知情？我從沒聽過有這麼回事，竟然得從書裡才第一次知道這件事！」

於是皇帝把侍臣召來，這位侍臣位高權重，凡是地位比他低的人斗膽跟他說話或問他問題時，他只會回答：「呸！」而這個字一點意義也沒有。

「據說這裡有隻神奇的鳥叫做夜鶯！」皇帝說，「他們說這是我整個偉大的帝國裡最棒的東西。為什麼我從來沒聽過這件事？」

「我不曾聽人提起，」侍臣說，「也沒人進貢到宮裡來過。」

「我要牠今晚就過來，在我面前高歌，」皇帝說，「全世界都知道我擁有什麼，而我自己卻不曉得！」

「我沒聽過有人提起，」侍臣說，「我會去找，我會找到牠的。」

可是要從哪裡找起？侍臣上樓又下樓，走遍大廳和長廊，但是他遇到的人從沒聽過有人提起這隻夜鶯。侍臣跑回皇帝跟前，稟報這一定是寫書的人捏造的傳說。

「有多少書的內容，寫的不是邪門歪道，不然就是些無中生有的東西啊，陛下。」

「可是寫到這件事的那本書，」皇帝說，「是崇高偉大的日本天皇送來給我的，所以不可能是捏造的事情。我要聽夜鶯唱歌，牠今天晚上非飛來這裡不可！牠會得到我的寵幸；如果牠不過來，全朝的人晚飯過後，就等著挨板子！」

「遵旨！」侍臣說，他再次在樓梯間上下奔走，穿過大廳和長廊，半個朝廷的人也跟著他東奔西跑，因為朝臣們可不喜歡挨板子。

接著他們四處打聽這隻奇妙夜鶯的事情，全世界都知道牠，唯獨宮內不知情。

最後他們在廚房裡遇見一個窮苦的小女孩，她說：

「夜鶯？我很熟啊，對，牠的歌聲棒極了。每天晚上廚房准我送剩菜回家給我生病的可憐母親，她住在海邊。回程的時候，我累了就在樹林裡休息，就會聽到那隻夜鶯唱歌，我的眼睛就會流出眼淚，就像媽媽親了我一樣！」

「小丫頭，」侍臣說，「皇帝下令要夜鶯今晚進宮，如果妳帶我們去找牠，我就替妳在廚房找份固定工作，甚至准妳伺候皇帝用膳。」

於是他們一同出宮，前往夜鶯慣常唱歌的那座林子，朝廷裡有半數的人都去了。半路上，他們聽見一頭母牛開始哞哞叫。

「噢，」年輕侍臣們嚷嚷，「找到了！這麼小的一個生物竟然展現了這麼神奇的力量！我以前就聽過這種聲音了。」

「不是，那是牛在叫！」廚房小女傭說，「我們離那個地方還很遠。」

這時，青蛙開始在沼澤裡呱呱叫。

「真好聽！」中國宮廷祭司說，「這會兒我聽到了，就像教堂的鐘聲。」

「不是，那是青蛙在叫！」廚房小女傭說，「可是我想再不久就會聽到夜鶯的聲音了。」

於是就傳來夜鶯的歌聲。

「這就是了！」小姑娘驚呼，「聽啊，快聽！牠就在那邊。」

她指著樹枝上的小灰鳥。

「這有可能嗎？」侍臣嚷嚷，「我想也想不到牠會是那個模樣！看起來多麼普通！一定是因為看到這麼多大官圍在身邊，嚇得失去色彩。」

「小夜鶯！」廚房小女傭高聲呼喚，「我們仁慈的皇帝希望你到他跟前唱歌。」

「樂意之至！」夜鶯回答，開始動聽無比地唱起來。

「聽起來就像玻璃鈴鐺！」侍臣說，「看看牠的小喉嚨，看它怎麼運作的！我們過去竟然從沒聽過，也太奇怪了。那隻鳥到朝廷裡肯定一炮而紅。」

「要我在皇帝面前再唱一回嗎？」夜鶯問，因為牠以為皇帝在場。

「了不起的小夜鶯啊，」侍臣說，「我有幸邀你今晚進宮參加一場盛會，到時請用美妙的歌聲娛樂皇上。」

「我的歌曲在綠林裡聽起來最棒！」夜鶯回答，不過，聽到皇帝希望牠進宮，牠還是樂意地去了。

宮殿布置得很有節慶氣氛，瓷牆和瓷地在幾千盞金色立燈的照耀下閃閃發亮。長廊上擺了會發出清澈鈴響的美麗花卉。人們忙碌地來回奔走，捲起一陣風，掛在花朵上的鈴鐺叮叮作響，大聲到連說話也聽不見。

皇帝坐在大廳中央，那裡放了個金色棲架，準備給夜鶯棲坐。全宮的人都到場了，廚房小廚娘獲准站在門後，因為她現在已經得到宮廷廚子的頭銜。眾人盛裝打扮，目光都放在那隻小灰鳥身上，皇帝對小鳥點點頭。

夜鶯的歌聲如此動聽，淚水湧上皇帝的雙眼，繼而滾落臉頰。接著夜鶯唱得更為動人，歌聲直抵人心。皇帝非常滿意，表示要將金軟鞋賜給夜鶯掛在脖子上，但夜鶯婉謝了，說牠已經得到豐厚的報償。

「我見過了皇帝眼中的淚水，對我來說那才是真正寶貴的東西。皇帝的淚水有特殊的力量，我已經得到足夠的報償！」接著牠再次甜美動聽地唱起來。

「我從沒見過這麼討喜的嬌態！」站在四周的宮女們說，後來只要對人說話，嘴裡就先含

口水，讓自己講起話來帶有咕咕的聲響。她們覺得自己也當得成夜鶯。男僕和女僕也都表示滿意，這點很不簡單，因為他們向來很難取悅。總而言之，夜鶯進宮一事大獲成功。

夜鶯即將在宮裡住下，牠會有自己專屬的籠子，白天可以出門兩次、晚上一次。有十二個僕人服侍夜鶯，只要夜鶯出門去，每個僕人都要抓緊繫在牠腿上的絲帶。這樣出門實在沒什麼樂趣。

全城都在談那隻奇妙小鳥，兩個人碰上面時，一個人才開口說「夜」，另一人就接著說「鶯」，然後同聲嘆口氣，對彼此的意思心領神會。有十一個小販的孩子都以夜鶯來命名，可是他們沒一個有好歌喉。

有一天，皇帝收到一只大包裹，上頭寫著「夜鶯」。

「肯定又出了本寫這隻名鳥的新書。」皇帝說。

不過，包裹裡並不是一本書，而是一件小藝術品，收在一個盒子裡，是隻人造夜鶯，可以模仿天然的夜鶯唱歌，身上斑斕燦爛地鑲著鑽石、紅寶石和藍寶石。一旦旋緊發條，這隻人造小鳥就能唱出真夜鶯的其中一首歌，尾巴還能上下擺動，同時發出銀光與金光。它的脖子上掛著一小條絲帶，上頭寫著：「在中國皇帝的夜鶯面前，日本皇帝的夜鶯相形見絀。」

「棒極了！」大家都說。帶這隻人造小鳥來的人旋即受封為「皇家首席夜鶯使者」。

「現在他們一定要一起唱，這種二重唱會有多麼精彩啊！」

於是兩隻鳥必須一起唱歌，可是效果並不好，因為真正的夜鶯按照自己的意思隨興啼唱，而人造的小鳥只會唱圓舞曲。

「那不是它的錯，」樂師說，「它很完美，很合我的風格。」

現在人造小鳥要獨唱了。它就跟真鳥一樣成功，而且看起來更耀眼，就像手環和胸針一樣閃亮。同一首歌它反覆唱了三十三次，卻毫不疲倦。大家很樂意再聽一遍，但皇帝說輪到真夜鶯唱點東西了。可是牠到哪去了呢？沒人注意到，牠早已從敞開的窗戶飛了出去，回到了綠林裡。

「這是怎麼回事呢？」皇帝說。

所有的朝臣都惡意中傷真夜鶯，罵牠忘恩負義。

「我們總算有了最棒的小鳥。」他們說。

大家要這隻人造小鳥再唱，同一首曲子他們聽了第三十四遍。因為這首曲子很難，他們即便聽了這麼多遍也記不住。樂師對這隻小鳥讚不絕口，是的，他宣稱它比真夜鶯還好，不只因為外表的諸多美麗寶石，還有內在的特質。

「是這樣的，先生女士們，還有陛下，面對真正的夜鶯時，我們永遠算不準牠要做什麼，而在這隻人工小鳥的內部，一切都已經安排就緒。我們可以解釋它的構成，可以拆開它，讓人瞭解機械零件如何安排，怎麼運作，一個怎麼隨著另一個運轉。」

「我們正有同感。」大家都說。

樂師獲准在下星期天公開展示這隻鳥。皇帝下令，也要讓民眾聽聽這隻鳥唱歌。民眾聽了非常滿意，彷彿喝茶喝得微醺，這是中國人的作風，他們都說「噢！」，豎起食指點點頭。可是聽過真鳥歌唱的窮苦漁夫說：

「聽起來是不錯啦，旋律滿相似的，可是總覺得缺了點什──麼，雖然我不知道是什麼！」

真正的夜鶯被逐出這個帝國，人造小鳥坐在皇帝床邊的絲墊上，它收到的禮物有黃金和寶石，都擺放在它四周。它的頭銜進階到「晚膳後御用歌手」，等級是左邊第一等，因為皇帝認為心臟那一邊是最重要的一側，即使是皇帝，心臟也在左側。關於這隻人造鳥，樂師寫了多達二十五冊的鉅著，內容淵博、篇幅很長，滿是艱澀的中文字彙，可是所有的人都宣稱自己讀過也讀懂了，因為深怕被人當作蠢材，然後挨板子。

一年就這麼過去了。皇帝、朝廷以

及其他的中國人，都已經將人造小鳥歌曲裡的每聲啁啾牢記在心。不過，正因如此，他們特別滿意，他們能夠跟它一起唱，也確實這麼做了。街頭的孩子唱著「嘁嘁嘁—咯叻咯！」，皇帝自己也這麼唱。是的，這隻人造小鳥就是這麼受歡迎。

不過，有天晚上，當這隻人造小鳥正唱得精彩，皇帝躺在床上聆聽，這隻鳥的內部卻突然發出「呼呲！」有東西裂開了，「呼—嗚—嗚！」所有的齒輪都在瘋轉，接著音樂戛然停止。

皇帝立刻從床上彈起身，將御醫召來，可是御醫哪有什麼辦法？接著召來鐘錶匠，經過一番商議和調查，總算把這隻鳥修理到一個程度。可是鐘錶匠說一定要小心使用這隻鳥，因為輪齒磨損嚴重，如果換裝新的，就會破壞那首曲子。眾人哀嘆不已，從此一年只能讓這隻小鳥唱一次歌，連這樣幾乎也算使用過度。不過樂師做了番簡短的演說，裡面滿是艱澀的字彙，他說這小鳥現在和以前不相上下。既然他都這麼說了，大家就這麼信了。

五年過去了，真正令人悲痛的事件降臨在這片國土上。這些中國人真心愛戴他們的皇帝，現在他卻病倒了，據說不久於人世。雖說新皇帝已經選定，但民眾還是站在宮外的街上，等著詢問侍臣，老皇帝的病況如何。

「呸！」他說完便搖搖頭。

皇帝躺在他華麗的龍床上，冰冷蒼白，全朝的人都以為他駕崩，人人都跑去向新的統治者致意。男侍從跑出去討論這件事，女侍臣則辦了場盛大的茶會。所有的大廳和長廊都鋪了布，免得腳步發出聲音，因此宮裡一片死寂。可是皇帝還沒過世，而是僵硬蒼白地躺在華美的床上，那裡披垂著天鵝絨長幔以及厚重的金絲穗子，高高的上方開了扇窗，月光透窗照在皇帝和那隻人造小鳥上。可憐的皇帝幾乎無法呼吸，彷彿有什麼壓在他的胸口上：他睜開眼睛，接著就看到死神坐在他的胸膛上，而且頭上戴著他的金冠，一手握著皇帝的長劍，另一手則拿著美麗的皇旗。奇怪的腦袋從掛在大床周圍的天鵝絨長幔褶縫之間探進來，有些非常醜陋，其餘溫和可親。這些腦袋代表皇帝做過的惡行和善舉，既然此刻死神坐在他的心口上，這些事情也都來到了他面前。

「你記得這件事嗎？」一個腦袋對另一個腦袋低語，「你記得那件事嗎？」接著他們告訴皇帝好多事情，聽得他額頭直冒冷汗。

「我全不知道！」皇帝說，「音樂！給我音樂！快敲中國大鼓啊！」他喊道，「這樣我就不用聽他們講。」

他們繼續講下去，死神按照中國人的習慣，邊聽邊點腦袋。

「音樂！音樂！」皇帝喊道，「你這隻寶貴的金鳥，唱啊，快唱！我送了你黃金和貴重的禮物，甚至把我的金軟鞋掛在你的脖子上……現在就唱，快唱！」

可是那隻鳥站定不動，沒人上發條，它根本無法歌唱。死神繼續用那雙空洞的大眼瞪著皇帝，宮裡一片死寂，靜得嚇人。

接著窗外突然傳來美妙的鳥鳴。是那隻小小的真夜鶯，牠就坐在外頭的樹枝上。牠聽說了皇帝悲哀的處境，於是過來唱歌給他安慰和希望。牠一開口唱歌，那些幽靈的影像便逐漸淡去，血液在皇帝虛弱的四肢裡流動得更快，連死神都在傾聽，還說：

「繼續唱，小夜鶯，唱下去！」

「可是你可以把那把美麗的金劍交給我嗎？可以把那面華麗的旗子交給我嗎？可以把皇帝的王冠交給我嗎？」

死神為了換來一首歌，放棄了這些寶物。於是夜鶯繼續唱下去，牠唱起安靜的墓園，那裡長著白玫瑰，接骨木花散放甜美的氣味，哀悼者的淚水濕潤了新鮮的青草。接著死神湧起一股渴望，想看看自己的花園，於是化為一陣寒冷的白霧，從窗戶飄了出去。

「謝謝你！謝謝！」皇帝說，「你這隻非凡的小鳥！我對你很熟悉。當初我把你從我的國土驅逐出去，你卻幫我把那些邪惡的臉龐從我床邊趕走，將死神從我的心口驅離！我要怎麼報答你才好？」

「你已經報答過我了！」夜鶯回答，「當我第一次對你歌唱，讓你的雙眼流下淚水，我永遠都不會忘記。那些淚水正是讓歌者心生喜悅的珍寶。可是現在睡吧，好好休養、恢復健康，我會唱別的曲子給你聽。」

在夜鶯的歌聲中，皇帝陷入了甜美的沉睡。啊！這一覺多麼柔和，多麼令人神清氣爽！陽光穿過窗戶照在他身上，當他醒來的時候，覺得神清氣爽，體力也恢復了：他的僕人都還沒回來，因為他們都以為他死了；只有夜鶯還坐在他身邊歌唱。

「你一定要永遠陪在我身邊，」皇帝說，「你想唱什麼就唱什麼，我會把那隻人造小鳥砸個粉碎。」

「不要這樣，」夜鶯回答，「那隻小鳥已經盡了全力，就把它留在身邊吧。我沒辦法在宮殿裡築巢住下，可是當我想來的時候，就讓我過來吧。這樣晚上我就會坐在窗邊的樹枝上，唱點東西給你聽，逗你開心，也讓你想想事情。我會唱唱你身邊隱而不見的那些善與惡。我這隻會歌唱的小小鳥會四處翱翔，飛得遠遠的，到窮苦的漁夫身邊，到農夫的屋頂那裡，到距離你和朝廷很遠的每個人那裡。我愛你的心勝過於愛你的皇冠，但皇冠也有它神聖的地方。我會過來唱歌給你聽，可是你一定要答應我一件事。」

「我什麼都答應！」皇帝說，他披著龍袍站在那裡，是他自己穿上的，然後將那把沉甸甸的金劍按在心口上。

「我只求你一件事：別把這件事告訴任何人，有隻小小鳥會把一切稟報給你，這樣會更好。」

夜鶯說完就飛走了。

僕人們進來打理皇帝的後事時。沒錯，皇帝就站在那裡，他說：「你們早啊！」

紅鞋

從前有個小女孩善良又漂亮，可是因為家裡窮，整個夏天都只能打赤腳走路。到了冬天，她就穿上厚厚的木鞋，磨得小腳背紅通通。

村裡有個老鞋匠太太，拿了舊紅布盡力縫了雙小鞋，要送給那個小女孩，雖然做工粗拙，但那是她的一片好意。小女孩名叫卡倫。

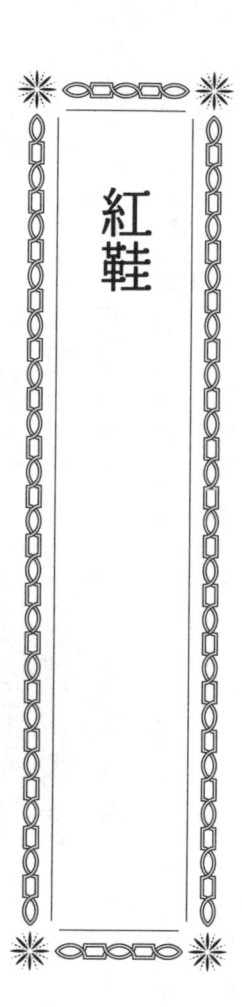

母親下葬那天，卡倫拿到了那雙紅鞋，頭一次穿上腳。紅鞋不適合在服喪的時候穿，可是她沒別的鞋子，所以把那雙小小的光腳伸了進去，走在樸素廉價的棺木後面。

突然間有輛大馬車路過，車上坐著一位年長的夫人，她看著那個小女孩，心生同情，於是對牧師說：

「把這個小女孩交給我，我會負責扶養她。」

卡倫以為這是因為她穿了這雙鞋的緣故，但老夫人說這雙鞋難看極了，叫人拿去燒掉。卡倫不僅有乾淨合身的衣服可穿，還能學習讀書和縫紉，大家都說她很討人喜歡。不過她的鏡子說：「妳不只討人喜歡，還是個美人胚子。」

有次王后路過這一帶，身邊帶著小女兒，也就是公主。大家朝著城堡湧去，卡倫也是。小公主一襲精美的白洋裝，站在窗前向民眾答禮。她沒披拖襬，也沒戴皇冠，但腳踩華麗的紅色摩洛哥鞋，比鞋匠太太當初替小卡倫做的那雙好看多了。世界上沒有什麼比得上紅鞋！

現在卡倫大到可以接受堅信禮了，老夫人不只找人替她做了新衣，也要替她張羅新鞋。城裡那個有錢的鞋匠就在他自家的小房間裡，替她的小腳測量尺寸，那裡有好幾個大玻璃櫃，櫃裡擺著漂亮的鞋子和閃亮的靴子；這番景象相當迷人，但老夫人視力不大好，所以得不到什麼樂趣。那些鞋子裡有一雙紅鞋，就跟公主當初穿的那雙一樣。多麼美麗啊！鞋匠說這雙鞋是替一位伯爵的女兒做的，可惜並不合腳。

「是漆皮做的吧，」老夫人說，「閃閃發亮呢！」

「是啊，好亮呢！」卡倫回答，鞋子正好合她的腳，於是買下來了。可是老夫人不知道這雙鞋是紅的，要不然絕對不會讓卡倫穿紅鞋去參加堅信禮，卡倫真的這麼做了。

大家都盯著她的鞋子看。當她穿過教堂前廊，朝唱詩班的門走去時，感覺墓碑上的老照片、神職人員夫婦戴著硬領、一身黑色長袍的肖像，全都瞅著她的鞋子。當牧師的手搭在她頭上，說著神聖的話語時，她一心只想著自己的鞋子。管風琴傳出莊嚴的樂音，孩童們用清新甜美的嗓音高唱，老領唱人跟著同聲唱和。但卡倫滿腦子只有自己的紅鞋。

到了下午，老夫人才聽到大家說那雙鞋是紅的，她說這樣實在不成體統、太失禮了，而且說以後卡倫只能穿黑鞋上教堂，即使鞋子是舊的。

隔週的星期天就是舉行聖餐禮的日子，卡倫先看看黑鞋，再瞧瞧紅鞋，多看了紅鞋一眼之後就穿了上去。

陽光燦爛耀眼，卡倫和老夫人沿著小徑穿過田野，地上滿是塵土。

有個蓄著長鬍子的老殘兵，拄著撐杖站在教堂門口，他的鬍子是紅的而不是白的。他彎下身子幾乎要碰到地面，問老夫人能不能幫她擦鞋，卡倫也伸出了自己的小腳。

「看，真是雙漂亮的舞鞋！」老兵說，「合腳得很，跳舞也不怕掉下來！」

然後用手拍拍鞋底，老夫人施捨他一點錢，然後帶著卡倫走進教堂。

教堂裡的每個人都盯著卡倫的鞋子看，所有的畫像都瞅著那雙鞋。卡倫跪在教堂裡的時候，滿心只有自己的鞋子，既忘了唱詩歌，也忘了說禱詞。

現在所有的人都從教堂裡走出來，老夫人登上馬車，卡倫舉起腳也要跟著走上去時，那位老兵說：

「看，真是雙漂亮的舞鞋！」

卡倫無法抗拒，忍不住跳了幾個舞步，一旦開始，她的腳就不停跳下去，彷彿那雙鞋反過來控制她似的。她不由自主地舞著繞過教堂轉角。馬車夫只好追上去，一把抓住她，抬上馬車，可是她的腳卻還在跳，結果狠狠踢了那位好心老女士一把，最後他們合力脫掉她的鞋子，她的雙腳才安靜下來。

回到家，鞋子被收進櫃子，可是卡倫忍不住去看它們。

不久，老女士病倒了，大家都說她來日不多，必須有人照料和服侍，這點卡倫責無旁貸。不過，城裡即將舉行一場盛大的舞會，卡倫也受邀了。她看看無望復元的老夫人，再瞧瞧那雙紅鞋，心想看看也無妨。接著她穿上鞋子，覺得這樣也沒什麼壞處。然後出門去參加舞會，開始跳舞。

但是當她想往右轉，鞋子卻往左舞動；當她想上樓去，鞋子卻往下舞動。最後她跳上了街道，一路舞到了城門。她不斷跳著舞，停也停不下來，一直跳進了幽暗的樹林。

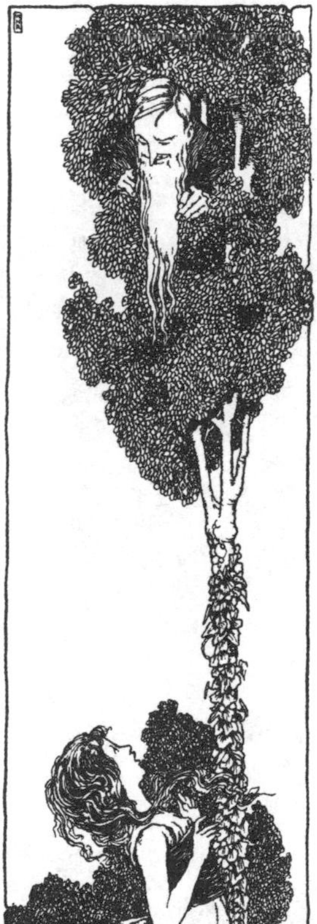

樹林上頭有什麼發著光，她原本以為是月亮，卻看到了一張臉，原來是那位蓄著紅鬍子的老兵，他坐著點點頭並說：

「看，真是雙漂亮的

舞鞋！」

她害怕起來，想要丟掉那雙紅鞋，可是它們卻緊緊箍住她的腳，她不得不一路跳著舞越過田野和草地，不管下雨或晴天，無論白天或黑夜，可是晚上最可怕了。

她跳舞跳進了露天的教會墓地，可是那裡的死人並未加入她的行列，因為他們有比跳舞更好的事情要做。她好希望能在長著苦蕨草的窮人墳上坐著喘口氣。但她靜不下來，也無法休息。她朝著教堂開著的門舞去時，看到那裡有個一身白長袍的天使，翅膀從肩上一路垂到腳邊，面容肅穆嚴厲，手持一把閃亮的寬劍。

「妳要繼續跳，」他說，「穿著妳的紅鞋跳到臉色蒼白、渾身發冷，直到身體乾縮成一副骷髏。妳要挨家挨戶地跳，那裡住著自大傲慢的孩子，妳要敲響他們家的門，讓他們聽見妳的聲音，害怕妳！妳要不停地跳，不停地跳！」

「饒了我吧！」卡倫喊道。

可是她沒聽到天使的回應，因為鞋子把她帶走了，將她從教堂門

口帶到田野上，越過大路和小路，她不得不一直跳。

有天早上，她跳舞路過一道熟悉的門，裡面傳來詠唱聖詩的聲音，有副棺材抬了出來，上頭妝點著鮮花。她便知道老夫人過世了，她覺得自己遭到所有人遺棄，被上帝的天使定了罪。

她跳著舞，漆黑的夜裡也不得不跳下去。鞋子帶著她穿過荊棘和帶刺樹叢，她渾身刮傷直到流血。她跳著舞越過荒地，來到一間孤寂的小屋。她知道劊子手就住這邊。她用手指敲著窗玻璃，喊道：

「出來啊，出來！我沒辦法進去，因為我必須跳個不停。」

劊子手說：

「妳可能不知道我是誰吧？我專門用斧頭砍掉壞人的腦袋，我的斧頭都在顫動了！」

「不要砍掉我的頭，」卡倫說，「這樣就沒辦法懺悔我的罪了，可是連著這雙紅鞋，把我的腳砍掉吧！」

接著她坦承了自己的罪過，劊子手連著紅鞋砍下她的雙腳，不過鞋子依然帶著那雙小腳，一路跳著舞，越過田野，進入森林深處。

劊子手替她刨了雙木腳和撐杖，教她一首死囚常唱的詩歌。她吻吻那隻握過斧頭的手，越過荒地離開了。

「我為了那雙紅鞋吃盡苦頭，」她說，「現在我要進教堂去，讓大家看看我。」她趕緊往教堂門口走去，但是走到門口的時候，那雙鞋就在她面前跳舞，她嚇得轉身離開。整個星期她都深陷憂傷，流下不少苦澀的淚水。星期天又到了，她說：

「現在我已經吃足苦頭，也努力夠了！大家高高昂著頭坐在教堂裡，我想我跟其中不少人一樣好。」

於是她大膽地往前走，可是才走到教堂墓園柵門那裡，就看到那雙紅鞋在她前方舞動，她一時恐懼，於是轉過身子，衷心地懺悔自己的罪。

接著她走到牧師公館，懇求在那裡幫傭。她保證會勤奮工作，盡自己所能做事。她不計較薪資，只盼有個棲身之所，跟好人為伍。牧師娘同情她，雇用了她。她勤奮又體貼，晚上總是默默坐著傾聽牧師高聲朗讀聖經，所有的小孩都很喜歡她，可是只要他們聊起盛裝打扮得跟王后一樣美，她聽了就會搖搖頭。

隔週的星期天他們一起上教堂，問她要不要一起去，可是她雙眼噙淚，憂傷地望著撐杖。其他人上教堂去聽講道了。她回到自己的小房間，那裡只容得下床鋪和一張椅子。她拿著聖詩本坐在這裡，懷抱虔誠的心閱讀。這時管風琴的樂音從教堂飄到了她這裡，她滿臉淚水地仰起臉，並說：

「噢，主啊，幫幫我！」

接著太陽大放光芒，一位披著白袍的天使站在眼前，就是那晚在教堂門口看到的那位，不過他手裡不再拿著那把銳利的劍，而是一根長滿玫瑰的綠枝。他用綠枝碰了碰天花板，天花板就往上升高，不管他碰了哪裡，就會有顆金星閃耀。他碰碰牆壁，它們往前擴展，她看到那座奏出豐美樂音的管風琴，看到那些神職人員夫婦的老畫像，還有坐在裝飾座椅的會眾，他們正翻著詩歌本高唱。教堂來到了這個可憐女孩的小房間，或者說她的寢室成了一座教堂。她和牧師的家人坐在同一排長椅上，他們唱完聖詩時，抬起頭來點點頭並說：

「卡倫，妳來啦，真好。」

「我得到了寬恕！」她說。

管風琴傳出了輝煌的樂聲，孩童合唱的聲音甜美可愛，溫暖明亮的陽光透過窗戶照在卡倫坐的椅子上，陽光、平安和喜樂充滿了她的心，直到她的心爆開。她的靈魂乘著陽光飛往天堂，那裡再也沒人問起那雙紅鞋！

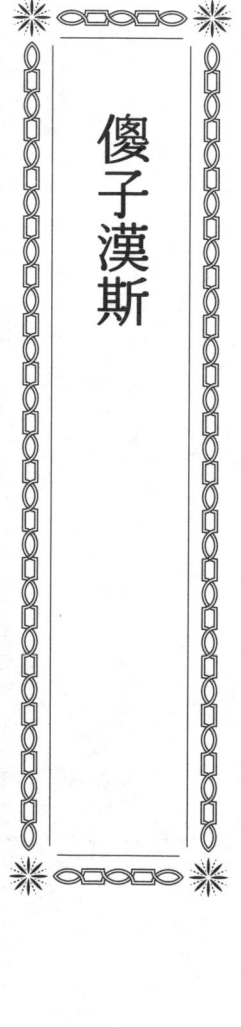

傻子漢斯

內陸深處有棟氣派的老宅，裡面住了一位老鄉紳，他有兩個兒子，他們機智過人，相當自以為是。他們想向國王的女兒求婚，他們的確可以這麼做，因為公主已經對外公布，她要挑選最有口才的青年當丈夫。

於是這兩個天才為了追求公主，整整準備了一週。他們也只有這麼多時間，不過也夠了，因為他們原本就飽讀詩書，大家都知道這多麼有用。一個把整部拉丁文字典，還有小鎮三年份的日報都背得滾瓜爛熟，順著背或倒著背，都不成問題。另一個人熟讀法條，牢記每個議員都該知道的事，所以認為自己可以暢談國家大事。他還懂得一件事：他知道怎麼在褲子吊帶上繡玫瑰、其他花卉和蔓藤圖紋，因為他是個非常溫柔且手指靈巧的男人。

「我會贏得公主的心！」兩個人都這樣喊道。所以他們的老父親各給他們一匹駿馬。熟背字典和報紙的那個青年有匹黑馬，熟知法條的那個青年得到一匹乳白色的馬。然後他們都用魚油抹抹自己的嘴角，好讓自己說起話來更順溜。家裡的僕人都站在院子裡，看著他們上馬。就在這個時候，第三個兒子出現了。其實這個鄉紳有三個兒子，可是沒人把第三個算進去，因為他不像他們那麼有學問。大家一般都叫他「傻子漢斯」。

「哈囉！你們換上了最好的衣服，」傻子漢斯說，「要上哪去啊？」

「我們要上王宮，追求國王的女兒，這個消息傳遍全國上下，你難道不知道？」接著就把事情的始末跟他說了。

「哎呀！我也要參加！」傻子漢斯嚷嚷。兩個哥哥嘲笑他一番，然後騎馬走了。

「親愛的父親，」漢斯說，「我也要一匹馬，我也很想成親！要是公主願意接受我，那就好，如果不願意，我就會想辦法得到她，不管怎樣她都會成為我的人！」

「別胡說八道了，」老紳士回答，「你休想從我這裡拿到馬，你連話該怎麼講都不懂，說話沒技巧，你和哥哥們是天差地別。」

「唔，」漢斯說，「如果你不給我馬，我就騎山羊去，牠原本就是我的，也可以把我好好載過去！」他真的這麼做了。他坐上山羊，腳跟往羊肚一蹬，一陣颶風似地沿著大街疾馳。

「嘿吼！騎得真痛快！我來嘍！」傻子漢斯高喊，然後放聲歌唱，歌聲傳得又廣又遠。

哥哥們領先在前，慢慢騎行。兩人都悶不吭聲，因為他們正在思考臨場即興怎麼說話才精彩，得花心思準備一番。

「哈囉！」傻子漢斯高喊，「我來嘍！看看我在公路上找到什麼。」他拿給他們看，是隻死烏鴉。

「笨蛋！」哥哥們驚呼，「你拿那個東西要幹嘛？」

「烏鴉嗎？欸，拿來送給公主啊。」

「對啦，儘管拿去送吧。」他們說，嘲笑完之後又繼續往前騎。

「哈囉，我又來嘍！看看我又找到什麼了。公路上可不是每天都能找到這種東西的！」

哥哥們轉身看到他這會兒又發現什麼。

「笨蛋！」他們嚷嚷，「那只是一隻木鞋，上半部還不見了，這種東西你也要送給公主嗎？」

「當然嘍。」傻子漢斯說。哥哥們哈哈笑完又繼續往前騎。他們領先弟弟不少路程，不過……

「哈囉，又是我，」傻子漢斯叫道，「越來越妙了，」他嚷嚷，「萬歲！這次棒透了。」

「欸，你這回又找到什麼了？」哥哥們問。

「噢，」傻子漢斯說，「我幾乎無法形容，公主到時會有多高興啊！」

「呸！」哥哥們說，「明明只是溝裡挖出來的泥巴。」

「對，沒錯，」傻子漢斯說，「是最棒的一種泥巴，看，這麼濕，可以從指縫間流下來。」說完就把泥巴往口袋裡放。

哥哥們往前疾奔，馬蹄都蹬出了火星，足足比漢斯早了一個鐘頭抵達城門。每個追求者都會在城門那裡拿到一個編號，一抵達就會被編成一排，六人一排，擠得連手臂都動彈不得，這是個巧妙的安排，因為只要有人搶先站到別人前面，就可能爆發衝突。

城裡的居民成群擠在城堡周圍，往窗戶裡頭窺看公主怎麼接待上門求婚的人。每個求婚者一踏進大廳，似乎就喪失了說話的能力，彷彿燭火頓時熄滅似的。接著公主會說：「他不行！帶他離開大廳！」

終於輪到熟背字典的那個哥哥了，可是這會兒他卻把字典內容忘個精光，地板似乎隨著他的腳步發出回音，大廳的天花板是鏡子製成的，他看到自己彷彿頭下腳上地站著，每扇窗邊都站了三個書記官和一個書記長，每個人都忙著寫下大廳內的交談內容，到時會刊登在報紙上，在街角以兩個銅板販售。真是一場可怕的磨難，而且宮殿裡的壁爐點著熊熊烈火，室內感覺悶熱極了。

「屋裡好熱啊！」第一位哥哥說。

「沒錯，」公主說，「父王今天準備烤幾隻小母雞。」

「咩！」他像綿羊一樣呆立原地，他對這樣的談話內容一點心理準備也沒有，所以一句話也吐不出來，雖然他很想說點機智的話，「咩！」

「他不行！」公主說，「帶他出去！」

他只好聽令離開。現在輪到第二個哥哥進來。

「屋裡好熱啊！」他說。

「沒錯，我們今天要烤小母雞。」公主回答。

「什麼……妳……呃……什麼？」他吞吞吐吐，所有的書記官都寫了下來，「什麼……妳……呃……什麼？」

「他不行，」公主說，「帶他出去！」

現在輪到傻子漢斯，他騎著山羊進入大廳。

「唔，這裡熱得可怕。」

「沒錯，因為我要烤小母雞。」公主回答。

「啊，我運氣真好，」傻子漢斯驚呼，「妳願意順便讓我烤個烏鴉嗎？」

「很樂意，」公主說，「可是你有什麼容器可以裝著烤嗎？我沒有湯鍋也沒有煎鍋。」

「當然有，」漢斯說，「這裡有個錫製把手的煮鍋。」

他拿出那隻老木鞋，把烏鴉放進去。

「唔，真夠當一頓飯了！」公主說，「可是要拿什麼當醬料？」

「噢，我口袋裡就有，」漢斯說，「多得很，扔掉一些也不要緊。」然後倒了些口袋裡的泥土出來。

「我喜歡！」公主說，「不管什麼，你都有答案，而且知道怎麼說話。所以我要挑你當我的丈夫。可是你知道我們說的每字每句都有人記下來，明天就會刊登在報紙上嗎？看看那邊，你可以看到每扇窗邊都站著三個書記官跟一個書記長。老書記長是這裡面最糟糕的一個，他什麼也不懂。」

她這樣說只是為了嚇唬傻子漢斯，那些書記官開心地哈哈笑，筆裡的墨水濺在了地板上。

「噢，可是他們全都是紳士，不是嗎？」傻子漢斯說，「那我要把最棒的東西送給書記官長。」接著就把口袋整個翻出來，對準書記官長的臉拋出濕答答的泥巴。

「這招厲害，」公主說，「要是我就辦不到，可是我不久後就能學會。」

就這樣傻子漢斯成了國王，得到一頂王冠和妻子，登上了王位。書記官長和印刷工剛剛才把這份報告印出來，這個故事就是從那裡讀來的，不過它一點也靠不住！

小伊達的花兒

「我那些可憐的花都死了，」小伊達說，「昨天晚上明明還那麼漂亮，現在每片葉子都枯萎了，垂下來。為什麼會這樣呢？」她問坐在沙發上的那個學生。

她很喜歡他，因為他是說故事高手，而且會在心形紙上剪出跳舞的仕女、各式各樣的花卉，還有大門可以拉開關上的城堡。他是個活潑快樂的青年。

「我的花今天為什麼這麼沒精神？」她又問他，將那把凋萎的花束拿給他看。

「妳難道不知道它們怎麼了嗎？」學生說，「它們昨天晚上去參加舞會，所以現在累得幾乎抬不起腦袋。」

「花又不會跳舞。」小伊達說。

「噢，它們可會了，」學生說，「天一黑，我們上床睡覺以後，它們就開心地跳來跳去，幾乎每天晚上都開舞會呢。」

「小孩子可以去參加那種舞會嗎？」

「小雛菊可以去，鈴蘭也可以。」

「那些最漂亮的花都去哪裡跳舞？」伊達問。

「妳不是常去城外那座美麗的花園嗎？就在國王用來避暑的城堡附近？記得吧，妳在那邊餵麵包屑的時候，天鵝會游過來靠妳很近。相信我！最漂亮的花就是到那裡跳舞。」

「昨天我跟媽媽才去過那邊，」伊達說，「可是樹上一片葉子也沒有，一朵花也不剩。它們都去哪了？夏天的時候我才看過好多葉子和花呢。」

「當然都在城堡裡面嘍，」學生說，「一等國王帶著臣僕回到城裡，這些花就從花園溜進城堡裡玩樂。妳應該看看它們的樣子。兩朵最美的玫瑰爬上王座，扮演國王和王后。所有的紅雞冠花在兩側列隊站著，像寢宮的侍從那樣鞠躬。接著盛裝打扮的花朵翩翩來到，盛大的舞會就開場了。藍色紫羅蘭是海軍士官生；它們稱作『姑娘』的舞伴是風信子和番紅花。鬱金香和虎百合就是年長的伴隨，負責監督大家好好跳舞、守住規矩。」

「可是，」小伊達說，「那些花跑進國王的城堡跳舞，不會受到懲罰嗎？」

「沒人知道這件事，」學生說，「看守城堡的老人會在那裡巡視，有時候夜裡會帶著一大把鑰匙過來，可是那些花一聽到鑰匙叮噹響，就會保持安靜，躲起來，只從布簾後面探出腦袋。那個看守城堡的老人就會說：『我聞到花香』，可是什麼也沒看到。」

「好好玩喔！」小伊達拍起手來，「可是我也看不到那些花嗎？」

「噢，簡單，」學生說，「妳下次過去的時候，記得要往窗戶裡看。妳就會看到它們，就像我今天那樣。我看到一朵長長的黃百合拉長身子躺在沙發上，假裝自己是宮廷貴婦。」

「住在植物園裡的那些花可以去城堡嗎？它們可以走那麼遠嗎？」

「欸，當然嘍。它們如果想要，就可以一路飛過去。妳不是看過可愛的蝴蝶——有白、黃和紅嗎？牠們看起來幾乎跟花一模一樣，其實牠們以前就是花。這些花跳離莖稈，高高躍入空中，用花瓣拍擊空氣，彷彿是小小翅膀，最後就飛了起來。如果牠們守規矩，就可以獲准飛一整天，不用回家乖乖坐在莖稈上。久而久之，它們的花瓣就變成真正的翅膀。妳也看過。不過，植物園的花可能沒去過國王的城堡，不知道城堡裡幾乎每天晚上都那麼好玩。所以，我會告訴妳，怎麼讓植物學教授大吃一驚。妳知道我指的教授是誰，他就住附近。唔，妳下次去植物園的時候，跟他的一朵花說，城堡那裡有盛大的舞會，那朵花會把話傳下去，然後它們就會飛過去。等教授來到植物園，一朵花也找不著，全都不見蹤影。他絕對猜不到花都上哪去了。」

「花怎麼能傳消息給別的花？你明明知道花不會講話。」

「它們是不會講話，」學生表示同意，「可是它們可以比動作啊。妳難道沒注意到，只要微風一吹，花就會互相點頭，用葉子比劃動作，欸，就跟用講的一樣清楚呢。」

「教授看得懂它們的動作嗎？」

「當然看得懂。有天早上。他走進園子，看到一根刺人的蕁麻葉對著華麗的紅康乃馨打手勢，表示『妳好美，我好愛妳』。可是教授不喜歡這種事情，就用手猛拍蕁麻的葉子，因為葉子就是蕁麻的手指。結果教授被刺得好疼，從此不敢再碰刺人的蕁麻。」

「噢，好好玩！」小伊達哈哈笑。

「怎麼可以往小孩子的腦袋瓜塞這種胡謅的東西呢？」乏味的樞密顧問說，他正好上門拜訪，也坐在沙發上。他一點也不喜歡這個學生，一看到學生剪出那些奇特有趣的花樣——有時是吊在絞架上的男人，手裡握著一顆心，表示他偷走的是人心；有時是個騎著掃帚的老巫婆，把丈夫放在她的鼻子上，老是大發牢騷。這個顧問對那些花樣很不苟同，一見到就會有這樣的反應：「怎麼可以往小孩子的腦袋瓜塞這種胡謅的東西，這種愚蠢的幻想？」

可是對小伊達來說，這個學生所講的花的故事有趣極了，她不停想著這件事。她的花抬不起頭，原來是因為跳了整晚的舞累壞了。欸，它們一定是病了。她將這些花帶到一張漂亮的小桌上，是她專門擺玩具的地方，整個抽屜都放滿了好看的東西。她的玩偶蘇菲躺在娃娃床上，可是小伊達告訴她：

「蘇菲，妳真的必須起床了，妳今天晚上去睡抽屜吧，因為我可憐的花兒生病了。如果我今天晚上讓它們睡妳的床，說不定會好起來。」

她拿起玩偶蘇菲的時候，蘇菲看起來氣極了，一聲也不吭。蘇菲在生悶氣，因為她保不住自己的床。

伊達把花放上娃娃床，用小小的被子蓋住。她要這些花乖乖躺著別動，她會替它們泡些茶，這樣它們明天就會康復、起床活動。她細心地拉起小床四周的簾幔，免得晨光直接照在它們臉上。

整晚她都想著學生說過的話，上床前，她透過窗簾看著她媽媽的那些美麗盆栽，有風信子，還有鬱金香。她悄聲說：「我知道你們今天晚上都要去參加舞會。」可是那些花假裝聽不懂她在說什麼，一片葉子也不動，可是小伊達很清楚它們有什麼盤算。

她上床之後，躺在那裡好久，想著如果可以看到花在國王的城堡裡跳舞該有多麼愉快。「我的花真的去過那邊嗎？」她納悶，然後就睡著了。她半夜醒來以前，夢到了那些花、那個學生，還有罵學生滿嘴胡言的那位顧問。伊達的臥房一片靜悄悄，夜燈在桌上發光，伊達的爸媽都睡著了。

「我的花還在蘇菲的床上睡覺嗎？」伊達納悶，「我真想知道。」

她在枕頭上稍微撐高身子，望向半開的房門。她的花和所有的玩具就在那裡頭。她豎耳傾聽，感覺有人在彈鋼琴，樂聲很輕柔，比她以前聽過的琴音都還要美妙。

「我很確定那些花都在跳舞，」她自言自語，「噢，我的天啊，我好想看看它們。」可是她不敢起來，怕吵醒爸爸媽媽。

「我真希望那些花可以進來這邊！」她想。可是它們並沒有過來。琴聲繼續傳來，悅耳極了，她無法在床上多躺一分鐘，於是踮著腳尖走到門口，往隔壁房間一瞧。噢，太有趣了！眼前的情景多麼有意思！

隔壁房間沒點夜燈，可是還是有光線。月光從窗戶流洩進來，落在地板上，簡直跟白天一樣明亮。風信子和鬱金香在地板上排成長長的兩列。原本在窗臺上的花一朵也不剩，放在那裡的花盆空空如也。花兒們在房間裡圍成一圈，優雅地跳著舞，轉身迴旋，挽著彼此的長長綠葉。一朵修長的黃百合坐在鋼琴前面。小伊達想起夏天看過這朵花，因為當時那個學生說：「那朵百合不是很像萊恩小姐嗎？」大家當時聽到都笑了，可是現在小伊達注意到，確實很相像。那朵百合彈鋼琴的時候，流露出那位年輕小姐的舉止神態，時而把它那張黃色長臉往一邊歪，時而往另一邊斜，而且隨著美妙音樂的節拍點著腦袋。

沒有一朵花懷疑小伊達在場。小伊達看到一朵靈巧的藍番紅花跳上她放玩具的桌子，直接走到玩偶的床那裡，一把掀開簾幔。那些生病的花朵原本躺著，現在立刻爬起來，對著底下的其他花朵點點頭，表示也想跳舞。掃煙囪工老玩偶，下唇破損，起身對著那些美麗花朵一鞠躬。那些花跳下來跟其他花兒會合時，看起來已經恢復了元氣，它們玩得很盡興。

好像有東西從桌上吭噹掉了下來。小伊達一瞧，就看到那根樺樹彩棒，是狂歡節留下來的東西。彩棒跳下來，彷彿自己也是一朵花。彩棒頂著紙紮花飾，整體看來相當華麗，頂端有個小蠟人，蠟人戴著寬邊帽，跟顧問頭上戴的一個樣。

彩棒用三根紅色木腿跳來跳去，使勁蹬著腳，因為他跳的是馬祖卡舞。那些花沒辦法跳馬祖卡，因為它們太過輕盈，無法像他那樣用力跺腳。

突然間，那個蠟人越長越高，神氣起來。他忽地轉向旁邊的紙花並說：「怎麼可以往小孩子的腦袋瓜塞這種胡謅的東西、愚蠢的幻想？」那一刻，他像極了那個戴大帽子的顧問，面色一樣蠟黃、脾氣同樣暴躁。可是那些紙花出手回擊，猛打他削瘦的小腿，直到他又縮回了小小蠟人。這個轉變荒謬得讓小伊達忍不住哈哈笑。

不管彩棒跳到哪裡，顧問都不得不跟著舞動，無論顧問變得高大神氣，還是停留在原本戴著大黑帽的小蠟人模樣。真花替他說情，尤其是原本生病躺在玩偶床上的那些，彩棒才終於放蠟人休息。

就在那時，它們聽到抽屜傳來響亮的敲擊聲，伊達的玩偶蘇菲跟其他玩具就躺在裡頭。掃煙囪工玩偶衝到桌子邊緣，趴下來，勉強把抽屜往外拉開一點。蘇菲坐起身來，東張西望，一臉訝異。

「欸，它們在開舞會呢！」蘇菲說，「怎麼沒人跟我說？」

「妳願意跟我共舞嗎？」掃煙囪工玩偶問她。

「我才不要你這種舞伴！」她說完便轉身背對他。

她坐在抽屜邊緣，巴望會有花朵來邀她共舞，可是沒有花朵提出邀約，她假咳一陣：「咳、咳、咳！」還是沒有一朵花主動約她。雪上加霜的是，掃煙囪工玩偶自己跑去獨舞，而且跳得還不錯。

沒有一朵花理睬蘇菲，於是她任由自己砰地一聲從抽屜摔到地上。現在，花兒全都跑來探問：「妳受傷了嗎？」它們對她非常客氣，尤其是睡過她床鋪的那些。可是她毫髮無傷。伊達的花謝謝她出借自己的一張好床，對她非常和善。它們把她帶到月光撫照的地板中央，陪她一起跳舞，其他的花朵則在四周圍成一圈，蘇菲現在氣都消了，說它們可以繼續睡她的床，說她一點都不介意睡在抽屜裡。

可是花兒說：「謝謝妳，不用了，我們活不了多久了，不能再繼續用妳的床。我們明天就會死。跟小伊達說，把我們埋在花園裡，就在她金絲雀的墳墓旁邊，這樣我們明年夏天會再復活，比以往都美麗。」

「噢，你們千萬別死啊。」蘇菲說完便一一親吻所有的花朵。

接著客廳的門打開了，更多嬌豔的花朵跳著舞進來。伊達無法想像它們打哪兒來，除非……肯定是直接從國王的城堡過來的。首先是兩朵極美的玫瑰，頭上戴著小小金冠。這兩位就是國王和王后。接著是迷人的紫羅蘭和康乃馨，它們向大家打招呼。這些花還帶了樂師過來。大罌粟花和牡丹花把豆莢當成樂器，使勁吹奏，直到滿臉通紅。藍色風信子和小雪花蓮把自己當鈴噹似地叮叮搖響。這種音樂真是有趣。好多花兒隨著它們翩翩起舞，藍色紫羅蘭和粉紅櫻草花當彼此的舞伴，雛菊和鈴蘭一起翩翩起舞。

所有的花互相吻著，真是賞心悅目。說晚安的時間到了，小伊達也溜回床上，她在那裡夢到了她看過的情景。

到了早上，她趕緊跑到小桌子那裡，看看花還在不在。她將圍著床鋪的簾幔拉開，是的，它們都還在，可是比昨天凋萎得更厲害。蘇菲躺在伊達放的那個抽屜裡，看起來滿臉睡意。

「花兒要妳交代我的話，妳還記得嗎？」小伊達問。

可是蘇菲只是一臉呆滯，悶不吭聲。

「妳好差勁喔，」小伊達告訴她，「多虧它們昨天對妳那麼好，還陪妳跳舞呢。」

小伊達打開上面畫了小鳥花樣的小紙盒，將死去的花朵裝進裡頭。

「這就當成你們的漂亮棺材，」她告訴花兒，「等我的表親從挪威來玩，會幫我一起把你們葬在花園裡，這樣你們明年夏天就能再長出來，比從前更美麗。」

她的挪威表親是兩個討人喜歡的男孩，叫約納斯和艾多夫。他們父親各送他們一把新的十字弓，他們帶來給伊達看。她告訴他們，她的花是怎麼死去的，大人允許他們舉辦葬禮。男孩們走在前頭，肩上扛著十字弓；小伊達跟在後面，捧著裝在漂亮盒子裡的死花。他們在花園裡挖了個小墳。伊達先親親那些花，然後關上盒子，放進地裡。艾多夫和約納斯在墳上射箭，因為他們沒辦法鳴槍或射禮炮致意。

天國花園

從前有個王子，誰也沒有他那麼多美麗的書：世界上發生過的任何事情，他都能在書裡讀到，也能在美麗的銅版插圖裡看到。透過書本，他可以認識每個民族和每片土地，可是書裡隻字未提天國花園位於何方，而那是他最常想到的東西。

他年紀還小，正要開始上學的時候，祖母曾經告訴他，天堂花園裡的每朵花兒都是精美的糕點，而雌蕊裡盛的是最甘醇的美酒，歷史就寫在其中一朵花上，另一朵花上寫著地理或乘法表；只要吃花兒糕點，就可以學會一課；吃得越多，就學會越多歷史、地理或乘法表。

當時他全都相信了。可是等他長大一些，學到越多事情，變得越有智慧時，便明白天堂花園的妙處一定更加特殊。

「噢，夏娃當初為什麼要摘智慧之樹的果實？亞當為什麼要吃禁忌的果子？如果我是他，絕對不會這麼做，這樣罪惡就永遠不會進入世界。」

當時他這麼說，到了十七歲還是這麼講。他滿腦子都是天國花園。

有一天他獨自到樹林裡漫步，這是他平時最大的樂趣。夜晚降臨、烏雲聚合，大雨傾瀉而下，彷彿天空是條河流，天色黑得好似夜間的深井。他不時在平滑的草地上打滑，頻繁地撲倒在濕岩地上突出來的平石。所有東西都浸在水中，可憐王子的身上沒一處地方是乾的。他不得不爬過大塊岩石，水從厚實的青苔裡噴濺出來。他險些暈厥。接著他聽到怪異的咻咻響，眼前有個亮著光的洞窟，洞裡有個火堆熊熊燃燒，大到足以烤一頭公鹿。確實也是如此。整頭鹿連著角插在烤叉上，架在兩根松樹幹之間，正緩緩轉動著。有個上了年紀的婦人坐在火堆旁，體格壯碩，看起來就像男人假扮的，她朝著火堆丟著一塊塊的薪柴。

「靠近一點！」她說，「在火邊坐下，把衣服烤乾吧。」

「這裡有一陣強風！」王子說著便席地坐下。

「等我兒子們回來風會更大，」婦人回答，「這裡是風之穴，我兒子就是世上的四種風，這樣你懂嗎？」

「你兒子們在哪裡？」王子問。

「這種蠢問題很難回答，」婦人說，「我兒子們照自己的意思自由行動，他們在上頭的天宮裡，跟雲朵一起玩球。」

接著她朝天上指指。

「噢，這樣啊！」王子說，「妳講起話來粗聲粗氣，沒有平日在我周圍的女性那麼溫和。」

「對，她們可能都閒著沒事吧！但如果要管好兒子，我非得強硬起來不可。雖然他們是些倔強的傢伙，我還是管得了。看到牆上掛的那四只布袋了嗎？他們都怕那些袋子，就像你小時候怕大人收在鏡子後頭的竹條。我告訴你，我可以把兒子折起來塞進袋子裡。我們母子之間不講什麼客氣。到時他們就得乖乖坐在袋子裡，我沒說放行以前，誰也不敢亂來。有一個回來了！」

是北風，他挾著刺骨的寒風衝了進來，大顆的冰雹在地上蹦蹦跳跳，雪花四處飛舞。他穿著熊皮做的上衣和長褲，海豹皮製的扁帽拉過耳朵，鬍子上掛著長長的冰柱，一顆顆冰雹從上衣領子滾落下來。

「不要馬上靠近火堆，」王子說，「不然你的手和臉會凍傷。」

「凍傷？」北風說完放聲大笑，「越冷我越開心！年輕人你哪位？怎麼會闖進風之洞裡來呢？」

「他是我的客人，」老婦人打岔，「如果你不滿意我的解釋，儘管滾到袋子裡去：懂我意思吧？」

看，這番話馬上發生效力，現在北風說起自己從哪裡回來，以及過去將近一個月都上哪去了。

「我從北極海回來，」他說，「我去過冰凍的白令島，跟海象獵人在一起。他們離開北角的時候，我就坐在他們的舵輪上打盹，偶爾醒來，就有暴風鸌繞著我的腳邊飛，這種鳥真有趣！先用翅膀猛地一拍，然後翅膀動也不動，全速向前衝刺。」

「甭扯那麼遠，」風的母親說，「所以你去過白令島了？」

「那裡真美！那裡有一片平得跟盤子似的地方可以跳舞。島上放眼是摻雜著苔蘚的半融雪、尖銳的石頭，還有海象和北極熊的骨骸，上頭布滿了綠黴，就像巨人的手臂和腿。真會以為陽光永遠照不到那裡。我稍微吹散霧氣，好看清那間小屋：那間小屋用沉船的殘骸建成，鋪上了海象皮，貼肉的那面向外翻，上頭又紅又綠，有隻北極熊坐在屋頂上咆哮。我到岸邊尋找鳥巢，看到還不會飛的雛鳥張著嘴吱吱叫，然後我將風吹進牠們的喉頭，教牠們閉上嘴巴。再往前是幾頭大海象，腦袋長得像豬，牙齒將近九十公分長，像巨形蠕蟲那樣滾來滾去濺起水花。」

「兒啊，你故事說得不錯，」老婦人說，「聽你說著說著，我都流口水了！」

「然後狩獵開場了！魚叉拋進海象的胸膛，冒著熱氣的鮮血像噴泉一樣濺在冰上。我想起自己的遊戲，於是張口一吹，讓我的帆船，也就是那些高聳的冰山，撞向那些小船。噢，那些人放聲哀嚎尖叫，但我吼得比他們還大聲！他們只好趕緊將死海象、儲物木箱和漁具往外拋到冰上。我往他們身上撒雪花，讓他們乘著破船帶著獵物漂向南方，去嚐嚐鹹水的味道。他們永遠不會再回白令島來！」

「你淨幹些壞事！」風的母親說。

「我做的好事，留給別人說去！」他回答，「有個兄弟從西方回來了。我最喜歡他：他身上有海洋的氣息，帶來一陣舒適的涼爽。」

「是小西風嗎？」王子問。

「對，沒錯，就是西風，」老婦人回答，「可是他並不小，好多年前他還是個漂亮的男孩，可是那是從前的事了。」

西風看起來像個野人，但是戴著一頂寬緣帽保護自己的臉。手裡握著一根桃花心木棒，是從美洲的桃花心木林砍來的。這東西拿起來可有分量了。

「你從哪邊回來的？」他母親說。

「從森林的荒地過來的，」他說，「水蛇匍匐在濕草裡，在那裡人類似乎是多餘的東西。」

「你去那邊做什麼？」

「我望進最深的河流，看著它怎麼從岩石沖下，濺起水霧、噴向雲端，托起了彩虹。我看到野水牛在河裡游泳，可是激流把牠和一群野鴨一塊沖走，激流往下狂瀉時，野鴨飛了起來，水牛不得不跟著滾下去！我看了很高興，就吹起一陣暴風，老樹連根拔起，裂成碎片！」

「你有沒有做別的事情？」老婦問。

「我在莽原上翻觔斗，撫摸野馬，把椰子從樹上搖下來。是的，是的，我有不少故事要講！可是人總不能把自己知道的事情全都說出來吧。妳也知道的，老太太。」他狠狠吻老婦一下，老婦差點都要往後倒。真是個野蠻的小伙子！

現在南風來了，頭上裹著布巾，游牧民族的斗篷在身上飄揚。

「這裡冷颼颼的！」他嚷嚷，往火裡丟了更多薪柴，「憑感覺就知道北風先到了。」

「這裡熱得都可以烤熟北極熊了。」北風說。

「你自己就是一頭北極熊。」南風回嘴。

「你們想被塞進布袋裡去嗎？」老婦問，「在那邊的石頭上坐好，告訴我你上哪去了。」

「到非洲去了，母親，」他回答，「到黑人的土地上，和霍屯督族一起獵獅子。平原上長著綠得像橄欖的草。在那裡，鴕鳥跟我賽跑，可是速度沒我快。我來到滿地黃沙的漠地：那裡看起來就像海洋的底部。我遇到一個駱駝商隊。商隊的人為了找水喝，殺掉了身邊最後一匹駱駝，可是他們拿到的水少之又少。抬頭有酷熱的太陽，腳下有熱燙的沙子，沙漠一望無際，接著我在鬆軟的細沙上打滾，捲起高大的沙柱。真是一場精彩的舞蹈！你們應該看看，單峰駱駝站在那裡嚇壞的模樣，商人拉起袍子蓋住腦袋。他趴伏在我面前，就像敬拜他的真主阿拉。現在他們全被埋起來了，沙子在他們身上積成了金字塔。等有一天我把沙子吹開，太陽會把那些枯骨曬白，然後旅人就會看到以前有人到此一遊。要不然，沒人會相信有人到過這片漠地來！」

「所以你幹的淨是壞事嘛！」母親驚呼，「給我進布袋去！」

南風還沒回過神來，老婦就攔腰將他抓起，塞進布袋去。他在地上滾來滾去，但她一屁股壓在上頭，最後他不得不安靜下來。

「妳的兒子們真活潑。」王子說。

「是啊，」她回答，「而且我知道該怎麼治他們！第四個也回來了！」

這是東風，打扮得像個中國人。

「噢！你從那一帶回來的嗎？」母親說，「我還以為你去了天國花園。」

「明天我才會飛去那邊，」東風說，「明天跟上次過去的時間，湊巧相隔一百年。我剛從中國回來，我在那裡繞著瓷塔兜轉，直到所有的鈴兒全部叮噹響！街上有官員當眾受鞭刑：竹條都在他們肩上都打斷了，他們都是些大人物，從一品官到九品官。他們嚷著：『多謝恩主！』可是他們說的才不是真心話。我搖響那些鈴鐺，唱著『叮、噹、吭！』」

「你真是蠢，」老婦說，「還好你明天就要到天國花園了，到那邊去對你總是有正面的影響。勇敢飲下智慧之泉吧，順便替我帶一小瓶回來。」

「我會的，」東風說，「可是妳為什麼把我兄弟南方關進袋子裡？放他出來吧！他會跟我講那隻鳳凰鳥的事，我每一百年拜訪一次天國花園，那裡的公主總是想聽聽那隻鳥的故事。打開布袋吧，這才是我的好母親，我會送妳兩口袋的茶葉，跟我在產地摘的時候一樣翠綠新鮮。」

「唔，為了茶葉，又因為你是我親愛的兒子，我會打開布袋。」

她就這麼做了，南風爬了出來，垂頭喪氣的，因為讓這位陌生王子撞見了這麼丟臉的事。

「喏，這是給公主的棕櫚葉，」南風說，「這片葉子是鳳凰鳥交給我的，世上僅有的一隻鳳凰。鳳凰用嘴喙在這片葉子上刻出自己幾百年來的遭遇。現在公主可以親自讀到，這隻鳳凰怎樣放火點燃自己的窩巢，坐在上頭，像印度寡婦那樣燒成灰燼。乾枝如何劈啪作響！多大的煙霧和熱氣！最後一切爆出火焰，老鳳凰化為灰燼，但躺在火裡的鳳凰蛋燒得又紅又熱，最後砰地大聲爆開，小鳳凰飛了出來。現在，這隻小鳳凰就是統管所有鳥類的王，是這世間唯一的鳳凰。牠在我給你的這片葉子上啄了個洞，當成給公主的問候。」

「我們吃點東西吧。」風的母親說。

此時他們全都坐下來吃烤鹿肉。王子坐在東風旁邊，不久就成了好朋友。

「告訴我，」王子說，「你們常常提到的那個公主是誰？天國花園又在哪裡？」

「呵！呵！」東風說，「你想去那邊嗎？唔，那麼明天跟我一起飛過去吧！可是我要告訴你，打從亞當和夏娃的年代以來，從來沒有人類到過那邊。你在聖經裡讀過他們兩個的事吧？」

「讀過。」王子說。

「他們被趕出去以後，天國花園就沉入地裡，可是還保有溫暖的陽光、溫和的空氣以及所有的美景。仙后就住在那裡的快樂島上，那裡美不勝收，死神從不涉足。明天坐在我的背上，我會帶你一起過去：我想會很順利的。不過，現在別再聊了，我想睡了。」

於是大家都去歇息了。

隔天一清早，王子醒過來，發現自己高高在雲端上，大吃了一驚。他正坐在東方的背上，東風盡責地撐住他；他們飛得如此之高，樹林和田野、河流和湖泊，看起來彷彿畫在底下的地圖上。

「早啊！」東風說，「下面的平坦國家沒多少東西可看，你大可以多睡一會兒，除非你想數數教堂有幾座，它們就像綠色板子上的粉筆筆跡。」

東風所謂的綠色板子，就是田野和草原。

「我沒跟你母親和兄弟道別，這樣很失禮。」王子說。

「你當時在睡，情有可原。」東風回答。

他們往前飛的速度加快了。可以從樹梢上聽出來，因為他們路過的時候，樹葉和細枝窸窣作響，在海洋和湖泊上也可以聽出來，因為他們飛過的時候，浪頭升得更高，大船會像游水的天鵝一樣朝水面傾身。

傍晚時分，天色暗下，下方燈火處處的大城看起來很迷人，彷彿有人點燃了一張紙，然後看著小火花一個接一個隱滅。王子歡喜地拍起雙手，但東風求他別這樣，要他牢牢抓住，要不然可能會摔下去，卡在教堂尖塔上。

老鷹輕盈飛過幽暗的樹林，但東風的動作更輕盈；哥薩克人騎著小馬飛快掠過地表，但王子乘風前進更是快速。

「現在你可以看到喜馬拉雅山，」東風說，「那就是亞洲最高的山脈，再不久就會抵達天國花園。」

現在他們更朝南飛，不久，空氣裡瀰漫著花朵和香料的香氣、無花果與石榴茂密叢生，野藤上長著串串紅葡萄和紫葡萄。他們在這裡降落，在柔軟的草地上伸伸懶腰，花兒隨風搖曳，彷彿在說：「歡迎！」

「天國花園到了嗎？」王子問。

「沒有，」東風回答，「可是再不久就到了。看到那邊的峭壁了嗎？還有下方的大洞穴？洞穴前面掛滿藤蔓，像一面綠色大簾子？我們要從那裡穿過去，披上斗篷吧，在這裡太陽烤暖了你，可是再往前走，就會冷到刺骨。飛過洞口的鳥兒，一邊翅膀感受到夏季，另一邊翅膀則是寒冬。」

「所以這就是通往天國花園的路嘍？」王子說。

他們走進洞穴。啊，裡面冷極了，不過並未維持多久。東風展開翅膀，發出燦亮的火光。真是神奇的洞穴！奇形怪狀的滴水大石懸在半空；有時洞穴窄得必須手腳並用往前爬，有時高聳寬闊得有如露天。這個地方看起來好似幾間葬儀室，有發不出聲音的風琴管子，而管風琴本身化成了石頭。

「要先穿過死亡之路，才能抵達天國花園嘍？」王子問。

但是東風悶不吭聲，只是往前一指，那裡有盞可愛的藍光。他們頭頂上的石塊變得越來越像霧氣，最後看起來有如籠罩在月光中的白雲。此時，四周的空氣溫和舒爽，有如在山丘上一樣新鮮，如同山谷中盛放的玫瑰一般芳香。那裡有條河流過，河水清澈如空氣，魚兒好似銀和金做的。紫鰻魚時時閃現藍色火光，在下面的水裡嬉戲；水生植物的寬葉發出彩虹的亮彩，長出來的花朵宛若橘色火焰，養分由水供給，就像提燈的燃料是油。河上有一座堅固的大理石橋，建築得如此輕盈，彷彿由蕾絲與玻璃珠打造而成。那座橋通往快樂之島，天國花園就在那裡欣欣向榮。

那裡長的是棕櫚樹，還是巨型的水生植物？王子從未見過如此青翠雄偉的大樹；奇妙的爬藤植物以長長的環狀懸掛著，一般人只會在彩繪祈禱書頁邊的金箔和彩色插圖，或是首字母上的飾紋裡看到。這裡有最奇特的鳥類、花卉和藤蔓。附近的草地上站著一群孔雀，閃亮如星辰的長尾向外展開。

是的，這全是真的！可是王子摸了摸那些孔雀，卻發現不是真的鳥，而是大株的牛蒡，像華麗的孔雀長尾一樣閃閃發光。獅子和老虎在綠色灌木裡來回跳躍，好似靈活的貓，這些灌木芳香得有如橄欖樹的花朵，而老虎和獅子都很溫馴。野斑鳩像是美麗的珍珠一樣發光，朝獅子的鬃毛撲翅。通常生性膽怯的羚羊卻站在那裡點著腦袋，彷彿也想一起嬉戲。

現在天堂的仙子來了，衣袍像陽光一樣閃耀，面容爽朗，有如對孩子很滿意的快樂母親。

年輕美麗，後面跟著幾位漂亮的姑娘，髮間各戴了顆閃爍的星星。東風將老鳳凰鳥寫的那片葉子交給她，她眼眸散放喜悅的光彩。

她牽起王子的手，領著他走進宮殿，那裡的牆壁就像將鬱金香花瓣高舉向光，散放著美妙色彩。天花板是一朵倒掛的巨大閃亮花朵，越是仰望，花冠的感覺越深。王子走到窗邊，望出其中一扇窗，看到了智慧之樹，那條蛇也在上頭，而亞當和夏娃站在附近。

「他們還沒被趕出去嗎？」他問。

仙子漾起笑容，解釋說時光在每扇玻璃窗上都烙下了圖樣，不過跟人平常習慣看到的那種圖畫不同。這些圖樣蘊含著生命，樹木的葉子會擺動，人來來往往，就像映在鏡子裡一樣。

他又望出另一面窗，聖經裡雅各的那場夢境就呈現在上頭，梯子向上通往天堂，羽翼偌大的天使們在梯子上上下下。沒錯，世界上發生過的事情就在這些窗玻璃上活著動著，只有時光才能烙出這般巧妙的圖案。

仙子露出笑容，領著他走進高聳的大廳堂，那裡的牆壁是透明的。這裡有肖像畫，臉一張比一張更美。這裡有千百萬個幸福的人，他們面帶笑容高歌，聲音交融成旋律；最上端那些肖像小得有如迷你的玫瑰花苞，像是畫在紙上的小點。廳堂的中央立著一棵大樹，垂著樹葉繁茂的枝椏，葉間結著金色蘋果，有大有小，懸在那裡有如橙子。這就是智慧之樹，亞當和夏娃曾經吃過它的果實。每片葉子上都垂著一滴閃亮的紅露珠，彷彿這棵樹哭出了鮮血形成的淚滴。

「我們到船上去吧，」仙子說，「可以在波濤起伏的水面上享受餐點。那艘船搖搖晃晃，但不會離開原地，只不過世上的國土會陸續滑過我們眼前。」

看到整個河岸移動的模樣，真是神奇。巍峨的阿爾卑斯出現了，深色松樹遍布，峰頂覆雪、雲霧籠罩；阿爾卑斯長號角傳來憂鬱的音符，牧羊人在山谷間唱著歡樂的歌曲。接著，香蕉樹長長的垂枝懸在這艘船的上方；炭黑色的天鵝在水面上游動，河岸上陸續出現了奇花異獸。是第五大洲新荷蘭[2]，背景襯著藍色山丘，滑了過去。他們聽見牧師的歌聲，看到蠻族隨著鼓聲和骨頭做成的號角起舞。聳入雲霄的埃及金字塔、傾頹的柱子、半埋於沙地裡的人面獸身像，也一樣滑了過去。北極光灑照在死火山上，這是人類無法仿效的煙火。王子開心極了，他看到的景象比我們在此轉述的多百倍以上。

「我可以永遠留在這裡嗎？」他問。

「那要看你自己了，」仙子回答，「如果你不像亞當那樣臣服在禁忌的誘惑下，就可能永遠留在這裡。」

「我不會碰智慧之樹上的蘋果！」王子說，「這裡有幾千種果實跟智慧之果一樣美麗。」

2 譯註：New Holland，澳洲的舊稱。

「檢視你自己的內心，如果你不夠堅強，就跟著帶你來的東風離開。他就要飛回去了，要過一百年才會再過來：在這裡，一百年的光陰對你來說彷彿只有一百個鐘頭，但對於罪的誘惑來說，是一段漫長的時光。每天晚上，我離開你的時候，會向你呼喚：『跟我來吧！』還會舉手召喚你，但請你務必留在原地：千萬別跟我一起走，要不然你的慾望會隨著每個步伐變得更高漲。你會來到智慧之樹生長的大廳；我會睡在它芳香的垂枝下方；你會俯身向我，我必須露出笑容；可是如果你吻上我的唇，天堂就會深深墜入大地，永劫不復。沙漠的狂風會在你四周吹掃，冷雨將會落在你頭上，你注定陷入憂傷與勞苦。」

「我要留在這裡！」王子說。

東風吻吻他的額頭並說：

「要堅強，百年之後在這裡再見。再會！再會！」

東風展開寬闊的翅膀，翅膀放出閃光，好似秋收時分的閃電，或者寒冬的北極光。

「再會！再會！」的聲音在花朵樹木之間迴盪。鸛鳥和鵜鶘成排飛起，有如翻飛的緞帶，陪他一路飛到花園的邊界。

「現在我們開始跳舞吧！」仙子喊道，「夕陽西下，我和你跳完最後一支舞的時候，你會看到我召喚你，也會聽見我呼喚你：『跟我來』，可是千萬不要。這一百年，我每天晚上都會反覆這麼做，每熬過試煉一次，你就會獲得更多力量，最後完全不會向誘惑屈服。今晚是第一回合，當心了。」

仙子領著他走進長滿透明白百合的大廳，每朵花的黃色花蕊都形成了一把小小的金豎琴，傳出弦樂器和橫笛的樂音。美麗的姑娘們姿態輕盈、身材修長，披著霧氣般的薄紗，跳著舞經過，唱著生之喜悅的歌曲，宣告自己永遠不死，而天國花園會永遠欣欣向榮。

夕陽西下。整片天空閃耀如金，讓這些百合染上玫瑰的豔麗色彩，王子喝下那些姑娘替他斟的氣泡酒，感受到前所未有的快樂。他看到大廳後方打開來，智慧之樹立在那裡，輝煌得蒙蔽了他的雙眼。那棵樹傳來柔軟甜美的歌聲，有如他親愛的母親，彷彿唱著：「我的孩子！我親愛的孩子！」

接著仙子伸手召喚，用甜美的聲音向他喚道：

「跟我來！跟我來！」

他衝向她，忘了自己的承諾。竟然頭一晚就忘了。不過她依然笑盈盈地召喚著。四周的香氣越發濃烈，豎琴的樂聲更加悅耳，智慧之樹生長的大廳裡彷彿有幾百萬張笑臉，正點著腦袋唱誦：「人一定要無所不知，人類是大地之王。」就他看來，智慧之樹滴下的不再是鮮血之淚，而是燦亮的紅星。

「來吧！來吧！」顫抖的聲音依然呼喊著，每跨出一步，王子的臉頰越發燙熱，體內的血也流得更快。

「我必須跟著去！」他說，「這不是犯罪，不可能是。為什麼不能追隨美與喜樂？我只是想看看她的睡姿，只要忍住別吻她，就不會有什麼損失。我不會吻她的，我很堅強，我有堅定的意志力！」

仙子拋開閃亮的斗篷，將枝椏往後撥開，瞬間躲進了枝椏之間。

「我還沒犯罪，」王子說，「之後也不會。」

他將樹枝撥向一邊，仙子早已入睡，只有天國花園裡的仙子才可能這麼美。她在睡夢中微笑著，他朝她俯下身子，看到她眼皮底下有淚水顫動著！

「妳是為我而哭嗎？」他低語，「別哭，妳這美麗的女子！現在我才瞭解天國的至福！它在我的血液和思緒裡流竄；我可以在我這個凡人的身軀裡感受到天使的力量和永生的力量！就讓永夜籠罩我吧。這樣的時刻值得一切！」

他吻了她眼中的淚珠，他的嘴貼上她的唇。

頓時駭人的雷聲大作，是人耳從未聽過的，一切向下墜落；美麗的仙子和迷人的天國往下陷落，越墜越深。王子看到它隱逝在黑夜裡，就像一顆小星在遠處發出閃光。致命的寒意竄過他全身，他閉上雙眼，彷彿死去一般倒臥多時。

冷雨落在他臉上，厲風在他腦袋四周咆哮，接著他恢復了知覺。

「我做了什麼好事？」他嘆氣，「我就像亞當一樣犯了罪，罪孽深重到天國深深墜落！」

他睜開眼睛，依然看得見遙遠的星辰，就是那顆狀似沉落天國的閃亮星辰，是天空中的晨星。

他站起來，發現自己置身於一片大樹林裡，就在風之洞穴附近，而風的母親就坐在他身旁：她滿臉怒意，往空中舉起手。

「才頭一晚！」她說，「我就知道！對，如果你是我兒子，我肯定把你塞進布袋裡！」

「沒錯，他是該進袋子裡！」死神說。死神是個壯碩的老男人，手持鐮刀，肩上一雙黑色大翅膀。「沒錯，他應該躺在棺柩裡，可是時辰未到：我先把他註記下來，讓他在世間多流連一陣子，好好贖罪，提升自我。可是總有一天我會來的。在他最意料不到的時候，我會把他關進黑棺木，頂在我頭上，朝星辰飛去。在那裡，天國花園正欣欣向榮，如果他善良虔誠，他就進得去；可是如果他懷著邪念，內心依然滿是罪惡，就會隨著棺木往下墜落，比天國墜得更深。每隔一千年我會去看他一次，看看他該往下墜得更深，或是升向天上那顆閃亮的星辰！」

野天鵝

每當冬天來到，燕子會飛向遙遠的地方，那個遙遠的地方有個國王，他有十一個兒子和一個女兒艾麗莎。這十一位兄弟都是王子，上學的時候各個胸口繫著星星徽章、腰間掛著配劍。他們用鑲鑽鉛筆在金板上寫字，輕輕鬆鬆就可以將學習的內容背出來，就像打開書本朗誦一樣。只消一眼就可以看出他們的王子風範，他們的妹妹艾麗莎坐在平板玻璃製成的小凳上，手裡的圖畫書價值半個王國。

噢，這些孩子的生活過得多麼優渥，只可惜並不長久。

他們父親是統治這整片疆土的國王，娶了個壞心王后，她並不愛這些可憐的孩子。孩子們頭一天就注意到了。當時宮裡舉行盛大的慶祝宴會，孩子們玩著招待客人的遊戲。後來賓客紛紛蒞臨，孩子不像以前那樣分到糕點和烤蘋果，新王后只給了他們裝了沙子的茶杯，要他們假裝裡頭裝了好東西。

一個星期之後，王后把小妹妹艾麗莎送到鄉間，交給一對農民夫妻。沒過多久，王后造了很多謠，汙衊那些可憐的王子，讓國王再也不願意理會他們。

「飛到野外自己想辦法謀生，」邪惡的王后說，「變成不會說話的大鳥飛走吧。」

可是她的毒計並未完全實現，因為王子們變成了十一隻美麗的野天鵝。他們發出古怪的叫聲之後，便從宮殿窗戶飛了出去，越過公園，進入樹林。

他們路過那間農舍時，還是一大清早，妹妹艾麗莎正在房裡睡覺。他們在屋頂上盤旋，轉著長長的頸子、鼓動著翅膀，可是沒人聽到或看見。他們不得不繼續往前，朝著雲朵高飛，遠遠飛向廣闊的世界。他們飛進一座陰暗的大樹林，樹林一路延伸到海岸邊。

可憐的小艾麗莎站在農舍的房間裡，把玩一片綠葉，因為她沒有別的玩具。她在葉子上扎出一個洞，透過小洞，仰頭望向太陽，彷彿看到了哥哥們的清澈眼眸：溫暖的陽光照在她的臉頰上時，她想起哥哥們曾經給她的吻。

日子一成不變地過去了。風吹過農舍外頭的玫瑰樹籬，彷彿對著玫瑰低語：「還有什麼比你們更美？」可是玫瑰們搖搖頭並回答：「艾麗莎！」老農婦星期天坐在家門前讀著詩歌集的時候，風吹動書頁，對那本書說：「有誰比你更虔誠？」詩歌集說：「艾麗莎！」玫瑰叢和詩歌集說的都是真話。

艾麗莎長到十五歲時，準備返回宮殿。王后一看到她出落得如此標致，就湧現惡念，對她心懷恨意，巴不得把她也變成野天鵝，就跟她哥哥們一樣。可是王后不敢貿然行動，因為國王想見見女兒。

一大清早，王后走進純白大理石打造的浴室中，裡頭妝點著柔軟的靠墊和華麗的織毯，她抓了三隻蟾蜍，吻了牠們，然後對頭一隻說：

「艾麗莎走進浴室的時候，你坐到她頭上，她就會變得跟你一樣傻。」接著對另一隻說：「蹲在她的額頭上，她就會變得跟你一樣醜，她父親就認不出她來。」然後對第三隻悄聲說：「停在她的心口上，這樣她就會生出邪念，因此飽受折磨。」

接著她把那些蟾蜍放進清澈的浴缸水中，水轉眼變成了綠色，然後把艾麗莎喚來，要她褪下衣衫、踏進水裡。艾麗莎泡進水裡的時候，一隻蟾蜍坐在她的頭髮上，另一隻蹲在她的額頭上，第三隻坐在她的心口上，可是她似乎沒注意到。她一起身，水面上轉眼漂著三朵紅罌粟花。如果不是因為那些蟾蜍有毒，如果不是因為巫婆吻過牠們，牠們就會變成紅玫瑰。可是無論如何，牠們都化成了花，因為牠們曾經停在這女孩的頭上、額頭和心窩。她太善良太天真，巫術對她起不了作用。

邪惡的王后看到這種情形，就拿核桃汁往艾麗莎的身上直搓，讓這個女孩變成深棕色，並且用刺人的油膏在她臉上塗抹，再讓她披頭散髮。誰也認不出她是那個漂亮的艾麗莎。

她父親看到她的時候，非常震驚，說這不是他女兒。除了看門狗和燕子，誰也認不出是她，可是牠們只是可憐的動物，對這件事根本插不上手。

可憐的艾麗莎哭了起來，想起十一個早已離家的哥哥。她憂傷地悄悄離開城堡，在田野和沼澤裡走了一整天，最後來到一片大樹林。她不知道自己想往哪裡去，只是覺得萬分沮喪，渴望見到哥哥們。他們當初就像她這樣，硬是被趕到了外頭的世界。她打算找到他們。

她才進林子不久，夜幕就降臨了。她迷了路，所以席地躺在柔軟的苔蘚上，做了晚禱之後，將腦袋靠在樹的殘根上。四周一片靜寂，空氣溫和，草地上和苔蘚裡，有幾百隻螢火蟲像綠火一樣閃閃熠熠。她才用手輕輕碰了根嫩枝，那些發亮的昆蟲就像流星一般落到她身上。

整晚她夢見了哥哥們。他們又變回小孩，一起玩耍，用鑲鑽鉛筆在金板上寫字，翻閱價值半個王國的圖畫書。可是他們在金板上寫下的，不是像之前的那些線條和字母，而是他們做過的義舉，以及見識與經歷過的種種事情。在那本圖畫書裡，一切都活靈活現的——鳥兒啁啾啼

唱，人物走出書外，和艾麗莎與她的哥哥們交談。可是書頁一翻，人物又直接跳回書裡，免得引發混亂。

她醒來的時候，太陽已經高掛天際。她其實看不見太陽，因為高大樹木的枝椏在她頭上伸得又長又遠。可是陽光像一層薄紗在上方嬉戲，新鮮青翠的草木傳來香氣，鳥兒們幾乎停棲在她的肩膀上。她聽到流水的噴濺聲，是幾處泉水發出來的聲響，它們都匯聚在一座湖裡，湖的底部是美麗的沙。湖泊周圍淨是濃密的樹叢，可是有一處被公鹿鑽出了大開口，艾麗莎就穿過這裡往下走到水邊。湖水如此清澈，如果風沒攪動樹枝和矮叢，會以為這些綠意就畫在湖的底部。水清清楚楚映出了每片葉子，不管葉子有陽光照耀，或是被陰影籠罩。

當艾麗莎看到自己的臉，簡直嚇壞了，這麼暗沉、醜陋。可是當她沾濕小手，揉揉眼睛和額頭，白皙的肌膚便再次顯現。接著她褪去衣裳，往下走進清爽的水裡：全世界沒有比她更美麗的公主。等她再次穿上衣服，編好長髮，就走到汩汩冒泡的泉水那裡，用手掬水來喝，然後往樹林深處走去，不知道自己要去哪裡。她想起親愛的哥哥們，認為上天絕對不會遺棄她。上帝讓野蘋果長出來，餵飽飢餓的人；上帝帶她找到一棵野蘋果樹，上頭結實纍纍，壓彎了枝條。她在這裡吃了午餐，找東西撐起壓彎的枝條，繼續朝樹林最陰暗的地帶走去。那裡一片靜寂，她可以聽見自己的腳步聲，踩過的落葉窸窣作響。一隻鳥也看不見，一絲陽光也照不進那些樹

W. HEATH ROBINSON

木的陰暗粗枝；高大的樹幹如此密集，當她向前望去，覺得自己彷彿被柵欄團團圍住。噢，她從未嘗過這樣的孤獨！

夜色漆黑。現在草地裡一丁點螢火蟲的亮光也沒有。她憂傷地躺下睡覺，接著感覺樹枝在她頭頂上分開，天使溫和的眼眸從高處往下俯瞰著她。

早晨來臨，她不知道方才的情景是夢境，或是真有其事。

她往前走了幾步，遇到了挽著一籃莓果的老太太，老太太分了點莓果給她。艾麗莎問那位女士，有沒有看到十一位王子騎馬穿過樹林。

「沒有，」老太太說，「可是昨天我看到十一隻天鵝在附近那條河裡游泳，頭上戴著金冠。」

然後她帶艾麗莎再往前走一段路，到了一片斜坡，斜坡底部有條小河蜿蜒流過。河岸兩側的樹木將茂密的長枝伸向對方，無法自然跟對岸的樹木相會的那些樹木，則將樹根扯出地面，好讓枝椏跟對岸的枝椏相互交纏，懸在水面上方。

艾麗莎向老太太道別，沿著河畔往前走，到了河海交會的地方。

大海就在這個年輕女孩的眼前展開，但是海上不見一面風帆，連一艘船也沒有。她該何去何從？她望著岸邊數不清的小扁石，海水將它們磨得渾圓。玻璃、礦石和一切，都讓海水磨出

了新的形狀，比她纖細的手還要柔滑。

「水不知疲倦地流動，才能把堅硬的東西變得平滑。我要一樣不怕疲倦。清澈的海濤啊，謝謝你們的教誨；我的心告訴我，總有一天你們會帶我找到親愛的哥哥們。」

覆著水沫的海草上，躺著十一根天鵝的白羽毛，她撿起來收成一束。羽毛上頭沾著水珠，是露珠或淚水，誰也說不準。在海邊雖然孤寂，可是她感覺不到，因為大海永遠變幻不定，幾小時內的變化，多過可愛湖泊在一年裡的轉變。飄來一大片烏雲的時候，大海彷彿在說：「我也會露出怒容。」接著颳起風來，掀起了白色浪花。可是當雲霞散放紅光，風平息下來，大海看上去就像一片玫瑰葉，時而變綠、時而變白。可是不管大海多麼平靜，海濱總會有點動靜；海水柔和地起起伏伏，好似熟睡孩子的胸膛。

夕陽即將西下，艾麗莎看到了十一隻野天鵝，頭上頂著金冠，朝陸地飛來：牠們一隻接一隻疾飛而來，看起來就像一條長長的白緞帶。艾麗莎走下斜坡，躲進樹叢後方。天鵝們就在她附近降落，拍動雪白的大翅膀。

太陽一消失在水下，天鵝的羽毛旋即脫落，原地站著十一位俊美的王子，正是艾麗莎的哥哥們。她高喊一聲，雖然他們的模樣改變不少，但她知道也感覺得到就是他們沒錯。她奔進他們的懷抱，呼喚他們的名字。王子們再次見到小妹，喜出望外；雖然她現在高䠷美麗，但他們知道是她。大夥兒又笑又哭，不久便明白後母對他們兄妹有多麼殘酷。

「只要太陽還在空中，」大哥說，「我們兄弟們，就必須以野天鵝的樣貌飛來飛去，不過只要太陽一下山，就會恢復人形。所以我們一定要當心，太陽下山的時候，要找到落腳的地方，因為要是還朝著雲端飛，就會以人的模樣深深墜入海裡。我們不住這邊：大海的另一邊有一片土地，跟這裡一樣美好，不過路途相當遙遠，得要越過大海，而且途中沒有小島可以讓我們過夜，只有一顆小礁石從海浪中露出來，大小只能供我們挨挨擠擠站著休息。浪濤洶湧的時候，水沫就會迎面噴來，但還是感謝上帝那裡有塊礁石。要不是有這塊礁石，我們永遠也沒辦法返回親愛的家鄉。我們要選在一年中最長的兩天，才能完成這趟旅程。我們一年只能回鄉一趟，總共可以在這裡停留十一天。停留期間，我們會飛越大樹林，從那裡眺望我們出生、父王居住的宮殿，還有高聳的教堂鐘樓，我們的母親就安眠在鐘樓的陰影當中。在這裡，我們覺得灌木叢和樹木就像是親朋好友；在這裡，野馬在草原上奔馳，就像童年見過的情景；在這裡製炭人唱著老歌，兒時我們常會跟著那些曲子起舞；這裡是我們的家鄉。我們受到家鄉的牽引，在這裡找到了妳，我們親愛的小妹。我們在這裡只能再待兩天，再來就得越過汪洋前往那片美好的土地，但是那裡並不是家鄉。我們要怎麼帶妳過去？我們沒有大船也沒小舟。」

「我要怎樣才能解除你們的魔咒？」妹妹問。他們聊了將近整個晚上，只睡了區區幾個鐘頭。

天鵝翅膀在腦袋上方的簌簌聲將她吵醒。哥哥們再次變成天鵝，在她上方繞著大圈子，直到消失蹤跡。其中一隻，也就是最小的那個哥哥，留在她身邊，腦袋倚在她的胸口，讓她輕撫翅膀。他們共度一整天，到了晚上，其他哥哥們回來了。太陽一下山，他們又恢復原形站在那裡。

「明天，」一個哥哥說，「我們就得飛走了，一年之後才能再回來。可是我們不能就這樣丟下妳。妳有勇氣跟我們一起走嗎？我的手臂既然壯得足以抱著妳穿越樹林，我們大家的翅膀應該也有足夠的力量，能夠扛著妳飛越海洋。」

「好，帶我一起走。」艾麗莎說。

他們一整晚都忙著用柔韌的柳樹皮和堅韌的燈心草編織網子，編出的網子又大又結實。太陽一升起，她哥哥們變回了野天鵝，牠們用嘴喙把網子叼起來，帶著親愛的妹妹高高飛向雲端。

艾麗莎躺在網子裡還在睡，陽光直直照在她臉上，一隻天鵝飛到她的腦袋上方，用寬闊的翅膀替她遮陽。

艾麗莎醒來的時候，他們已經飛離海岸很遠：她以為自己還在做夢，而有人托著她在大海上方高高飛越天際，感覺真奇怪。她身旁放了根枝條，上頭掛著美麗成熟的莓果，還有一束滋味甜美的植根。是最小的哥哥採集過來放在那裡的。她向他微笑表示謝意，因為她認得他，飛在她上方用翅膀替她遮陽的就是他。

他們飛得好高好高，下方的大船看起來好似躺在海面上的白海鷗。他們後方飄著一大片雲，模樣就像一座完美的山。艾麗莎在雲上看到自己和十一隻天鵝的影子；雲上映出了他們往前飛的模樣，影像巨大無比，好似一幅圖畫，比她過去見過的都美。不過，隨著太陽越升越高，雲朵被拋在後頭，漂浮的影像也隨之消逝不見。

一整天他們往前飛越天際，好似一根嗡嗡疾馳的箭，不過，他們前進的速度不如以前快，因為得托著妹妹同行。天氣轉壞，夜晚即將來臨，艾麗莎焦急地望著逐漸西沉的太陽，放眼還看不見那顆孤立在海中的礁石。她覺得天鵝們彷彿用翅膀更使勁地拍打空氣。唉！都是因為她，牠們才無法飛得更快。太陽下山的時候，牠們一定會變回人形，墜入海中溺死。接著她在內心深處向神禱告，不過依然看不到那顆礁石。大片的烏雲越逼越近，好似一團融鉛往前翻騰，天空一次次爆出閃電。

此時，太陽逼近海平面，艾麗莎的心顫抖起來。接著天鵝往下俯衝，速度快得她以為牠們正在墜落，可是牠們再次打住動作。太陽已經半隱於海面底下。她頭一次看到了下方那顆小礁石，模樣不比一隻從海裡冒出腦袋的海豹大。太陽沉得很快，最後看起來只像一顆星子；接著她的腳碰到了堅實的土地。太陽就像紙張燒盡前的最後一點火花，轉眼熄滅。哥哥們手挽著手團團圍住她，這裡僅供他們站立，毫無多餘空間。海水拍打著那顆礁石，水花像細雨似地朝她襲來。天空不斷閃出電光，隆隆鳴聲一聲接一聲；可是兄妹們緊緊握著手，唱著詩歌，從中得到安慰與勇氣。

在晨曦微光中，空氣純潔平靜。太陽一升起，天鵝們便帶著艾麗莎飛離那顆礁石。海浪依舊洶湧，牠們往上飛得更高，白色水沫好似上百萬隻在海面上泅泳的白天鵝。

太陽升得更高時，艾麗莎看到眼前有個飄在半空，多山的國度，那些山的峰頂覆滿一塊塊發亮的冰，山間矗立著一座城堡，看來有一里那麼長，一排排優雅的柱子，下方的棕櫚樹隨風搖擺，鮮豔花朵大如水車輪子。她問這是不是他們的目的地，可是天鵝們搖搖頭，因為她看到的是仙子莫甘娜永遠不停變幻的華麗宮殿，是個凡人絕不能涉足的地方。艾麗莎放眼望去，那些山脈、樹林和城堡繼而消逝不見，取而代之的是二十座雄偉的教堂，矗立在眼前，幾乎全都一個模樣，各有高塔和尖頂窗。她以為自己聽到了管風琴的聲響，可是其實她聽到的是海聲。靠近那些教堂時，教堂又化成了下方的一批帆船，可是當她往下俯瞰，卻只是海面上飄蕩的霧氣。眼前的景象不斷變換，最後她終於看到牠們要去的真實土地。那裡有雄偉的藍色山脈、杉木林、城市和宮殿。離太陽下山還有好一段時間，她坐在一個大洞穴前方的岩石上，洞穴裡長滿纖細的綠色爬藤植物，看起來有如刺繡的織毯。

「看看妳今天晚上在這裡會做什麼夢。」最小的哥哥說，然後帶她到臥房去。

「希望老天能讓我夢到解救你們的方法。」她回答。

她滿腦子都是這個念頭，熱切禱告，祈求上天伸出援手，是的，她連睡夢中都禱告不斷。彷彿在高空中飛翔，飛往了莫甘娜在雲端上的宮殿，那個仙子美麗燦爛，出來跟她會面，可是那個仙子很像樹林裡的那位老太太，就是當初送她莓果、向她談起金冠天鵝的那一位。

「妳的哥哥們可以得救，」她說，「可是妳有沒有勇氣跟毅力呢？當然了，水比妳纖細的雙手還柔軟，卻能改變岩石的形狀，可是水不像妳手指那樣會感覺到痛楚；水沒有心，不會經歷到妳未來必須承受的煎熬與折磨。妳看到我手裡這些刺人的蕁麻了嗎？妳過夜的洞穴周圍長了不少這種東西。要記得，只有那些，還有長在教堂墓園墳地上頭的那些才有用。妳必須摘取這些蕁麻，即使它們會把妳的雙手扎出水泡。用腳把這些蕁麻踩碎，就能抽出麻來，妳一定要用那些麻來編織，做成十一件長袖披甲。只要把這些披甲拋給十一隻天鵝，就可以破解魔咒。可是要謹記，從妳動工的那一刻起，直到完成以前，即使要花好幾年時間，妳也絕不能開口說話。妳吐出的第一個字，會像致命的匕首，刺穿妳哥哥們的心臟。他們的生命繫在妳的舌尖上。我說的話妳可要牢牢記住！」

仙子用蕁麻碰了碰艾麗莎的手，就像火一般刺燙，艾麗莎驚醒過來。外頭天色大亮，她睡覺的地點附近放了捆蕁麻，就像她在夢中看過的。她跪在地上，滿懷感激地禱告，然後走出洞穴開始著手。

她用細嫩的手在醜陋的蕁麻叢裡摸找。蕁麻像火一樣燒燙，在她的胳膊和雙手上燒出了大水泡，可是如果能夠解救親愛的哥哥們，她情願忍受。接著她赤著腳，將蕁麻踩碎，開始編織從中抽出的綠麻。

太陽下山，哥哥們回來了，發現她成了啞巴時都嚇壞了，以為邪惡後母又施了巫術，可是當他們看到她的雙手，便明白她為了他們在做什麼。最小的哥哥哭了起來，淚水滴落的地方，她就不再感到痛，而火燒一般的水泡也消失了。

她徹夜工作，在成功解救親愛的哥哥們以前，她無法成眠。隔日一整天，天鵝們不在的時候，她獨自坐著，可是對她來說，時間不曾像現在過得如此飛快。她已經完成了第一件披甲，開始編織第二件。

接著山丘間響起狩獵的號角聲，她滿心恐懼。噪音越逼越近，她聽到狗吠聲，於是膽怯地逃進穴洞裡，將採集到並準備好的蕁麻收成一捆，然後坐在上面。

立刻有隻大狗從溝壑跳了出來，接著一隻又一隻，牠們汪汪狂吠，往回跑之後又再過來。轉眼間，所有的獵人都站在洞穴前面，最俊美的那位就是這個國家的國王。他朝艾麗莎走去，因為他沒見過比她更美的姑娘。

「可愛的孩子，妳怎麼到這種地方來的？」他問。

艾麗莎搖搖頭，她不能開口，因為這不只會讓哥哥們無法得救，也會害他們喪命，她將雙手藏在圍裙底下，免得國王看到她吃了什麼樣的苦頭。

「跟我走吧，」他說，「妳不能留在這裡，如果妳的心地跟外表一樣美好，我就會讓妳穿上天鵝絨和絲綢、戴上金冠，妳就能住在我華美的城堡裡，跟我一起統御王國。」

接著他將她抱上馬，她哭著扭絞雙手，可是國王說：

「我只希望妳幸福，總有一天妳會感謝我的。」

接著便用馬載著她，策馬飛馳於山間，獵者緊隨在後。

太陽下山的時候，美麗的皇城就在他們眼前，那裡有教堂和圓頂。國王領她走進城堡，那裡有大噴泉，在高聳的大理石廳堂裡嘩啦啦流淌，牆壁和天花板都畫滿了輝煌的圖案。可是她無心欣賞這些事物，只是哭泣哀悼。她無動於衷地任由侍女替她披上華美的衣袍，將珍珠編入她的髮間，往她起水泡的手指套上細緻的手套。

當她盛裝站在眾人面前時，美得令人炫目，於是整個宮廷向她深深鞠躬。國王選定她作為自己的新娘，雖然大主教搖搖頭，悄聲說這個美麗的林間姑娘肯定是個女巫，蒙蔽了眾人的眼睛，讓國王的心也迷失了。

可是國王不理會這個說法，下令奏響音樂，端上最華奇豐盛的菜餚，並且要求最美的侍女們在他們面前跳舞。侍從們帶領她穿過芬芳的花園，進入富麗的廳堂，但是她唇間從未浮現一絲笑意，眼眸也不曾閃現光芒。她站在那裡，深陷哀傷。接著國王打開附近的一個小房間，是讓她就寢的地方。這個小房間裡妝點著美麗的綠色織錦，跟她之前所在的洞穴一模一樣。地上放著她用蕁麻紡成的那捆麻線，天花板下方掛著她完成的那件披甲。這些東西都是其中一個獵人當成珍奇之物帶回來的。

「在這裡，妳可以想像自己回到了老家，」國王說，「這裡有妳當初在那邊忙著做的工作，在目前這樣富麗的生活環境裡，妳可以回味那段時光當作消遣。」

艾麗莎看到這些她視為珍寶的東西，嘴角漾起笑容，臉頰湧現血色。她想到哥哥們可以得到解救，便親吻國王的手；他將她緊緊摟向心口，下令以教堂鐘聲宣布婚宴開場。這個從樹林裡來的美麗啞巴姑娘就成了這個國家的王后。

大主教在國王的耳邊悄聲說著壞話，但國王沒聽進心裡，婚禮即將開場，大主教必須替她戴上王冠，他懷著惡意將窄小的飾環緊緊套上她的前額，壓得她直發疼。可是她心裡為哥哥們感到的憂愁，是個更沉重的箍環，讓她對肉體的疼痛無感。她的嘴動也不動，因為只消一個字就會害哥哥們送命，但是她的眼眸閃現對仁慈俊美國王的愛，他竭盡所能想讓她快樂。隨著一天天過去，她對他的愛越來越深。噢，要是能跟他傾吐心事，告訴他心中悲痛，該有多好！可是她不得不噤口不語，在沉默中完成工作。每到夜裡，她會悄悄離開他身邊，靜靜走進那間裝飾得像山洞的小房間，一件又一件地忙著編織披甲。當她開始織第七件時，痲線卻用完了。

她知道可以用生長在教會墓地的蕁痲，可是必須親自去摘，而她要怎麼到那邊去？

「噢，比起我心頭承受的折磨，手指的疼痛又算什麼？」她想，「我必須放手一搏，上天不會拒絕幫我的！」

她顫抖著心，彷彿打算做什麼壞事似的，在月光撫照的夜裡悄悄走進花園，穿過小巷和冷清的街道，最後抵達教堂墓園。最寬闊的一個墓碑上坐著一圈食屍鬼，這些可怕的東西脫掉破爛的衣服，彷彿準備入浴，用瘦巴巴的手指扒開新埋的墳塚，貪婪地揪住屍體吃起人肉。艾麗

莎不得不路過他們附近，他們用邪惡的眼神牢牢盯著她，但她默默禱告著，一面蒐集刺人的蕁麻並帶回城堡。

只有一個人看到她，就是大主教。其他人睡覺的時候他醒著。現在他很確定自己當初的看法正確無誤，王后這個人不對勁，她是個女巫，對國王和人民施了巫術。

他私底下告訴國王自己見識到以及所害怕的事情，當這些嚴厲的字眼從大主教口裡吐出來時，大教堂裡的聖人圖像似乎搖起腦袋，彷彿在說：「不是這樣的！艾麗莎是無辜的！」可是大主教有不同的解讀——他認為聖人們的反應不利於她，因為她罪惡深重而直搖頭。國王的臉頰流下兩顆斗大的淚珠，他懷著疑慮回到家裡，夜裡假裝入睡，但是雙眼根本毫無睡意，因為他注意到艾麗莎下了床。每晚皆是如此，每回他都默默尾隨她，看到她隱入那間小室。

國王的神色一日比一日陰沉。艾麗莎看到了，但不明白原因何在。但她覺得害怕，原本為哥哥們感到的痛苦更是加劇。她的熱淚滾滾滴落在紫色絲絨后袍上，像鑽石一般閃閃發亮，凡是看到的人都巴不得自己能當個王后。同時，她也快完成自己的工作了，只剩一件披甲，但手邊的麻都用完了，一點也不剩。她非得再去墓園最後一趟，只為了摘幾把蕁麻。想到自己必須單獨上路，還有那些可怕的食屍妖，就心驚膽戰。可是她的意志就跟她對上天的信任一樣堅定。

艾麗莎往前走著，國王和大主教悄悄尾隨在後。他們眼看她穿過小門，消失在墓園裡。他們走近的時候，就看到食屍鬼坐在墓碑上，就像艾麗莎先前看到的那樣。國王轉開身子，以為她跟他們同夥，那天晚上，她才把頭靠在他的胸口過。

「讓人民審判她。」他說。

民眾判處她火刑。

她從華麗的廳堂被帶進陰暗潮濕的牢房，那裡的寒風呼呼竄過格柵窗戶。他們給她的不是天鵝絨和絲綢，而是她採集的那捆蕁麻，好拿來當枕頭。而她編好的那些粗硬刺人的披甲，就當作蓋被。不過，沒有任何東西能讓她更歡喜了。她繼續工作和禱告。外頭的野孩子唱著關於她的諷刺歌曲，沒人說句好話安慰她。

可是傍晚的時候，格柵附近傳來天鵝撲翅的聲音，是她最小的哥哥。他找到妹妹了，她歡喜地大聲啜泣，雖然她知道即將到來的夜晚，可能是此生的最後一夜。但是現在工作幾乎快要完成，而且哥哥們也都來了。

大主教來了，要陪她度過餘生最後的時刻，因為他向國王承諾過。她搖搖頭，用表情和手勢求他離開，因為今晚她非完成工作不可，要不然她的淚水、痛楚、無眠的夜晚，這一切都是白費功夫。大主教退下的時候，口出惡言地臭罵，但可憐的艾麗莎知道自己是清白的。她繼續埋頭工作。

天還暗著，還要一個鐘頭太陽才會升起。十一位兄弟站在城堡大門求見國王。守衛告訴他們，那是不可能的事，因為現在還是晚上，國王還在睡覺，不可打擾。他們又懇求又威脅，接著連哨兵都來了，是的，最後連國王自己都走出來，詢問到底是怎麼回事。那一刻，太陽升起，放眼不見那些兄弟，只見十一隻野天鵝從城堡上方飛離。

民眾成群結隊從城門湧出來，想親眼看看巫婆受火刑。老馬拉著艾麗莎坐的推車。他們在她身上套了件粗麻布裝，秀髮披垂在美麗的腦袋四周，臉頰死一般地蒼白，默默動著嘴唇，手指依然忙著編織綠麻。連在赴死的路上，都不曾中斷。十件披甲堆在腳邊，她正在織第十一件。民眾譏笑她。

「看看那個女巫，看她念念有詞的樣子！手裡竟然沒拿詩歌集，她坐在那裡，把弄醜陋的妖物，我們把那個鬼東西撕成碎片吧！」

他們朝她逼近，想把披甲撕碎。這時十一隻野天鵝飛下來，拍著翅膀圍住推車，群眾害怕地退開來。

「這是來自上天的信號！她一定是無辜的！」許多人竊竊私語，可是他們不敢高聲說出口。

現在劊子手抓住她的手，她匆匆將十一件披甲拋向天鵝，十一位俊美的王子轉眼就站在原地。可是最小的那個有一邊手臂仍是天鵝的翅膀，因為他的披甲缺了條袖子——她來不及完

成。

「現在我可以說話了！」她說，「我是清白的！」

大家看到事發經過，將她視為聖徒，向她鞠躬致意。但是她旋即昏倒在哥哥們懷裡，因為掛慮、苦惱和痛楚對她造成了衝擊。

「沒錯，她是清白的。」大哥說。

現在他將來龍去脈娓娓道來，他說話的時候，一股芬芳升起，彷彿開了上百萬朵玫瑰，而火刑柴堆裡的每個木頭都生出了根，竄出了新芽，最後長成散放芳香的樹籬，又高又大，上頭布滿了紅玫瑰，頂端開了朵明亮的白花，有如星辰一般閃亮。國王摘下這朵花，放在艾麗莎的胸口；她甦醒過來時，心中滿懷安寧與快樂。

所有教堂的鐘聲自動響起，鳥兒大群大群飛來。返回城堡的新婚隊伍如此熱鬧歡騰，過去不曾在任何一個王國見到過。

飛箱

從前有個商人富有到可以用黃金鋪滿整條街，多餘的還可以用來鋪一條小巷。可是他沒有這麼做，因為他知道該怎麼用錢。他給出一先令，就要收回五先令，他就是這麼一個精明的商人，一直到死都是如此。

他兒子現在繼承了所有的錢，過著快活的生活，每天晚上出門參加化裝舞會，拿紙鈔摺成紙風箏，用金幣而不是石子在海邊打水漂。這樣下去，不用多久錢就會花光，確實也是如此。到最後他身上只剩四先令，除了一雙拖鞋和一件舊晨袍，沒有其他衣物。現在他的朋友們不再搭理他，因為他沒辦法再跟他們一起上街，可是其中一個心地不錯，送他一只舊皮箱並建議他

「打包離開吧」。這個提議是不錯，只是他沒東西可以打包，於是自己坐了進去。

這是個奇妙的箱子，一按鎖頭，箱子就會飛騰入空。他按了下去，咻咻咻，箱子帶著他竄出煙囪、飛越雲端，越飛越遠。可是箱子的底部常常發出細微的喀啦響，他深怕箱子會四分五裂，這樣他可會摔得很慘！他就這樣來到了土耳其人的領土。他把箱子藏在樹林裡，用一些枯葉掩住，然後走進城裡。他這身裝扮頗能融入當地，因為土耳其人打扮得跟他一個模樣，全都身披晨袍、腳趿拖鞋。接著他遇到帶了個幼子出門的奶媽。

「這位奶媽，」他開口，「城邊那座大城堡是什麼地方，窗戶那麼高？」

「蘇丹王的女兒就住那裡，」她回答，「預

言說，她以後會為了一個情人變得很不快樂，所以，除非蘇丹國王和王后在場，沒人可以靠近她。」

「謝謝妳！」商人的兒子說，他走到城外的那座森林，坐進他的箱子裡，飛到了屋頂上，然後悄悄從窗戶爬進公主的房間。

她正躺在沙發上睡覺，她長得這麼美，商人的兒子忍不住吻了她。公主醒了過來，猛吃一驚，可是他假稱自己是土耳其天使，下凡來找她，聽了這番話她很高興。

兩人肩並肩坐下，他跟她講起她雙眼的故事，說它們是最燦爛的深色湖泊，思緒有如美人魚在裡面泅泳。他跟她聊起她的額頭，說它是一座白雪皚皚的山，上頭有美妙的廳堂和畫作。他也跟她說起鸛鳥怎麼帶來可愛的小孩。

是的，這些故事真是精彩！接著他向公主求婚，公主一口答應了。

「可是你星期六一定要過來，」她說，「到時國王和王后會過來喝茶。我就要跟土耳其天使成婚了，他們會很自豪的。不過你一定要說個好聽的故事，因為我父母都很喜歡聽故事。我母親喜歡提升品德、含有寓意的故事，可是我父親愛聽歡樂快活的故事，就是可以逗他笑的那種。」

「好的，下次我會帶故事而不是結婚禮物來。」他說，兩人就此暫別。不過公主送他一把劍，劍鞘上鑲著金幣，正合他的需求。

他飛走以後，買了件新晨袍，坐在森林裡編故事。故事要在星期六以前準備好，這可不簡單。

等他好不容易編完，星期六也到了。蘇丹國王和王后以及所有的朝臣都來公主的城堡喝茶。他受到盛情款待。

「你願意講個故事給我們聽嗎？」蘇丹王后說，「意義深刻又提升人心的故事。」

「對，可是又能讓我們發笑的。」蘇丹國王說。

「當然好。」他答完之後開始說。現在仔細聽嘍。

「從前有一捆火柴，這些火柴對自己的高貴身世相當自豪，它們的始祖樹木是森林裡一棵巨大的老杉樹，這些火柴都是由這棵樹的裂片做成的。這些火柴現在躺在一個打火匣和熱鐵鍋之間，正在聊自己青春年少的日子。『是，我們還在綠枝上的時候，』它們說，『我們以前真的在綠枝上，每天早晨和傍晚，都有鑽石茶可以喝，我的意思是露水；只要出太陽，我們就可以做一整天的日光浴，所有的小鳥都必須跟我們講故事。我們明白自己相當富有，因為其他的樹木只在夏天才會好好打扮，可是我們的家族卻有餘裕在冬天也穿上綠衣。但是伐木人來了，就像興起一場大革命似的，我們整個家族分崩離析。家族的大家長受命成為一艘好船的主桅，如果有必要，這艘船足以周遊世界。別的樹枝則前往其他地方，現在我們的職責是替下層人點火。我們這些出身高貴的人就是這樣來到廚房的。」

「『我的命運完全不同，』站在火柴旁邊的鐵鍋說，『打從我來到世界上，就有人拿我來刷洗跟烹調。我負責發揮實用的功能，在這個家裡的地位十分重要。我唯一的樂趣就是在晚飯過後，乾淨整齊地坐在自己的位置上，跟同事好好聊個天。可是除了水壺有時被帶到院子去，我們都一直住在屋子裡。我們唯一的消息來源就是市場菜籃，不過它對政府和人民有些令人不安的看法。是的，前幾天有個老鍋子怕得摔下來，結果爆開了。我告訴你，那個籃子是個自由派！』『好了，你說太多了，』打火匣打了岔，用鋼往火石上一敲，迸出了火花。『我們難道不能過個愉快的傍晚嗎？』

「『可以啊，我們來談談誰最高貴吧？』火柴說。

「『不要，我不想談我自己，』鍋子反駁，『咱們今天傍晚找點樂子吧，從我開始。我要講一個實際發生過的故事，就是每個人都經驗過的，這樣大家輕輕鬆鬆就能想像那種情景，品嘗箇中的樂趣。在波羅的海，丹麥的岸邊……』

「『這個開場真美！』盤子們嚷嚷，『這個故事大家都會喜歡。』

「『是的，是我青春時代的故事，當時我住在一個安靜的家庭裡，那裡的家具都擦得晶亮，地板經過刷洗，每兩個星期就會更換乾淨的窗簾。』

「『你說故事的方式真有意思！』地毯掃帚說，『一聽就知道講故事的人過去常在女士們之間活動，裡面充滿了潔淨的感覺。』

「那個鍋子繼續把故事說下去，結局就跟開場一樣好。

「所有的盤子喜悅地鏗噹作響，地毯掃帚從垃圾桶裡拿了點綠香芹出來，當成花圈套在鍋子上，它知道這個舉動會惹其他人生氣。『如果我今天替它加上冠冕，』掃帚暗想，『明天就輪到它替我加冕。』

「『現在我要跳舞了。』火鉗說完便跳起舞來。哎呀！它的腿朝天踢得老高呢！老抱椅墊一看笑得樂不可支。『我能不能也得到冠冕？』火鉗暗想，然後真的獲贈了花圈。

「『說到底，它們畢竟是普通老百姓！』火柴暗想。

「現在，茶甕準備要唱歌，可是它說自己感冒了，除非身子裡滾燙燙的，不然沒辦法唱歌。可是那只是裝模作樣。實情是她並不想唱歌，除非在客廳裡跟上流人士在一起。

「老鵝毛筆坐在窗邊，平常女傭會拿它來寫字：這隻筆沒什麼醒目的特色，只除了它墨水浸得很深，可是它對這點相當自豪。『要是茶甕不肯唱歌，』她說，『那就算了，外頭掛的鳥籠有隻夜鶯可以負責唱。牠沒受過什麼教育，可是今天晚上我們不必追究這點。』

「『去聽那種富有的外國小鳥唱歌，』茶壺說。它是廚房裡的歌手，跟茶甕是繼兄弟。『我覺得很不恰當。這樣是愛國的表現嗎？讓市場菜籃決定吧。』

「『我覺得很心煩，』市場菜籃說，『沒人想像得到，我有多麼心煩。晚上用這種方式度過，恰當嗎？把房子整理好，不是比較合理嗎？大家都回自己的位置上去，由我負責安排整場遊戲，這樣才會有另一番氣象。』

「『太好了，咱們好好熱鬧一下吧。』大家同聲呼喊。接著門一開，女傭走進來，大家都立定不動，沒人膽敢稍有動作。可是這裡的每只鍋子都知道自己有多大能耐，知道自己多有辦法。『如果我願意，』每個鍋子都想，『我們就能過個快活的夜晚，這點毫無疑問！』

「年輕女僕拿起那些火柴，用它們擦出火來，哎呀，它們劈啪作響、噴出火焰！『現在大家都能看到，』火柴們暗想，『我們的地位最高，看看我們有多亮！發出的光多麼強大！』然後它們轉眼就燒光了。」

「這個故事真棒，」蘇丹王后說，「我覺得自己彷彿身歷其境，進了那間廚房，到了那些火柴身邊。是的，你可以娶我們的女兒。」

「是的，當然了，」蘇丹國王，「你星期一就可以娶我們的女兒。」

他們改稱他為「你」，因為他即將成為家裡的一員。

婚禮的日子敲定了。婚禮前一晚，全城點燃了燈火，喜慶的餅乾和蛋糕紛紛抛向民眾，街頭的孩子踮腳站著，高呼「萬歲」，用手指吹哨。真是熱鬧滾滾。

「是，我也應該做點事情，為大家帶來樂趣。」商人的兒子說。於是買來了爆竹、鞭炮以及每種想像得到的煙火，把它們全都放進他的木箱，然後飛進了天空。

「咻砰！」它們迅速飛竄！爆開！所有的土耳其人都嚇得彈起來，拖鞋飛過了耳朵上方。他們從沒見過這樣的流星。現在他們明白，即將跟公主成親的一定是個土耳其天使沒錯。

大家嘴裡傳講著什麼樣的故事啊！每當他問起這個煙火秀的事，觀者各有一番說詞，但是眾人一致覺得很不錯。

「我看到土耳其天使本尊了，」有個人說，「他的眼睛就像發亮的星辰，鬍鬚就像起沫的水。」

「他披著火紅的斗篷飛翔，」另一人說，「可愛的小天使們從他的衣褶之間探出頭來。」是的，他聽到的淨是些美妙的話。隔天就是、他的大喜之日。

現在他回到森林裡，準備在木箱裡好好歇息。可是這會兒木箱成了什麼樣子了？煙火殘留的火星點燃了木箱，將它整個燒成灰燼。他再也沒辦法飛了，更無法回到新娘身邊。

她成天站在屋頂上守候，可能到現在都還在枯等。他則在世界各地流浪，說著童話故事，可是全都不如當初那個火柴故事那麼歡樂。

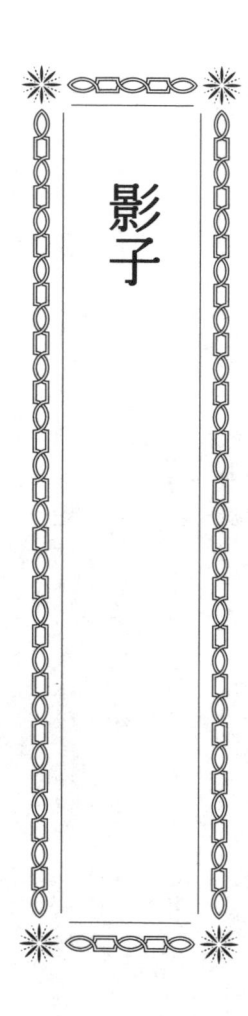

影子

在熱帶國家，陽光熾烈，將人們的皮膚曬成了紅棕色，而在最炎熱的國家裡，人們甚至被曬成了黑人。有位來自寒帶的學者來到了一個熱帶國家，他原本以為可以像家鄉那樣，在當地隨意走走逛逛，卻很快就改變了想法。那裡的房子成天關著百葉窗和大門，住在裡頭的人彷彿不是睡著了就是出門了，他和其他理智的人都不得不待在室內。他住的那條窄街放眼淨是高聳的房子，陽光從早曬到晚，真教人難以忍受！這位來自寒帶的學者年輕又聰明：他覺得自己好像坐在點燃的暖爐裡，熱得讓他筋疲力盡。他變得相當瘦，連影子都縮水了，變得比在家鄉小得多。太陽甚至把他的影子帶走，一直要等太陽下山的晚上才會回來。把一盞燈帶進房裡，影子就會順著牆壁往上伸展，甚至伸得比天花板還遠，影子是為了補充體力才這麼做的，看到這種情景真讓人愉快。學者走到陽台上伸伸懶腰，美麗清澈的天空一出現星辰，他就覺得自己恢復了精神。熱帶國家每扇窗前都有個陽台，這時在街上所有的陽台上年輕人現身了，因為人非得呼吸新鮮空氣不可，雖然已經習慣讓皮膚曬成紅棕色。陽台上的世界和下面的街道都變得生氣蓬勃，銲鍋匠和裁縫，意思就是各式各樣的人，都坐在下頭的街上。桌子和椅子紛紛擺了出來，點亮了蠟燭，是的，一千多根蠟燭；有人講話，然後唱歌，人們來來往往走著；馬車駛了過去，騾子「叮鈴鈴鈴！」快步走著，因為挽具上繫著鈴鐺；有人唱著肅穆的歌曲，埋葬死去的人；教堂鐘聲響起，街上一片活力。只有一棟房子靜悄悄的，就在學者住的房子對面，不過那裡肯定有人住，因為陽台上種了花，在烈陽中美麗地盛放，要不是有人澆水，不可能有這番榮景，所以裡頭一定住了人。到了晚上，門半敞著，可是一片陰暗，至少前廳是這樣的。往屋裡進去一些有樂聲傳來。這個來自異國的學者覺得旋律相當悅耳，但很可能只是他自己想像出來的，因為在熱帶國度裡，除了太陽之外，他發現一切都很美妙。房東說他不知道租對面房子的是誰，沒人見過那裡的房客，而就音樂而言，他覺得聽來很單調。

「感覺起來啊，」房東說，「就像有人坐在那裡，永遠練習著一首他應付不來的曲子，老是同一首，彷彿表示『我最後一定會練成』，可是不管練多久都沒成功。」

有一回，外國學者在夜裡醒來。他開著陽台門睡覺，風撩起了窗簾，他覺得對面房子的陽台發出了奇妙的光芒，花朵的色彩看起來就像火焰一般燦爛，花朵中央站著一位修長的美女，光芒似乎也從她身上散發出來。他看得雙目刺痛，不過是因為他剛從睡夢中醒來就睜大眼睛的緣故。他一躍下床，悄悄走到窗簾後面，但女子已經消失，燦爛的光輝也不見蹤影，花朵不再放光，但依然美麗地挺立在原地。門開了個縫，裡頭傳來音樂，如此悅耳迷人，一聽到就讓人陷入甜美的思緒，就像魔法一樣，可是住那裡的是誰？真正的入口在哪裡？緊鄰街道和側面巷道的一樓，全都是店面，不能讓人隨便進出。

有天晚上，這個外國學者坐在陽台上，背後的房間點了盞燈，影子自然落在了對面房子的牆壁上，是的，影子就坐在陽台的花朵中間，外國學者一動，影子也跟著動。

「我想我的影子是對面唯一的活物，」學者說，「看看它坐在花叢間多麼優雅。門開了個縫，不過影子應該懂得走進去逛逛，然後回來通報我看到了什麼。」

「對，你可以發揮一點作用，」學者玩笑似地說，「溜進去，行吧？」然後對影子點點頭，影子也對他點頭。「去吧，可是記得回來。」

外國學者站起來，對面陽台的影子也起身，學者轉身，影子也跟著轉。如果有人仔細觀察，就會看到，當外國學者回到房間放下窗簾時，影子同時走了開去，直接穿過對面房子半開的門。

隔天早上，學者出門喝咖啡讀報。

「這是怎麼回事？」他踏進陽光的時候說，「我竟然沒影子！所以昨天晚上它果真一去不回了，真令人心煩。」

可是讓學者氣惱的，倒不是影子走了，而是因為他知道一個沒影子男人的故事。家鄉的人全知道這個故事，如果學者回到自己國家，說出自己的經歷，到時大家會說他只是在模仿，而他不希望他們這麼講他。於是他決定絕口不提這件事，這樣做才是最明智的。

到了晚上，他再次踏上陽台，預先在背後放了燈，因為他知道影子總是喜歡把主人當作屏幕，可是他怎麼都無法把影子哄誘出來。他把自己縮小，將自己拉長，可是無論如何都沒有影子，影子就是不來，他說「這邊，這邊！」可是也沒用。

他苦惱極了，不過在溫暖的國度裡，一切生長得很快速，一週之後，他很高興地發現，當他踏進陽光的時候，有新的影子從他的腿那裡長了出來，所以影子的根一定還在。三週之後，影子長得有模有樣，而他返回北方家鄉的路上，影子越長越大。到最後影子長得如此長又大，即使去掉一半也沒關係。

學者回到家鄉之後，著書撰寫世界的真相，寫下何謂善、何謂美。日子一天天過去，就這麼過了許多年。

有天晚上，他坐在房裡，響起微小的敲門聲。「請進！」他說，可是沒人進來。他打開房門，眼前站著一個極瘦的男人，讓他看了很不自在。不過，這個男人打扮得相當體面，看起來是個有頭有臉的人。

「請問您是？」教授問。「啊！」很有紳士派頭的男人回答，「我就知道您認不出我來。我身上長出了肉，也穿了衣服。您永遠料不到會看到我這個模樣吧。不認得您的老影子了嗎？永遠也想不到我會回來吧。打從離開您身邊，事情一帆風順。我在各個方面都發展得極好，如果要花錢贖回自由，我也辦得到！」

男人搖了搖掛在錶上幾個價值不菲的墜飾，然後摸摸脖子上掛的粗金鍊，手指上的鑽戒閃閃發光！全是真鑽！

「不，我太驚訝，」學者說，「這到底是怎麼回事？」

「這種事確實不尋常，」影子說，「可是您本身就不是凡夫俗子，而我呢，您也很清楚，從童年起就追隨著您的腳步，所以一等我發現自己的經驗已經足以獨自闖蕩世界，我就離開了您身邊。我目前的景況非常好，不過就是渴望在您死去前再見您一次面，而且我想再看看這一帶，因為人總會想念故土。我知道您還有另一個影子，我得付它什麼？得付您什麼嗎？您儘管開口。」

「真的是你嗎？」學者說，「欸，真是太奇妙了！我永遠也料不到，會親眼見到老影子變成人的樣子！」

「只要告訴我，我得付多少就好，」影子說，「因為我不喜歡欠人東西。」

「你怎麼能這樣說呢？」學者說，「你談的是什麼債呢？你跟任何人一樣是自由之身。我對你的好運感到萬分欣喜！坐吧，老朋友，多跟我說些事情經過，還有你在溫暖國度以及對面那棟屋子見識到的東西。」

「好，我會告訴您，」影子說著便坐下來，「不過您一定要保證，不管在哪裡遇到我，都不能跟城裡的人說，我以前是您的影子！我打算結婚成家，憑我的能力，要養家綽綽有餘。」

「放心吧，」學者回答，「我不會跟任何人透露你的真實身分，握手吧，我保證，男子漢一諾千金。」

「影子一諾千金！」影子說，因為他非這麼說不可。不過，說來也真是神奇，影子竟然成了這麼完整的人。他一襲布料上等的黑衣，皮鞋擦得亮晶晶，帽子可以隨手收摺成帽頂和帽緣，更不要提之前注意到的那些東西，也就是墜飾、金項鍊與鑽戒。影子確實打扮得相當講究，看起來人模人樣。

「現在我來告訴您。」影子說，然後用擦亮的鞋子穩穩踩住學者新影子的手臂，新影子就像貴賓犬一樣窩在腳邊。這個舉措也許是出於傲慢，也或許是想試著讓新影子黏上他自己的腳，可是趴在地上的影子一直保持安靜，所以它也可能正在傾聽，想知道影子如何獲得自由，力爭上游成為自己的主人。

「您知道當初住我們對面那棟房子的是誰嗎？」影子問，「是最了不起的人物啊，是詩！我在那裡足足待了三星期，彷彿住了一千年似的，可以讀到人類曾經寫下與創作的所有東西。這是真的，我什麼都見識到了，我無所不知！」

「原來是詩！」學者嚷嚷，「是的，她常常隱居在大城裡。詩！對，我看到過她，就那麼短短一瞬間，可是當時我睡意正濃，睜不開眼，她站在陽台上，像北極光那樣閃閃發亮，花兒就像燃燒的火焰。告訴我！快告訴我！你當時在陽台上，穿過那扇門，然後呢……」

「然後我到了前廳，」影子說，「您就坐對面，總是眺望著這邊的前廳。那裡沒點燈，半明半暗。可是一連串長廊和房間的門都開著，裡頭燈火輝煌。要是我接近那位女子坐的地方，那團強光肯定會把我害死。可是我謹慎小心，不疾不徐，非得這樣不可。」

「你那時看到了什麼？」學者問。

「我什麼都看到了，我這就告訴您，不過……不是因為我驕傲，而是身為自由人，既擁有豐富的知識，又有地位和眾多的財富，我希望你用『您』來稱呼我。」

「抱歉，」學者說，「直呼『你』是老習慣，改起來不容易。您說得對，我會記住的。不過，現在把您看到的一切都告訴我吧。」

「一切，」影子說，「我什麼都看到了，我無所不知。」

「裡頭的房間是什麼樣子？」學者問，「像翠綠的森林？像神聖的廟宇？寢室是不是像從高山上看到的星空？」

「那裡無所不有，」影子說，「我沒有完全走進去，我一直留在前廳，那裡半明半暗，可是我站的位置很不錯，什麼都看到了，我無所不知。那裡就是詩宮的前廳。」

「可是您看到了什麼？古老的神是不是在長廊上走動？昔日的英雄是不是在那裡比武？可愛的孩童是不是在那裡嬉戲，說著自己的夢境？」

「如我先前告訴您，我去過那裡，這樣您就能明白，我看到了可以看到的一切。如果到那裡的是您，您並不會變成另外一個人，但是我卻變成了一個人，同時學會理解自己的內在，以及自己跟詩之間的關係。沒錯，以前我在您身邊的時候，我從沒想過這些事情，可是您也知道，太陽升起或落下的時候，我都會變大；在月光下，我幾乎比您還顯眼，只是當時我並不瞭解自己的內在本質，在前廳的時候，我終於明白了自己的真正本質。我是人！我出來的時候已經完全成形。可是當時您已經離開了那個溫暖的國度，身為一個人，沒有鞋子、衣服以及所有人類的外在裝扮，我無顏四處活動，於是躲藏起來，是的，我可以跟您透露個祕密，您可千萬別寫進書裡。我躲進賣糕餅女人的長袍裡，那個女人根本不曉得自己藏了什麼東西。我只有晚上才敢出來，在月光撫照的街道上奔跑，貼著牆壁將身子伸得老長，可以把背搔得舒舒服服。我跑上跑下，探進長廊裡最高的窗戶，又從屋頂往下俯瞰，那裡沒人會看見我。我看到了沒人看得到以及沒人該看的東西。整體說來，這是個邪惡的世界：要不是因為當人有點了不起，我並不想當個人。我看到夫妻之間、父母與親愛無比的子女之間發生的荒唐事情。我看到鄰里間發生的惡行，是其他人不曉得但應該很樂意知道的。要是我投書到報紙去，會有多少人想搶著讀啊！可是我直接寫信給相關人士，不管我來到哪個城鎮，就會引起當地的恐慌。他們極度懼怕我，卻又無比喜愛我。教授推選我當教授；裁縫送我新衣服（眾人送上的物資源源不絕）；造幣廠長為我鑄造錢幣；女人稱讚我很俊美。我就這樣成了我目前的樣子。好了，再會！這是我的名片，我住在街道向光的那一側，下雨的日子總是待在家裡。」

影子就此離開。

「真是太驚人了。」學者說。

幾年又過去了，影子再次來到。

「過得好嗎？」他問。

「啊，」學者說，「我正在撰寫真善美這個主題，可是沒人想聽這類的內容，我相當絕望，因為我非常在意。」

「我就不在乎，」影子說，「我可是心寬體胖呢，人就該這個樣。你不明白世間的法則，所以健康才會出問題。你一定要出去旅行。我今年夏天要出門旅行，要不要跟我來？我還滿想要旅伴的，要不要以我影子的身分跟我同行？我很樂意帶你一起上路，所有的開銷由我負責。」

「不，這樣有點過頭了。」學者說。

「就看你用什麼角度看，」影子回答，「旅行對你好處多多，要不要當我的影子？這趟旅程不用花你一分錢。」

「這也太過火了吧！」學者說。

「可是世界就是這個樣子，」影子說，「也會繼續這樣下去！」然後就離開了。

學者運氣不佳，憂愁和掛慮緊追著他不放，大多數人對他那套真善美論述的看重程度，就像牛對玫瑰的反應。最後他病倒了。

「你看起來真像個影子！」人們這麼說，他聽到這些話，不禁打起哆嗦，因為聽在耳裡別有意義。

「您一定要去溫泉區休養！」影子再次來訪時說，「沒有別的辦法了，看在老交情的份上，我會帶您一起去。這趟旅途的費用我會支付，您可以把這趟旅程寫成遊記，並且盡可能在旅途上娛樂我。我也需要上溫泉區，因為我長不出鬍子，這也算是一種病，我非留鬍子不可。好了，講點道理，接受我的提議吧。我們會像朋友一樣結伴旅行。」

於是他們就上路了。影子現在成了主人，主人成了影子。他倆一起駕車騎馬，走路時有時肩並肩，有時一前一後，就看陽光落下的方式。影子總是刻意占住主人的位置，但學者並不特別在意這點，因為他心腸很好，加上個性特別溫和友善。有一天，主人對影子說：

「既然我們從小一起長大，現在又成了旅伴，要不要為友誼乾一杯，並且用『你』來互稱呢？就像好同伴那樣？這樣比較親近。」

「好主意！」影子說，現在真的成了主人，「您這種說法充滿好意也很直率。我要用同樣的好意和直率來對您。您是個學富五車的紳士，很清楚人的本性有多麼古怪，有些人忍受不了牛皮紙的味道，對它非常反感；其他人要是聽到釘子刮過玻璃窗的聲音，就會渾身顫抖。而我呢，只要聽到您用『你』叫我，我就有同樣的感覺，覺得自己再次被釘死在地上，就像從前還是您影子的時候。您知道這是感覺的問題，不是傲慢的問題。我無法讓您用『你』叫我，但我很樂意用『你』來稱呼您，這樣您的心願就算是部分實現了。」

從此，影子用「你」稱呼他以前的主人。

「這也太過分了，」以前的主人說，「他要我用『您』來稱呼他，卻稱呼我為『你』。」可是他卻不得不接受。

他們來到溫泉地，那裡有不少外國人，其中有位美麗年輕的公主，她患了一種眼光太利的病，總是令人忐忑不安。她一眼就看出新來的人跟其他人都很不一樣。

「他們說他來這裡是為了長鬍子，可是我看得出真正的原因，他投不出影子。」

現在她好奇心一起，立刻跟散步道上的異國紳士攀談起來。身為公主，她不需要太拘禮，於是直接對他說：

「您的病因是您投不出影子。」

「公主殿下的狀況一定好多了吧，」影子回答，「我知道您的病因是眼光太敏銳，可是您的病況已經有所改善。我有個非常特殊的影子：您看到有個人老在我身邊打轉嗎？其他人擁有的是平凡的影子，但我向來不喜歡平庸的東西。有人常常用比自己衣服還好的布料，來替僕人治裝。所以我將我的影子裝扮成人。是的，您可以看到，我甚至給了他一個屬於自己的影子。這可要花不少錢，可是我喜歡擁有與眾不同的東西。」

「哎！」公主說，「我真的已經治癒了嗎？這真是世上最棒的溫泉區，這裡的水有神奇的效力。可是我還不打算離開這裡，因為事情有趣起來了。這位異國王子，他肯定是王子，滿討我歡心的。只希望他的鬍子不會長出來，因為如果長出來，他就會離開。」

那晚，公主和影子一起在大宴會廳裡共舞。她相當輕盈，但他卻更輕盈；她從未遇過這麼好的舞伴。她告訴他自己來自哪個國家，他知道那個國家，也去過那裡，只不過當時她並不在國內。他曾經望進她城堡的窗戶，上上下下看了不少東西，所以不管什麼都答得出來，令公主驚奇不已。她覺得他一定是世上最聰明的人，對他的知識敬佩得五體投地。她再次與他共舞時，不禁愛上了他，影子也注意到了，因為她的雙眸牢牢盯住他。兩人又次共舞時，她差點就要開口向他告白，但她相當慎重，因為她必須考量到自己的國家、自己的王國，以及往後要統治的眾多百姓。

「他是個聰明的人，」她自言自語，「這是好事，他舞跳得出色，這也不錯。不過他的學問紮實嗎？這點也同樣重要，得好好檢視才行。」

她立刻向他提出一個困難的問題，連她本人也答不出來，影子做了個鬼臉。

「這個問題您答不出來吧。」公主說。

「我小時候就知道了，」影子回答，「我相信連我的影子都答得出來，他就站在門邊。」

「您的影子！」公主嚷嚷，「這也太了不起了。」

「我不確定他會不會，」影子說，「可是我幾乎相信他會。可是公主殿下，請容我提醒您，他自視甚高，自以為是人，如果他心情不錯，就應該可以給出正確答案，妳一定要把他當真人來對待。」

「我很樂意。」公主說。

現在她走到站在門邊的學者那裡，跟他聊起太陽月亮、男人女人以及他們的外在與內在。學者答得相當睿智明理。

「影子都這樣聰明了，本人該有多麼了不起！」她想，「如果我選他當夫君，對我的國家或百姓來說都是個福氣，就這麼辦吧！」

公主和影子不久就談定了婚事，可是約好在她返回自己的王國之後，才能公布這項消息。

「先別讓人知道，連我的影子也不行。」影子說，他這麼說肯定有自己的理由。

他們一同來到公主統治的國家。

「聽著，我的朋友，」影子對學者說，「現在我的運勢和權力都達到了顛峰，我會替你做點特別的事情。你會跟我一起住在我的宮殿，跟我一起乘坐皇家馬車，一年有十萬元俸祿，可是你一定要讓大家叫你影子，永遠不能說你原本是個人。一年一次我坐在陽台上向民眾答禮的時候，你一定要躺在我腳邊，就像影子該做的那樣。告訴你，我就要跟公主成親了，今晚就要舉行婚禮。」

「夠了，這也太過火了！」學者說，「我不願意配合，我無法接受，這樣等於欺騙整個國家和公主。我要揭穿一切，說我是人而你是影子，說你只是假扮成人的影子！」

「沒人會相信的，」影子說，「你也理智一點，要不然我就叫衛兵過來。」

「我會直接去找公主。」學者說。

「可是我會搶先一步，」影子說，「你會被丟進牢裡。」

事情也這樣發展了，衛兵知道影子即將跟公主結婚，於是聽命了影子的指揮。「你在發抖，」公主說，影子來找她，「發生什麼事了？你今天可不能病倒，我們要舉行婚禮呢。」

「我剛遇到了恐怖至極的事，」影子說，「我的影子發瘋了，膚淺的可憐腦袋沒辦法承受太多，他幻想自己成了個真人，竟以為我是他的影子。」

「這也太糟糕了！」公主說，「把他關進牢裡了吧？」

「當然，就怕他永遠好不了了。」

「可憐的影子！」公主嚷嚷，「他真不幸。讓他從卑微的餘生裡解脫出來，倒也是善事一樁。仔細想過之後，我認為有必要除掉他。」

「這也太令人難過了，因為他是個忠誠的僕人。」影子說，假裝嘆口氣。

「你真是個高尚的人。」公主說著便向他一鞠躬。

到了晚上整個大城燈火通明，砰！禮炮轟隆作響，士兵們舉槍行禮。好一場盛大的婚禮！公主和影子聯袂走到陽台上，向民眾答禮，再次接受歡呼。

歡慶的聲音學者一概聽不見，因為他早已被處決。

公雞和風信雞

從前有兩隻公雞，一隻站在堆肥上，一隻站在屋頂上。兩隻雞都驕傲自大，不過哪個更自大呢？告訴我們你的想法，我們的意見恕不奉告。

一道木頭籬笆隔開了養雞場和另一個院落。另一個院落裡長了條大黃瓜，她很清楚自己是溫床植物。

「能夠出生真是一種恩寵，」這條黃瓜自言自語，「不是所有的東西生來都是黃瓜，一定還有別種生物。像是雞啦鴨啦，還有隔壁院落裡的牛隻，他們都是生物。我現在很尊敬站在籬笆上的養雞場公雞，他確實比風信雞有分量多了，風信雞放得那麼高，連吱吱聲都發不出來，更不要說嘎嘎叫了。而且他身邊沒有母雞或小雞，眼裡只有自己，身上還會滲出銅綠。可是雞場的公雞啊，他可是不折不扣的公雞！他走起路來像在跳舞，啼聲就是音樂；不管他走到哪裡，無人不知無人不曉，因為他的叫聲多麼嘹亮！要是他能過來這邊就好了！即使他要把我連瓜帶莖都吃了，對我來說也是快樂的死。」黃瓜說。

夜裡天氣大壞，母雞、小雞，連公雞自己都連忙尋找庇護。風轟隆吹倒了隔開兩座院子的籬笆，屋瓦也從屋頂紛紛滾落，但風信雞依然穩穩站立，連轉都沒轉，因為他根本無法轉，雖然他還年輕，不久前才鑄出來，卻非常沉著穩重。他「生來老成」，和那些在穹蒼裡飛翔的鳥兒一點都不像，比方說麻雀和燕子。他瞧不起那些小鳥，覺得他們都是些個子丁點大、尖聲吱喳的平凡小鳥。他承認，鴿子體型大又閃亮，散放著珍珠母的光澤，看起來像是某種風信雞，不過他們又肥又蠢，成天只想著要填飽肚皮。

「再說，他們聊起天來乏味透頂。」風信雞說。

候鳥也來拜訪風信雞，跟他說起異國、空中隊伍以及遇上猛禽掠食的激烈故事，頭一次聽還滿有趣的，可是風信雞知道，之後他們總是會再三重複，實在單調極了。

「他們都很乏味，全都很乏味，」他說，「沒一個值得打交道，全都令人厭煩、笨得可以。這個世界沒什麼好的，」他嚷嚷，「一切都蠢極了。」

風信雞就是所謂的「厭世」，如果那條黃瓜知道風信雞有這個特質，就會覺得他很有趣，可是黃瓜眼中只有養雞場公雞。養雞場公雞現在來到了黃瓜的院子。

風吹倒了籬笆，但風雨已經過去。

「你們覺得風雨的聲音如何？」雞場的公雞問他的母雞跟小雞們，「有點粗糙，少了點優雅。」

母雞和小雞們踩上了堆肥，公雞像個騎士在上頭昂首闊步來回走著。

「菜園植物！」公雞對著黃瓜嚷嚷，那個字眼顯露出豐富的學養，讓黃瓜忘了公雞正東啄西啄，準備把她整個吃了——讓她快樂的死！

母雞來了，小雞們也來了，因為只要他們當中有一隻跑起來，大家都會跟著跑。他們咯咯啾啾叫著，看著公雞，因為公雞屬於他們這個群體而覺得自豪。

「喔喔喔喔！」公雞叫道，「如果我在世界的養雞場上發出這樣的吶喊，這些小雞都會立刻長得又肥又壯。」

母雞和小雞們咯咯啾啾叫著，公雞跟他們說了個重大消息：

「公雞是會下蛋的，你們知道那顆蛋裡面會有什麼嗎？那顆蛋裡面會有蛇怪，不管是誰看到蛇怪都受不了，人類都知道，現在你們也知道了。你們都知道我有什麼能耐了，知道我有多麼了不起了吧。」

語畢，養雞場公雞鼓動翅膀，豎起雞冠，再次放聲啼叫。母雞和小雞們全都打了個寒顫，但是他們都很得意，因為他們當中有一隻精通世故的雞，於是咯咯啾啾叫著。風信雞聽是聽到了，但依然動也不動。

「全是些胡說八道的蠢話！」風信雞內心有個聲音說，「養雞場的公雞會下蛋才怪，我自己是懶得下蛋啦，如果我想要，就能下風蛋，問題是這個世界不配得到風蛋。我不想繼續坐在這裡了。」

語畢，風信雞就一把折斷，不過沒把雞場公雞砸死，雖然他本意如此，母雞們都這麼說。

這個故事的教訓是什麼呢？「寧可喔喔啼叫，也不要厭世斷掉！」

豬倌

從前有個貧窮的王子。他的王國只有一丁點大，不過還是大到足以供他娶親，而他一心想要成親。

說來他膽子也真大，竟敢對皇帝的女兒說：「妳願意嫁給我嗎？」不過，他還是這麼做了，因為他這人遠近馳名，有成千成百的公主都會很樂意與他結為連理。可是皇帝的女兒怎麼回答呢？答案很快就會揭曉。

王子父親的墳上有一棵玫瑰樹，這棵樹美極了，五年才開一次花，而且每回只開一朵。噢，多麼美妙的一朵玫瑰啊！只要聞到這朵玫瑰的香氣，就會忘卻一切的煩惱和憂愁。王子也有隻夜鶯。牠唱起歌來彷彿世上所有甜美的曲調都蘊藏在牠的小小喉頭裡。王子打算把玫瑰和夜鶯送給公主，於是差人將這兩樣東西裝進兩只大銀匣送了過去。

皇帝吩咐僕役將銀匣抬進大廳，送到他面前，公主正在那裡跟女侍從玩訪客遊戲。除了遊戲，她們很少做其他事情。公主一見到那兩個裝了禮物的大匣，歡喜地拍起手來。「噢，」她說，「真希望是隻小貓咪。」她打開匣子，那朵絕美的玫瑰花映入眼簾。

「噢，好美啊。」女侍從齊聲說。

「豈止是美，」皇帝說，「簡直超凡。」

但公主用手指戳了戳花，簡直要哭出來。「哼！爸爸，」她說，「這不是人工做的，是天然的。」

「哼！」所有的女侍從都說，「原來只是天然的東西。」

「唔，」皇帝說，「別氣別氣，我們先來看看另一個匣子裡的東西。」他打開匣子，夜鶯從裡面冒了出來，啼唱了一會兒，歌聲如此甜美，沒人挑得出毛病。

「妙極了！」「真迷人！」女侍從用半吊子的法文說，她們法文一個比一個說得糟糕。

「那隻鳥讓我想起已故皇后的音樂盒，」有個老朝臣說，「不只調子一樣，唱法也相同。」

皇帝哭得跟個小孩似的，嘆道：「唉。」

「鳥？」公主說，「你們的意思是，它是真的鳥？」

「活生生的真鳥。」帶夜鶯過來的男人們向公主保證。

「那就放牠走吧。」公主說，拒絕聽關於那個王子的任何事情，更不要說見他一面。

可是要讓這個王子打退堂鼓可沒那麼容易。他把臉抹得烏漆麻黑，將帽子往下拉過眉梢，然後敲了敲門。

「日安，陛下，」他說，「您好嗎？可以在宮殿裡派個差事給我嗎？」

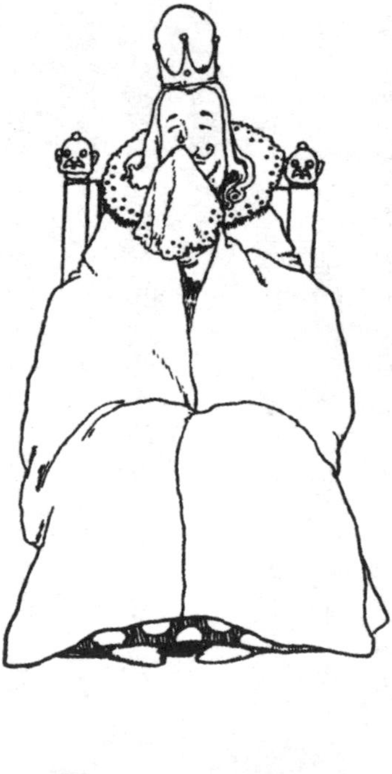

「唔，」皇帝說，「大家總愛上門來討工作，可是我想想。我確實需要找人照顧豬隻，因為我們養了不少。」

於是王子受命為皇家豬倌，住在豬圈旁邊的一間陋室。他成天坐著埋頭苦幹，到了傍晚，做出了一只精巧的小茶壺，壺緣四周掛著小鈴鐺。水一滾，那些鈴鐺會叮鈴作響，奏起一首老調：

噢，親愛的奧古斯丁，
一切都完了，完了，完了。

可是這還不是最神奇的地方。要是有人把手指伸進水壺噴出來的蒸氣裡，馬上會聞到城裡任何一只煮鍋裡的晚餐氣味。玫瑰根本比不上這只水壺！

這時，公主湊巧領著所有的女侍從路過，一聽見那首曲子，便滿臉開心地停下腳步，因為她也知道怎麼彈《噢，親愛的奧古斯丁》。她只知道這麼一首曲子，而且還是用一根手指彈的。

「欸，這就是我平常彈的那首曲子嘛，這個豬倌還真是有教養，」她下令，「去問他，那個樂器要多少錢。」

於是一位女侍從不得不踏進豬圈，不過她先穿上了防髒的套鞋。

「你這個壺要多少錢？」她問。

「值公主的十個吻。」豬倌說。

「噢，我的天！」女侍從說。

「少一個都不行。」豬倌說。

「唔，他怎麼說？」公主想知道。

「我不能告訴妳，」女侍從說，「他實在太惡劣了。」

「那就在我耳邊小聲說吧。」她聽那位女侍從悄聲說。「噢，他也太放肆了！」公主說完就走開了，但沒走多遠又聽見那些鈴鐺傳來動聽的響聲：

噢，親愛的奧古斯丁，
一切都完了，完了，完了。

公主下令：「去問他，拿我女侍從的十個吻來換行不行。」

「不行，謝謝，」豬倌說，「請公主拿十個吻來換，不然我無法割愛。」

「這也太過分了！」公主說，「你們圍住我，別讓任何人看見。」

於是女侍從圍著公主站好，將裙子往外撐開，豬倌討到了公主的十個吻，水壺歸公主所有。

接著她們一夥人玩得不亦樂乎，從來沒有一只水壺這麼忙碌，她們從早到晚讓壺沸滾不停。她們知道城裡大家都煮些什麼，從宮廷大臣的盛宴，到鞋匠的早餐。女侍從開心得跳舞拍手。

「我們知道誰喝甜湯、吃煎餅，知道誰吃粥和肉排，不是很有意思嗎？」

「太有意思了。」公主的女內侍長說。

「好了，說到底，我是皇帝的女兒，」公主提醒她們，「我怎麼拿到這只壺的，妳們千萬別說出去啊。」

「哎呀，我們絕不會說出去的！」她們齊聲說。

可是那個豬倌（沒人知道他是王子，而不是真正的豬倌）忙得不可開交。這一次，他做了個會發出響聲的玩意兒。搖一搖，就會奏出開天闢地以來人類聽過的所有華爾滋、吉格和舞曲。

「欸，這真是太妙了！」公主路過的時候說，「我從沒聽過更美妙的音樂，去問他那個樂器要多少錢。可是注意，我可不會再吻他了！」

「他希望公主拿一百個吻來換。」進去問他的女侍回來通報。

「他肯定是瘋了。」公主說完就走開來，但沒走多遠就說：「說到底，我是皇帝的女兒，鼓勵藝術是我的職責。跟他說，我可以給他十個吻，就像昨天那樣，可是其餘的由我的女侍從負責。」

「噢，但是我們可不想。」女侍從說。

「胡說，」公主說，「如果他可以吻我，當然也能吻妳們。記得，供妳們吃、給妳們錢花的可是我。」於是女侍從不得不再去找豬倌。

「請公主拿一百個吻來換，」豬倌告訴她，「否則免談。」

「圍住我。」公主說。所有的女侍從站成一圈，擋住她，讓豬倌索吻。

「豬圈附近怎麼會擠了這麼多人？」皇帝從陽台往下俯瞰，一面納悶著。他揉揉眼睛，戴好眼鏡。「哎呀，那些女侍從該不會又要搞什麼鬼了，我現在最好親自去瞧瞧她們在打什麼鬼主意。」

他將便鞋的鞋幫拉好，他平日總是隨便把腳塞進去，踩得鞋子啪答響。哎呀，這會兒他走得還真快。他接近豬圈的時候，把腳步放得很輕。女侍從忙著數算總共吻了幾次，確保一切公平，免得豬倌吻太多回或太少次，所以沒注意到皇帝正在她們後頭。他踮起腳尖站著。

「不成體統！」他看到公主跟豬倌正在接吻就說，抄起便鞋，賞他們幾個耳光。他們正吻到第八十六下呢。

「你們給我滾！」皇帝怒不可遏地說。公主和豬倌被趕出了他的帝國。她站在那裡哭泣。豬倌開口訓人，天下起傾盆大雨。

「我真可憐，」公主說，「要是我當初嫁給那個有名的王子就好了！噢，我真不幸！」

豬倌溜到一棵樹後面，把臉擦乾淨，拋開一身破爛衣服，穿上王子的服飾再次現身，模樣高貴得讓公主忍不住行屈膝禮。

「我真瞧不起妳，」他告訴她，「妳拒絕了一個王子老老實實的提親，不懂得欣賞玫瑰或夜鶯，卻為了換點會出聲的小玩意來自娛，願意降格去吻豬倌。妳活該受罪。」

接著王子回到自己的王國，將門關上門好。公主只能留在外頭唱到自己盡興為止：

噢，親愛的奧古斯丁，
一切都完了，完了，完了。

小克勞斯和大克勞斯

從前有個村莊，那裡有兩個同名的人，他們都叫克勞斯。不過一個有四匹馬，一個只有一匹馬。為了區分這兩個人，大家都叫有四匹馬的大克勞斯，叫只有一匹馬的小克勞斯。現在我要告訴你們這兩個人的遭遇，這可是個真實故事喔。

週一到週五，小克勞斯必須替大克勞斯犁地，自己的那匹馬也得用上。大克勞斯會把自己的四匹馬借給小克勞斯，不過一個星期只有一天，而且必須在星期天。

每逢星期天，小克勞斯會得意洋洋地對著五匹馬揮鞭，那一天五匹馬都像是他自己的。陽光燦爛閃耀，教堂尖塔裡的鐘傳來快樂的響聲。路過的村民打扮得如此亮麗，腋下夾著詩歌本，準備上教堂聽牧師講道，他們睜大眼睛看著小克勞斯領著五匹馬犁地。小克勞斯十分得意，將鞭子甩得劈啪響，高聲嚷嚷：「快跑啊，我的五匹馬！」

「你可不能這麼說，」大克勞斯告訴他，「你跟我一樣都很清楚，只有一匹馬是你的。」接著又有一大群上教堂的人路過，小克勞斯忘了自己不能這麼說，扯開嗓門：「快跑啊，我的五匹馬。」

「你千萬不能再這樣說，」大克勞斯告訴他，「要是你再這麼說，我就當場打死你的馬，牠肯定完蛋。」

「我絕對不會再這麼說了。」小克勞斯保證。可是一等有人經過，點頭致意祝他早安，有五匹馬犁地看起來多麼體面，他一時滿足極了，忘情地大聲嚷嚷：「快跑啊，我的五匹馬！」

「我這就替你叫馬快跑。」大克勞斯說著便一把抄起馬椿錘，迎頭痛擊小克勞斯僅有的那匹馬，馬兒當場斃命倒地。

「現在我連一匹馬也沒有了。」小克勞斯說著便哭起來。可是不久，他剝下死馬的皮，晾起來風乾，再把乾馬皮塞進布袋，扛在肩上，準備拿到鄰近的城鎮去賣。

路途遙遠，必須穿過幽暗陰鬱的樹林。突然起了一場可怕的風雨，他迷了路。等他找到路，天色早已變暗。城鎮還有好一段距離，他走得太遠，無法在入夜前趕回家。

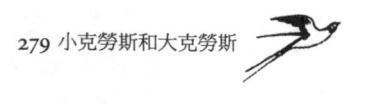

他看到離馬路不遠的地方有一棟大農舍。木頭窗板關著，但窗戶頂端的縫隙透出光線。「也許他們可以讓我在這裡過夜。」小克勞斯想，一面走到門口敲門。

農夫的太太開了門，可是一聽到他想過夜，就把他趕走。她說她丈夫不在家，不能讓陌生人進屋。

「那我只好在外頭過夜了。」小克勞斯決定。她當著他的面甩上門。

農舍附近有個大乾草堆，兩者間有個棚屋，屋頂是茅草做成的。「我乾脆睡那邊好了，」小克勞斯注意到茅草堆時說，「那裡當成床鋪應該不錯，只希望那隻鸛不會飛下來咬我的腿。」因為有隻鸛正在屋頂上站崗，牠的巢就在那裡。

於是小克勞斯爬上棚屋的屋頂。他轉身想找個舒服的姿勢躺著時，發現農舍木百葉窗的最上方的沒關上，可以看進屋裡。裡頭有張大桌，上頭放了酒、烤肉和可口的魚。農夫的太太和教堂司事坐在桌邊。她一直幫他斟酒，他則不停吃著魚。他一定很愛吃魚。

「噢，要是我能吃一些該有多好。」小克勞斯想。他引頷望向窗戶，瞥見一個美味的大蛋糕。欸，他們正在裡頭吃大餐呢！

就在那時，他聽到有人騎馬沿路朝農舍而來。農夫回家來了。他是個大好人，只除了一件事：他無法忍受教堂司事，一見到教堂司事就火冒三丈，這就是為什麼教堂司事等農夫出門，才上門來找農夫太太，這個好女人會把家裡的好東西端出來招待他。她聽到農夫回到家，替教堂司事害怕得發抖，求他爬進房間角落那個空空的大箱子。教堂司事刻不容緩聽話照做，因為他很清楚，她丈夫眼裡就是容不下教堂司事這種人。女人趕緊收起酒水，將美食藏進烤箱，因為如果她丈夫看到滿桌盛宴，肯定會提出難以回答的問題。

「噢，天啊！」小克勞斯在棚子屋頂上，看到那些佳餚消失無蹤，不禁連聲嘆氣。

「誰在上頭？」農夫瞅著小克勞斯，「你在上頭做什麼？跟我一起進屋來啊。」於是小克勞斯爬下來，告訴農夫他迷了路，問他能不能留宿一夜。

「當然，」農夫說，「我們先吃點東西再說吧。」

農夫的太太殷勤地接待他們，擺好餐具，端來一大碗粥。農夫餓了，津津有味地吃著，可是小克勞斯滿腦子都是藏在烤箱裡的美味烤肉、魚和蛋糕。他那袋馬皮擱在桌子底下，就在腳旁，我們都知道，他要拿馬皮到城裡去賣。小克勞斯一點都不喜歡這碗粥，就猛踩那個布袋，乾馬皮發出響亮的嘎吱聲。

「噓！」小克勞斯對布袋說，同時又猛踩布袋，發出更大的嘎吱響。

「你裡頭到底裝了什麼啊？」農夫說。

「噢，只是個魔法師啦，」小克勞斯說，「他跟我說，我們不必吃粥，因為他替我們變出了整個烤箱的烤肉、魚和蛋糕。」

「太好了！」農夫說。他趕緊打開烤箱，找到了那些美食。其實正是他太太之前藏的，但他相信是袋子裡的巫師變出來的。他太太把肉、魚和蛋糕端給他們盡情享受，什麼也不敢說。

接著小克勞斯又把布袋踩得嘎吱響。

「他現在說什麼？」農夫問。

「他說啊，」小克勞斯回答，「烤箱旁邊的角落裡有三瓶酒要給我們喝。」

於是女人不得不把之前藏的酒拿出來。農夫一杯接一杯，喝得心情大好，說自己也想要小克勞斯裝在布袋裡的那種魔法師。

「他能變出惡魔來嗎？」農夫納悶，「我恰好有心情見見惡魔。」

「噢，能啊，」小克勞斯說，「不管我說什麼，我的魔法師都會照做。對吧？」他邊問邊踩布袋，直到袋子嘎吱響。「聽到他回答了嗎？他說『沒錯』。他可以變出惡魔，只是他怕我們不會喜歡惡魔的模樣。」

「噢，我才不怕呢。惡魔長什麼樣？」

「唔，看起來很像教堂司事。」

「哈，」農夫說，「有那麼糟糕嗎？一看到教堂司事，我就受不了。可是不要緊，既然知道那只是惡魔，我就不會那麼介意。我會好好面對他，只要他別靠近我就好。」

「等等，我跟我的魔法師談一下。」小克勞斯猛踩布袋，彎下身子傾聽。

「他說什麼？」

「他說你去打開角落裡的箱子，就會找到惡魔窩在裡頭。可是你一定要牢牢抓住箱蓋，免得他跳出來。」

「你到時可以幫我抓住他嗎？」農夫說。他走到他太太藏匿教堂司事的箱子旁，教堂司事原本只是害怕，現在嚇得魂都飛了。農夫把箱蓋微微撐開，往裡頭一瞧。

「哈！」他往後一彈，「我看到了，就跟我們教堂司事一個樣，太可怕了！」他們需要再喝一杯安安神，於是坐在那裡對飲到深夜。

「你一定要把你的魔法師賣給我，」農夫說，「價錢隨你開，我可以馬上給你一斗錢。」

「不行，我沒辦法，」小克勞斯說，「想想這個魔法師對我用處有多大啊。」

「噢，我真的很想要！」農夫嚷嚷，然後拚命乞求。

「唔，」小克勞斯終於說，「你人很好，讓我留宿一晚，我實在不好拒絕。你可以用一斗錢來換我的布袋，可是一定要滿滿一斗喔。」

「沒問題，」農夫說，「可是你一定要順便帶走那個箱子。我可不想讓它在屋裡多留一會兒，誰曉得惡魔是不是還在裡頭。」

於是小克勞斯賣了裝著乾馬皮的布袋，換到了滿滿一斗的錢。農夫順便送他一個手推車，可以把錢和箱子一起推走。

「再會了。」小克勞斯說，帶著錢和裝著教堂司事的箱子離開。森林的另一邊有條又深又廣的河流，水流十分湍急，幾乎沒辦法游泳。河流上方剛建好一座大橋，小克勞斯走到橋中央的時候，故意拔高嗓門，好讓教堂司事聽見：

「我要拿這個蠢箱子怎麼辦呢？重得跟石頭似的，我太累，沒辦法再往前推，乾脆丟進河裡好了，如果箱子可以順著水流漂到我家，那倒好，可是如果沉進河裡，也沒什麼損失。」接著他稍微提起箱子，彷彿準備丟進河裡。

「住手！不要啊！」裡頭的教堂司事大喊，「先放我出去。」

「噢，」小克勞斯說，假裝害怕，「他還在裡頭啊？那我最好丟進河裡把他淹死。」

「噢，不要，別這樣對我！」教堂司事大叫，「放了我，我給你一斗錢。」

「欸，那就另當別論了。」小克勞斯說著便打開箱子。教堂司事立刻爬出來，將空箱子推進水裡，趕回家拿一斗錢給小克勞斯。有了農夫的那斗錢，加上教堂司事的那斗錢，小克勞斯整個手推車都堆滿了錢。

「我的馬賣了個好價錢呢。」他說，回到家便把錢往房間的地板上倒成一堆，「大克勞斯要是知道那匹馬讓我發了財，一定氣壞了，可是我不會告訴他我怎麼辦到的。」接著他派了個孩子到大克勞斯家去借量斗。

「他要量斗幹嘛呢？」大克勞斯忖度，在量斗底部偷偷抹了焦油，這樣不管小克勞斯量什麼，都會黏一點在上頭。量斗歸還的時候，大克勞斯發現上頭黏了三片新鑄的銀幣。

「這是怎麼回事？」大克勞斯跑來找小克勞斯，「你怎麼弄到這麼多錢的？」

「噢，昨天晚上賣馬皮換來的。」

「老天！馬皮的價格肯定漲了。」大克勞斯跑回家，拿了把斧頭，往四匹馬的腦袋一劈，然後剝下牠們的皮，帶著馬皮往鎮上去。

「馬皮，馬皮！誰要買馬皮？」他沿街叫賣，鞋匠跟製革匠都跑來問他價錢。「一張皮一斗錢。」他告訴他們。

「你瘋了嗎？」他們問，「你覺得我們有一整斗的錢可以花嗎？」

「馬皮，馬皮！誰要買馬皮！」他繼續大喊，只要有人詢價，他就答一斗錢。

「他把我們當傻瓜。」他們說。鞋匠拿起皮條、製革匠抓起皮圍裙，一路追打大克勞斯。

「馬皮，馬皮！」他們嘲笑他，「要是你不滾出城去，我們就鞣你身上的皮。」大克勞斯只好趕緊逃。他從來沒被打得這麼慘過。

「小克勞斯要付出代價，」他回到家裡的時候說，「我要殺了他。」

小克勞斯的老奶奶剛過世，她這人脾氣很暴躁，從沒對他說過一句好話，可是看到她死了，他也覺得難過。他把她的遺體放在自己溫暖的床鋪上，看看她能不能再活過來。他讓奶奶整夜躺在那裡，自己在角落的椅子上打盹，他以前就常這樣。

夜裡，他坐在椅子上的時候，門打開，大克勞斯拿著斧頭走進來。他知道小克勞斯的床鋪在哪裡，於是直接走過去，朝著已故奶奶的腦袋劈下去，以為她是小克勞斯。

「好了，」他說，「你再也別想捉弄我了。」然後打道回府。

「這個人真是壞透了，」小克勞斯說，「欸，我差點沒命，還好奶奶原本就過世了，要不然她的命就沒了。」

他先替奶奶換上她最好的一套衣服，再向鄰居借了匹馬，套在自己的板車上。他把奶奶放在後座，卡好位置，免得板車顛簸讓她倒下，然後駕著板車穿越樹林。

太陽升起時，他們來到一家大客棧，小克勞斯停車進去吃早餐。客棧老闆是個有錢人，心地雖然不錯，但脾氣火爆，好像整個人是用胡椒跟鼻煙做成的。

Harry Clarke

「早啊，」他對小克勞斯說，「一大早就打扮好出遠門啊。」

「是啊，」小克勞斯說，「我要帶我家老奶奶進城，她就在外頭的板車那裡。我不方便帶她進來，麻煩端一杯蜂蜜酒給她，她耳背得厲害，你得用吼的她才聽得見。」

「我馬上端出去。」客棧主人倒了一整杯的蜂蜜酒，端出去給斷氣的奶奶，她僵硬地坐在板車上。

「你孫子點了杯蜂蜜酒給你。」客棧主人說，可是死去的女人一聲也不吭，只是坐在那裡。

「妳沒聽見我說的嗎？」客棧主人用最大的嗓門吼道，「這是你孫子點的蜂蜜酒。」

他一次又一次叫著，可是她動也不動。他暴跳如雷，把杯子往她臉上砸去。蜂蜜酒淋得她滿身是，她往後一倒，因為小克勞斯只是撐起她的身子，並沒有把她綁住。

「可惡！」小克勞斯衝到門外，一把揪住客棧老闆的喉嚨，「你害死我奶奶了，看！她額頭破了個大洞。」

「噢，太倒楣了！」客棧主人絞著雙手，「都怪我脾氣太烈。親愛的小克勞斯，我會給你一斗錢，把你奶奶當成自家的奶奶那樣好好埋葬。可是你千萬別把這件事說出去，要不然他們會砍了我的腦袋，那就糟糕了。」

所以小克勞斯又拿到一斗錢，客棧主人把老奶奶當成親奶奶一樣安葬。

小克勞斯一回到家，就派了個小孩到大克勞斯那裡借量斗。

「小克勞斯想借量斗？」大克勞斯問，「我不是幹掉他了嗎？我去看看怎麼回事。」於是他親自把量斗帶去給小克勞斯。

「你這麼多錢是哪來的？」他看到堆得高高的錢就問。

「你殺了的是我奶奶而不是我，」小克勞斯告訴他，「我拿她換了一斗錢。」

「老天！真是個好價錢。」大克勞斯說。他連忙趕回家，拿了把斧頭，朝老奶奶的腦門一劈。然後把她放上板車，拉進城去，問藥劑師想不想買個屍體。

「誰的屍體？」藥劑師問，「哪裡弄來的？」

「是我奶奶的屍體，我殺了她好換一斗錢。」大克勞斯告訴他。

「天啊，」藥劑師說，「老兄，你肯定瘋了，你可別這樣講話，要不然你會被殺頭的。」接著告訴他，他幹的可是壞事，說他是個糟糕的傢伙，最嚴厲的懲罰對他來說都嫌不夠。大克勞斯害怕起來，跳上板車，揮鞭抽馬，用最快的速度趕回家。藥劑師跟其他人都覺得他一定精神失常，所以也沒攔他。

「你一定要付出代價，」大克勞斯抵達公路時說，「噢，你非付出代價不可，小克勞斯！」他一回到家就找出家裡最大的布袋，出發去找小克勞斯，並說：

HARRY CLARKE

「你又騙了我。首先，我殺了我的四匹馬，然後又殺了我的老奶奶，全都是你的錯。可是我會讓你再也騙不了我。」然後抓起小克勞斯，塞進布袋，一把拋到背上，並且告訴他：「我現在要把你淹死。」

到河邊的路程頗遠，而小克勞斯背起來並不輕。那條路會經過教會，路過的時候，可以聽到管風琴正在彈奏，還有優美的歌聲。大克勞斯把布袋放在教堂門口，覺得自己最好進去聽一首詩歌再繼續上路。小克勞斯被牢牢綁在布袋中，而所有的人都在教堂裡。大克勞斯走了進去。

「天啊，天啊！」小克勞斯在布袋裡嘆氣。他拚命扭著身子，怎麼就是無法弄鬆繩結。接著一位趕牛的老人路過，他滿頭白髮，笨重地倚在杖子上。那群公牛和乳牛撞了上去，一把踢翻裝著小克勞斯的布袋。

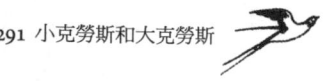

「天啊，」小克勞斯嘆氣，「我這麼年輕竟然就要上天堂了。」

「我呢，」趕牛的老人說，「老到活得不耐煩了，可是天堂卻還沒找我過去。」

「打開布袋！」小克勞斯大喊，「進來代替我吧，你會直接上天堂。」

「我就是想到那裡去。」趕牛人說著便解開布袋。小克勞斯立刻跳出來。「你一定要照顧我的牛群。」老人說完就爬進布袋裡。小克勞斯綁牢布袋之後，帶著公牛和乳牛離開那裡。

大克勞斯從教堂走出來，把布袋扛在背上，發現滿輕的，因為趕牛老人不超過小克勞斯的一半重。

「還真輕，都是因為我先聽了詩歌的關係。」大克勞斯說。他繼續走到又深又廣的河流那裡，把裝著趕牛老人的布袋拋入水裡。

「你再也別想騙我了。」大克勞斯說，以為落水的是小克勞斯。

他開始啟程回家，可是當他來到十字路口，卻遇到小克勞斯和那群牛。

「你打哪裡來的？」大克勞斯驚呼，「我剛剛不是把你淹死了嗎？」

「是啊，」小克勞斯說，「你半個小時前把我扔進河裡。」

「這麼好的一群牛，你哪裡弄來的？」大克勞斯想知道。

「噢，牠們是海裡來的，」小克勞斯說，「我會跟你說我是怎麼弄來的，因為多虧你把我淹死，我現在的身價可高嘍，富有的程度簡直難以形容。

「可是當初我在布袋裡，你把我從橋上扔進冰冷的水裡時，風在我耳邊咻咻作響，簡直把我嚇壞了。我直接掉到河底，可是沒受什麼傷，因為下頭有柔軟細緻的草地。有人打開布袋，是一位美麗的女子，她牽起我的手。身上的衣服跟雪一樣白，飄蕩的髮絲上戴了個綠色花圈。她說：『你來啦，小克勞斯，這裡有群牛要送你，可是我要送你的禮物不只這樣，沿著馬路往前走一英里，還有另一群牛在等你。』

「接著我明白，對住在海裡的人來說，這條河等於一條大公路。在河流底部，他們邊走邊趕畜群，從海裡一路走到河流盡頭的陸地。下頭的花真香，草好綠，魚兒快快游過，就像掠過天空的小鳥。那些人都很好，在路邊吃草的牛群也是。」

「那你為何這麼快回來？」大克勞斯問，「如果一切都這麼美好，要我就寧可留在那邊。」

「唔，」小克勞斯說，「這就是我高明的地方了。我剛說過，海中女孩告訴我，沿路再走一英里，就會找到另一群牛，你記得吧。她說的『路』，意思就是河，因為她也只能順著河走。可是我知道河道彎彎曲曲，要走到另一群牛那裡，路線太曲折了。我上陸地來，就可以抄捷徑，省掉半英里的路程，可以早點找到那群牛。」

「你真幸運，」大克勞斯說，「你想如果我到河底去，也可以得到一群牛嗎？」

「噢，一定可以的，」小克勞斯說，「我可沒辦法把你裝在布袋裡，一路扛到那邊，因為對我來說你太重了，可是如果你自己走到河邊，爬進袋子，我很樂意把你丟進河裡。」

「謝謝，」大克勞斯說，「可是記得，如果我得不到一群海牛，我肯定會好好揍你一頓，相信我。」

「是嗎？」小克勞斯說。

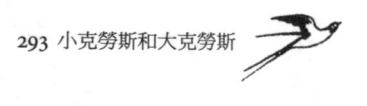

他們來到河邊，口渴的牛群一看到水，就衝過去喝。小克勞斯說：「看看牠們多麼急著想回河底。」

「先把我弄到那邊再說，」大克勞斯要求，「要不然我現在就給你一頓好打。」他勉強鑽進大布袋，袋子原本披在一隻牛的背上。「放個石頭進去，要不然我怕我沉不下去。」大克勞斯說。

「不用擔心。」小克勞斯說，不過還是放了個大石頭進布袋，綁牢之後推進河裡。

嘩啦啦！河水濺了起來，大克勞斯沉進了河底。

「他啊，恐怕找不到我找到的東西。」小克勞斯說著便趕牛群回家了。

各得其所

這是一百多年前的事了。

樹林後面有座大湖，附近矗立著一幢古老宅邸，宅邸周圍繞著深深的壕溝，裡頭長著茂密蘆葦和雜草。城堡大門邊的橋梁附近，有一棵垂在蘆葦上方的老柳樹。山丘下的窄路裡傳來號角和馬蹄聲，養鵝的小姑娘在狩獵隊伍快過馬路以前，連忙把鵝趕下橋來。狩獵隊伍來得飛快，小姑娘不得不趕緊往上爬，蹲在橋側扶手頂端，免得被馬踩到。她還只是個半大的孩子，身材姣好輕盈，一雙清澈的藍眸，臉上掛著溫婉的神情。男爵根本不把這個放在眼裡，策馬飛奔，路過養鵝姑娘時，翻轉手裡的鞭子，用把柄狠狠朝她胸口一推，她仰身摔進溝渠。

「各得其所！」他嚷嚷，「妳就滾到泥巴裡去吧！」他放聲大笑，他這樣說是為了展現機智，其他人跟著一起哈哈笑。整群人大肆叫囂，小狗跟著高聲狂吠。

幸好這個可憐姑娘摔下去的時候，一把揪住柳樹彎垂的枝椏，懸在泥巴水的上方。一等伯爵和他的同伴穿過城堡大門消失蹤影，女孩試著再次往上爬，可是樹枝從頂端啪嚓斷裂，要不是這時有隻強壯的手從上方一把抓住她，她就會往後摔進蘆葦之間。是個賣貨小販的手，他從不遠的地方看到事發經過，現在趕過來幫忙。

「各得其所！」他說，模仿那個優雅的男爵，他把那個小姑娘往上拉到了穩固的地面，他原本想把斷掉的枝椏放回折斷的地方，但並不是所有的東西都能「各得其所」，因此他隨手將那根斷枝插在地裡。「好好長吧，長到可以用你來替伯爵那家人做根棒子，狠狠痛打他們一頓。」接著他往宅邸走去，可是沒進大廳，因為他身分低賤，不能上那裡去。他走到僕人的生活區域，男僕和女傭翻看他的貨品，跟他討價還價。正在用餐的賓客們傳來大吼和尖叫，他們本意是要唱歌，但他們的能耐也只到這裡。響亮的笑聲中交錯著小狗的吠嗥，從窗戶飄了進來，因為樓上正在宴飲作樂呢。葡萄酒和陳年烈酒在酒罐與杯子裡起泡，狗兒們坐在主人身旁，跟著他們一同用餐。他們將賣貨小販喚上樓，可是只是為了嘲弄他一番。他們喝得酩酊大醉，已經失去理智。他們叫小販一起共飲，卻把酒倒進襪子叫小販喝，小販不得不喝得飛快，他們把這看成難得的笑料，又是一番哄堂大笑。最後把整個農場連牛帶農人當成賭注，在牌桌上一較輸贏。

「各得其所！」賣貨小販說，終於逃出了他所謂的「罪惡之城」。「寬闊的公路才是我該去的所在，」他說，「我在剛剛那裡一點也不開心。」

他沿著樹籬大步向前走，坐著顧鵝的小姑娘對他友善地點點頭。

一天天、一個個星期過去了，小販在城堡旁邊插進地裡的那根柳枝一直保持鮮翠的樣子，甚至吐出新枝。養鴨小女孩明白那根樹枝一定生了根，高興得不得了，她說這棵柳樹現在是她的了。

那棵柳樹日漸茁壯，但屬於這個城堡的其他一切，卻因為頻繁的宴飲和賭博而迅速衰敗。宴飲和賭博這兩樣東西就像滾輪，沒人能在上頭站得安穩。

不出六年，這位高貴的老爺成了個乞丐，走出了城門，宅邸被一位富商買走。這位富商就是當初在那裡受到戲弄，被迫用襪子喝酒的男人，可是誠實和勤勞讓他一帆風順、步步高升，現在這個商人擁有這片地產，從這時起，此地就嚴禁賭牌。

「賭牌是很糟糕的消遣，」他說，「當惡魔頭一次看到聖經，他想找個東西跟聖經抗衡，於是發明了牌戲。」

這個新主人娶了個妻子進門，你想會是誰呢，正是那個漂亮的養鵝姑娘，她一直如此忠誠又善良！穿上新衣裝，看起來就跟貴婦人一樣美麗雅致。事情怎麼發展到這個地步的？說來話太長了，實在忙得無法細說。但就是這麼發生了，而最重要的還在後面：

住在老宅邸是件很不錯的事。母親掌理家務，父親監督這片地產，似乎有源源不絕的恩典降臨在這家人身上。當正直進門，興旺肯定隨之來到。這棟老宅經過清理油漆，溝渠經過疏浚，果樹也種下了。一切看起來明朗快活，地板亮得跟棋盤似的。漫長的冬夜裡，女主人會帶領女僕們坐在紡車前工作；每星期日晚上，就由司法顧問官——小販得到了這個頭銜，雖然這時他已經上了年紀——讀一段聖經。他們生了孩子，孩子們也長大了，他們受過最好的教育，雖然能力各有高低，所有的家庭都會有這種狀況。

同時，城門的那根柳枝已經長成了壯觀的大樹，站在那裡自由自在、自給自足。「那是我們的家族樹，」這對老夫婦說，要大家尊崇和敬重這棵樹。他們叮囑所有的孩子，即使是那些腦袋不大靈光的。

一百年過去了。

到了我們的時代，湖水已經變成了沼澤地，老宅幾乎消失了。那座深溝圍繞的老城堡，只剩一池水和斷垣殘壁。這裡也矗立了一棵雄偉的老柳樹，樹枝下垂，似乎表明了，如果沒有人為干擾，一棵樹可以長得多美。主幹上有條裂隙從根部往上延伸到樹冠，風雨微微折彎了這株高貴的樹。不過它自始至終屹立不搖，風雨挾帶了些泥土到樹身上的裂口，那裡冒出了花草，尤其在接近頂端，粗枝岔開來的地方，簡直成了個空中花園，除了野生樹莓叢，甚至有少許的槲寄生生了根，在老柳樹映在暗水上的倒影中，顯得修長優雅。老樹附近有一條小徑可以穿越田野。

在林木蓊鬱的山丘上，高高矗立著宏偉的新宅邸，從宅邸裡朝四面八方望去，淨是令人讚嘆的風景，窗玻璃如此潔淨透明，窗框裡彷彿空無一物。通往大門的大樓梯，看起來就像覆滿玫瑰和寬葉植物的遮棚。草坪一片鮮綠，彷彿每根草葉早晚都有人清理過。大廳裡掛著昂貴的畫作，擺放絲質的椅子和沙發，如此精巧優雅，看起來幾乎能夠自己走動，有幾張蠟亮的大理石面桌，還有羊皮燙金的精裝書籍。是的，沒錯，這裡住的是富貴人家：男爵和他家人。

在這裡，一切完美和諧。家訓依然是「各得其所」，所以，過往為了表示尊敬與榮耀而掛在老宅的那些畫像，現在改掛在通往僕人居所的通道上：只被當成老廢物，尤其是兩幅舊肖像，一個呈現了穿著粉紅外套、頭戴撲粉假髮的男士，還有一個頭髮撲粉、手執一朵玫瑰的女士，兩幅畫的外圍都畫了一圈柳葉編成的花環。這兩張畫作上有許多小洞，因為男爵的兒子們常把那兩個老人當成十字弓的箭靶。畫作裡正是顧問官和他的夫人，也就是現今這個家族的始祖。

「可是他們不能算是我們家族，」一個兒子說，「他是賣貨的，她是顧鵝的。他們跟我們的爸爸媽媽不一樣。」

他們判定這兩幅畫不值一文，正如「各得其所」這個座右銘，這對曾祖父母就被送到了連向僕人居所的通道。

鄰家牧師的兒子在這間大宅當家庭教師。有天他帶著學生出外散步，就是男爵的兒子們和他們剛受堅信禮的姊姊。一行人沿著會路過那棵老柳樹的田野小徑走。途中，小淑女用田野摘的花朵編了個環，就像「一切各得其所」這句話，那些花朵整體看來相當漂亮。她一面聽著家庭教師說的每句話，因為她很喜歡聽牧師兒子談起大自然的力量，以及歷史上偉大的男人和女人。她生性善良甜美，擁有真正高貴的思想和靈魂，對上帝創造的一切滿懷愛心。

這群人停在那棵老柳樹前方，最小的兒子堅持要拿一根柳枝來做笛子，就像以前用別的柳樹做笛子那樣。於是家庭教師動手要折枝椏。

「噢，請不要那樣做！」伯爵的女兒嚷著，可是轉眼已經折斷。「這是我們家族有名的老樹，」她說下去，「我很愛它，家裡的人都為了這件事笑我，可是我不在意，這棵樹是有故事的。」

她將我們所知的這棵柳樹的故事娓娓道來，關於那幢老宅邸、那個賣貨小販和養鵝姑娘，這裡就是他倆初次相遇的地方，後來成為伯爵這個高貴家族的始祖。

「那兩個善良的老人家，他們不願意受封！」她說，「他們遵循『各得其所』這個座右銘，認為用錢買下爵位跟自己的身分不相稱。他們的兒子，也就是我祖父，是家族裡的第一個伯爵。據說他很有學問，很受王子公主的歡迎，常常受邀參加宮廷的節慶活動。家裡的其他人最愛他了，可是不知道為什麼，我覺得創立家族的兩位老人家最吸引我。在以前那棟老宅邸，一定很舒適、很莊嚴，女主人和女僕坐在紡車前，男主人朗讀聖經！」

「他們一定很迷人、很明理。」牧師的兒子說。

話題自然轉向了貴族和平民。這個年輕男人談起貴族的目的和意義時，講得鞭辟入裡，幾乎不像屬於平民階級。他說：「隸屬於有名望的家族，血液裡就會有動力鞭策自己追求真善美。這是何等的好事。擁有這種家族的姓氏，就等於握有進入高層社會的名片。貴族身分意味著偉大高尚。這個時代有個謬誤，就是出生貴族的人往往愚蠢，越是貧賤低下的人們，就越有智慧和德行，不少詩人也常常唱著同一個調。可是我不這麼認為，我覺得這個看法完全錯了。在上層階級裡可以找到許多美好親切的特質。我母親就跟我講過一個例子，我還可以舉出更多。

「我母親曾經到城裡拜訪一戶高貴人家，我想我祖母曾經替那個伯爵的母親當過管家。那位貴族和我母親獨自坐在客廳裡的時候，那位貴族注意到有個老婦人拄著撐杖一瘸一拐走進庭院。她習慣每個星期天過來拿點救濟品。『啊，那個可憐的老太太來了，』貴族說，『她走起路來多麼吃力。』我母親還沒意會到他的意思，他就已經離開房間，跑下階梯，把救濟品拿去給她，省得老太太要走那麼一趟辛苦的路。」

「好了，那只是件小事，不過，就像聖經裡那個窮寡婦的兩枚小銅板，會在人心深處發出迴響，這才是詩人應該寫出來的事情，尤其在這個年代，詩人應該歌詠這件事，因為這是有好處的，可以給人帶來安慰，讓大家團結一心。可是當一個人只是因為自己有高貴的身世和血統，就像阿拉伯馬一樣在街頭靠後腿站起來嘶鳴，在街上蹦蹦跳跳，走進屋裡的時候，只要那裡有平民來過，就特別強調說『剛剛有平民來過這裡』。那麼這就是貴族的腐敗，貴族身分只成一張面具，就像希臘戲劇家德斯比斯創造的面具。那樣的人受到諷刺，大家看了都會覺得有意思。」

牧師的兒子就說了這番話。這段話還滿長的，不過說著說著就刻完了笛子。

回到宅邸的時候，來了許多人。不少賓客來自鄰近地區和首都。在場有許多貴婦，有些人打扮得頗有品味，有些人則品味缺缺。大廳裡滿滿是人，鄰近地區過來的牧師們聚集在角落裡恭敬地站著，彷彿那裡即將舉行葬禮。可是實非如此，因為這是一個歡樂的場合，只是歡慶尚未開場。

盛大的音樂會即將開場，伯爵的兒子帶著柳笛進來，可是他連一個音也吹不出來，他父親也沒辦法，他們認為這支笛子是個廢物。音樂會的演出內容淨是些讓演出者自得其樂的樂曲和歌曲，但還是相當迷人！

「你會樂器吧？」一位紳士對那位家庭教師說，這位紳士自己沒什麼本事，全靠父親的庇蔭，「你不只會吹笛子，也會刻笛子，真是個天才，應該坐在最尊貴的席位！我只是跟著時代的腳步走，人不得不這樣。來吧，你就用這把小樂器逗我們開心一下吧？」

紳士邊說邊把池邊柳樹刻成的笛子遞給牧師的兒子，高聲宣布說，家庭教師準備要用這把樂器獨奏。

其實他們只是想捉弄他，這點一見即知；所以這個家庭教師不肯演奏，其實他吹笛子的技巧極好。不過他們團團圍住他，纏著他不放，最後他只好把笛子湊到唇邊。

真是根美妙的笛子！他吹出一個聲音，跟蒸氣火車的哨音一樣，同一個調子持續許久，而且響亮得多，遠遠傳過了院子、花園、樹林，橫越幾里進入鄉間。隨著那個調子，一陣勁風揚起，吼著「各得其所！」接著男爵飛了起來，彷彿被風捲起似的，離開大廳進入牧羊人的木屋，而牧羊人也飛了起來，但不是飛進大廳，因為他不能到那裡去，而是進入了僕人的居所，落在那些傲慢的僕從之間，他們穿著絲質襪子，趾高氣揚走來走去。自大的僕從想到這樣的人竟敢跟他們坐同張桌子，驚恐得動彈不得。

可是在大廳裡，男爵的女兒飛向了桌首的上座，她有資格坐在那裡，而牧師的年輕兒子則坐在她身旁，兩人坐在那裡的樣子彷彿是對新婚夫婦。這個國家最古老家族的一位老伯爵在自己尊貴的位子上維持不動，因為這把笛子很公正，一般人也應該效法才是。

那位愛耍小聰明的紳士，就是自己沒本領只靠父親庇蔭，當初硬要人吹這把笛子的那位，倒栽蔥地飛進了雞舍。有這個遭遇的不只他一人。

笛子的樂音傳遍了方圓一英里，連連發生了怪事。富有銀行家一家人正坐在四匹馬拉的馬車上，被一把吹出了馬車，連在後頭的踏腳板上都找不到位置站。兩個自大到不想照顧自家田地的有錢農夫，一股腦兒滾進溝渠裡。真是把危險的笛子，幸好它在吹出頭一個音符時就爆開了，這倒是好事，它被收進了笛子主人的口袋裡：「各得其所」。

隔天，大家對於發生過的奇事絕口不提，因此有了「把笛子收進口袋」這個形容。一切恢復了原狀，只是賣貨小販和養鵝姑娘的兩幅舊肖像換了位置，改掛在宴會廳的牆壁上，它們是被吹到那裡去的。而且因為有個真正的鑑賞家說，那兩幅畫出自大師之手，於是那兩幅畫就一直留在那個位置，並且得到了修復的機會。

「各得其所」。這句話最終會實現的，因為永恆很長很長，比這個故事還長。

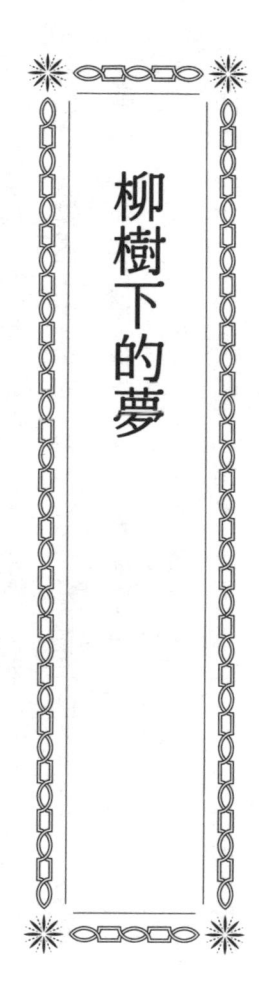

柳樹下的夢

裘厄這個小鎮的周遭相當荒涼。小鎮本身靠海，景致向來很美，不過原本可以更美的，因為四周淨是平坦的田野，距離森林頗為遙遠。可是當人住慣了某個地方，總會在那裡找到美好的事物，即使日後身處世上最迷人的異地，也還會懷念那份美好。鎮郊有條小河流向大海，河畔有些花園，雖然很不起眼，但是一到夏天就會非常漂亮。有兩個小孩就這麼認為，他們的父母是鄰居，兩人會結伴到那些花園嬉戲，使勁鑽過隔開花園的醋栗叢，在一個個花園裡穿梭。有個花園長了棵接骨木樹，另一個花園有棵老柳樹，兩個孩子特別喜歡在柳樹下玩耍。雖然柳樹距離小河很近，一不小心就會跌進河裡，但大人還是准許他們到那裡玩。不過還好神一直看顧著這兩個小朋友，要不然可會出亂子的。同時，這兩個孩子非常小心，不靠水邊太近；其實男孩非常怕水，夏天時，其他孩子到海裡劈啪玩水的時候，好說歹說他都不肯一起下水。他們譏笑他，他只能耐著性子忍受。有一次住隔壁的小女孩尤漢娜夢到自己坐船航行，而叫克努德的那個男孩，涉水往她那裡走去，水淹到了他的脖子，最後蓋過了腦袋，眨眼間他整個人不見蹤影。小克努德聽到這場夢之後，再也無法忍受其他男孩說他膽小。他說，既然尤漢娜都夢到過了，那就表示他以後可能會下水。雖然他不曾真正付諸行動，但那場夢一直讓他相當自豪。

兩家父母都相當窮困，常常聚在一起喝茶，而克努德和尤漢娜就一同到花園和大路上玩。這條大路外圍的水溝邊緣種了一排柳樹；這些頂端被修掉的樹木看起來並不美，不過它們原本就不是用來裝飾，而是有實際的用途。花園裡的老柳樹漂亮多了，所以這兩個孩子很喜歡坐在下頭。鎮上有個大市場，每逢趕集的日子，街道上總是搭滿了帳篷和棚子，販售著緞帶、鞋子以及人想要擁有的一切。人潮洶湧，通常都下著雨，可是並不會破壞蜂蜜糕點和薑餅的香氣，有個棚子就擺滿了這些東西；最棒的是，這個棚子的主人年年都來趕集，期間會寄宿在克努德父親的家。所以那個人偶爾就會送點薑餅，尤漢娜當然也分到了一些。不過，也許最迷人的地方是，那個薑餅販子知道各式各樣的故事，連自己的薑餅都有故事可以講。有個晚上，他說了一個薑餅的故事，讓這兩個孩子印象深得不得了，怎麼都忘不掉。或許我們也來聽聽好了，況且這故事並不長。

「從前有兩塊薑餅，」薑餅販子說，「就放在店裡的櫃臺上，一個形狀是戴著帽子的男人，另一個是沒戴帽子的姑娘，兩個的臉都在餅朝上的那一面，因為那面是給人看的，另一面則不是。事實上，大部分的人都希望讓人看到較好的那一面。男人的左側有顆苦杏仁，那就是他的心；姑娘則是全身都是薑餅做的。店面把它們當作樣本，放在櫃臺上很久了，最後它們愛上了對方，可是遲遲沒跟對方告白，要是它們希望有什麼結果，就該把感覺說出口。

「『他是個男人，應該先開口，』她暗想，可是她覺得相當滿足，因為她知道對方也愛著她。

「他的想法則大膽得多，男人總是這樣的。他夢想自己是個活生生的野孩子，手上有四個銅板，可以把那個姑娘買下來，一口吃掉。兩個就這樣在櫃臺上躺了一個又一個星期，變得又乾又硬，可是那個姑娘的想法卻變得越來越溫柔和女孩子氣。

「『能跟他在同一個檯面上生活也就夠了，』她說，然後喀啦！斷成了兩半。

「『要是當初她知道我愛她，就能撐久一點吧。』他想。

「故事講完了，喏，這就是它們兩個，」薑餅販子做了結尾，「就這段奇特的經歷以及沒有結果的沉默愛情來說，它們還滿了不起的。給你們吧！」他說著便把完好的薑餅男人送給尤漢娜，將裂開的薑餅姑娘給了克努德。可是這個故事讓孩子們印象深到鼓不起勇氣吃掉這對薑餅戀人。

隔天，他們帶著這對薑餅到教堂墓園去，坐在教堂牆邊，牆壁上無論冬夏，都覆滿了厚地毯似的茂密長春藤。他們把兩個薑餅娃娃立在陽光撫照的綠葉之間，對一群小朋友講了這個故事，告訴他們這段毫無結果的沉默愛情，因為這個故事如此動聽，他們都同意這個故事叫做『愛』。可是當他們轉頭再去看那對薑餅娃娃時，有個大男孩淘氣地把斷成兩半的薑餅姑娘吃掉了。孩子們哭了起來，後來，可能是因為不想讓這個可憐戀人孤單淒涼地留在世界上，所以一起把薑餅男人吃掉，但是他們永遠忘不了這個故事。

這雙孩子總是一起在接骨木邊和柳樹下玩耍，小女孩用清澈如鈴的歌聲唱著美麗歌曲，克努德則是一點音感也沒有，可是那些曲子的歌詞他都知道，至少這點還不錯。尤漢娜唱歌的時候，裘厄的鎮民都會駐足傾聽，連精品店的有錢老闆娘也是。「那個小女孩的聲音真甜美。」他們說。

那段日子真是美妙，可惜無法持續下去。兩家不再是鄰居。小姑娘的母親過世了，父親打算到首都續絃，那裡有人答應給他一份當信差的工作，這份工作薪酬豐厚。兩家人惋惜地互相道別，孩子們痛哭流涕，不過雙方父母承諾說，至少一年通一次信。

克努德要去當鞋匠的學徒，因為男孩一長大就不能再四處亂跑，何況他即將接受堅信禮。

啊，他多麼希望能在堅信禮那天到哥本哈根去看小尤漢娜！可是他一直留在裘厄，沒去哥本哈根，雖然小鎮距離首都只有五英里遠，可是當萬里無雲的時候，從海灣遠眺，就可以看到遠處的高塔，而在堅信禮那天，克努德可以清楚看到首都大教堂的金十字架在陽光中閃閃發亮。

啊，他多麼常想到尤漢娜！她是否會想到他？是的。耶誕節快到的時候，她父親捎了封信給克努德的父母，說他們在哥本哈根過得很好，尤其尤漢娜因為美麗的嗓子，可望有大好的前程。她跟歌劇院簽訂合同，已經開始演唱賺錢，她從收入當中拿出一塊錢，要送給裘厄的親愛鄰居，祝福他們聖誕快樂。她在信尾親筆添了句話，請他們為了她的健康乾杯，還寫說「代我向克努德問候」。

克努德全家都哭了，不過心情是很愉快的，是喜極而泣。克努德每天都想著尤漢娜，而現在他知道她也惦記著他。在鞋匠那裡離學成的時間越接近，他就越清楚自己對尤漢娜的情意，打定主意要娶她為妻。每想到這件事，微笑就會攀上他的唇，做鞋時，拉線的速度會快上兩倍，腳使勁踩著膝皮墊。錐子鑽得過頭，刺傷他的手指時，他也不在乎。他決心不要當兩個薑餅人那樣的沉默戀人，這個故事對他來說是個教訓。

現在他學成出師，準備好行囊要上路，他終於要到哥本哈根去了，這是他生平第一次，那裡有個老闆在等他。尤漢娜該會有多高興！她現在十七歲，他十九歲。

他在衰厄的時候，就已經想買個金戒指給她，但他想在哥本哈根那裡可以買到品質更好的。他向父母告別，在晚秋的雨天裡，徒步離開了他出生的小鎮。樹木落葉紛紛，他抵達大城到了新老闆家時已經渾身濕透。頭一個星期天，他打算去拜訪尤漢娜的父親。克努德穿上新手工匠的新衣，戴上在衰厄買的新帽子，這身打扮非常適合他，之前他一向只戴扁帽。他找到了尤漢娜的住所，爬了許多階梯之後，幾乎暈頭轉向。在這個嚇人的城市裡，人們一層疊一層地住著，他看了覺得真可怕。

屋裡的一切看來富麗堂皇，尤漢娜的父親很親切地接待他。對這位新任太太來說，克努德是個陌生人，不過她依然跟他握手並招待他喝咖啡。

「尤漢娜看到你會很高興，」她父親說，「你已經長成了英挺的青年，你很快就會看到她。她這個女兒給我的心帶來歡喜，上天保佑，希望她會繼續這樣下去。她現在有自己的房間了，還付我們房租呢。」

接著她父親客氣地敲敲門，彷彿自己是訪客，然後走了進去。

這間房裡的一切多麼漂亮啊！整個衰厄都不可能有這樣的住家，連王后也不可能住得更好。地上鋪著毯子，掛著長到地板的窗簾，周圍淨是鮮花和掛畫，還有一面大得跟房門一樣的鏡子，訪客不小心就會迎頭撞上去，甚至有一張天鵝絨椅子。

克努德一眼就將一切盡收眼底，但他眼中只有尤漢娜。她已經長大成人，和克努德先前的想像大不相同，比他想像的要美麗多了。全袠厄沒有一個像她這樣的姑娘。她多麼優雅啊。她瞥了克努德一眼，眼神多麼古怪生疏！不過也就那麼一瞬間，接著她朝他奔來，彷彿就要吻上他。她沒這麼做，但只差一點點。是的，兒時的朋友來訪，令她欣喜極了。她雙眼噙淚，有好多話要說，也問了許多問題，從克努德的父母一直到那棵接骨木樹和柳樹，她把它們叫做接骨木媽媽和柳樹爸爸，彷彿它們是真人。說實在的，確實也可以把它們看作人，就像那兩個薑餅人。她也聊起了那兩個薑餅人以及沉默的愛，以及它們如何躺在店鋪櫃臺上，最後裂成兩半。然後她開懷笑了起來。可是血湧上了克努德的臉頰，他的心跳又急又快。不，她並未變得目空一切。他注意到，她父母邀請他留下來共度一晚，正是她的意思。她親自倒茶，用雙手端給他，之後又拿起一本書，朗讀給大家聽；對克努德來說，她讀的內容講的就是他與她的愛，因為內容呼應了他的想法。接著她唱了首簡單的歌曲，但是這首歌由她唱出口，化為了一則故事，其中似乎傾注了她自己的心意。是的，她是喜歡克努德的。克努德無法抑制，任由淚水淌下臉頰，完全說不出話來，恍如震撼到出神了。但她輕掐他的手並說：

「你有一顆善良的心，克努德，希望你永遠像現在這樣。」

那天晚上克努德體會到無上的喜悅，之後根本難以成眠，事實上也沒睡。

告別時，尤漢娜的父親說：「好了，你可不能忘了我們喔！冬天以前要再來看看我們啊。」他隔週日大可再登門拜訪，也決定要這麼做。可是每晚下工之後——他們那裡工作——克努德就會穿越城市，走進尤漢娜住的那條街，仰望她的窗戶：那裡幾乎永遠亮著燈。有天晚上，他可以清楚看到她的臉映在窗簾上，對他來說，那是個難忘的夜晚。老闆的太太不喜歡他每天晚上到外頭溜達，搖頭表示不以為然，但是老闆只是面帶笑容。

「他只是個年輕小伙子嘛。」他說。

可是克努德暗自想著：「星期天我會去見她，我會告訴她，她的身影占滿了我的心思和靈魂，她一定要當我的妻子。我知道我只是個剛學成的鞋匠，可是我會賣力工作、力爭上游。是的，我會這麼告訴她。沉默不會有結果：我從薑餅人身上學到了這點。」

星期天來到，克努德出發了，可是不巧的是，那晚他們一家受邀出門，也這麼告訴他了。尤漢娜輕掐他的手並說：

「你去過劇院嗎？你一定要去一次看看。我星期三要演唱，如果你那晚有空，我會寄張票給你，我爸爸知道你老闆住哪裡。」

她人真好！星期三中午，他收到了一只封緘的信封，裡面沒附隻字片語，但是裡頭放了那張票。到了晚上，克努德生平第一次走進劇院。他看到什麼了？他看到了尤漢娜，她有多麼迷人美麗！她嫁給了一個陌生人，但那只是劇情安排，只是在演戲，這點克努德很清楚。如果是真的，他想，她絕不會這麼狠心送他票，讓他親眼目睹。所有的人喝采鼓掌，克努德喊道：「好！」

連國王都對著尤漢娜微笑，似乎對她深感滿意。啊，克努德覺得自己真渺小！可是他愛她如此之深，認為她也愛他。可是男人要先開口，就像兒時故事裡那個薑餅姑娘教會他的，那個故事裡蘊含了不少真理。

所以一等星期天，他又上門了，感覺就像上教堂。尤漢娜獨自在家，接待了他。真是再幸運也不過。

「你來得正好，」她說，「我正想請我爸爸去找你呢，只是我有預感你今天晚上會過來，因為我一定要告訴你，我星期五就要去法國了，如果我想成為一流的藝術家，非去那裡不可。」

克努德覺得房間彷彿跟著他一起打轉，他覺得自己的心就要爆開，雖然眼睛並未湧出淚水，但一眼就能看出他有多憂傷。

「你這個坦率忠誠的人！」她驚呼。

這幾個字讓克努德勇於開口。他告訴她，他一直愛著她，她一定要成為他的妻子。他這麼說的時候，眼見尤漢娜變了臉色，血色盡退。她放開他的手，認真又悲哀地回答：

「克努德，別害你自己還有我不快樂。我永遠會當個好姊妹，一個你可以信任的人，可是我們永遠不可能再進一步。」

她白皙的手貼上克努德火燙的額頭。

「上天會賜給我們足夠的力量面對，」她說，「只要我們努力。」

那一刻，繼母走了進來，尤漢娜趕緊說：

「我要離開了，克努德傷心得很，來吧，當個男子漢，」她說了下去，一手搭在他肩上，彷彿兩人的話題一直是這趟旅程，別無其他，「你還是個孩子，」她補充，「不過你現在一定要乖乖的，講道理，就像我們小時候在柳樹下玩那樣。」

可是克努德覺得整個世界都偏離了軌道，他的思緒好似一條鬆脫的線，在風中來回飄蕩。他留了下來，雖然不記得她是否曾經慰留他；她溫柔客氣，替他斟茶，唱歌給他聽。雖然聲調與以往不同，但是動聽無比，讓他的心隨時都要爆開。接著他們就分別了。克努德沒伸出手，但她抓住他的手並說：

「老玩伴，都要分別了，就跟妹妹握個手吧！」

她面帶笑容，但淚珠滾落臉頰，她再三重複「哥哥」這個字眼，起了點安慰作用，然後兩人就分開了。

她坐船前往法國，克努德則在哥本哈根的泥濘街道上遊蕩。工作坊裡其他的新手工匠問他為何悶悶不樂地走來走去，勸他一起出門去找樂子，因為他畢竟是個年輕小伙子。

他們帶他上舞廳去，他在那裡看到不少相貌標致的姑娘，可是沒有一個像尤漢娜。在這裡，他想方設法要忘掉她，但她的身影卻變得更鮮明。「上天會賜給我們足夠的力量面對，只要我們努力。」她這樣說過。高貴的思緒進入他的腦海，他雙手交握。小提琴演奏著，女孩們繞圈圈跳舞，他陡然一驚，覺得自己彷彿身處一個他不該帶尤漢娜來的地方，因為尤漢娜就在他心中與他如影隨形，便走了出去。他拔腿跑過一條條街道，路過她的舊居，那裡一片黑暗。放眼四處一片幽暗，空蕩且寂寞。世界在原本的軌道上繼續運轉，克努德只得踏上自己的道路。

冬天來到，溪水凍結，一切似乎都準備要入土似的。可是當春天歸返，頭一艘輪船要出航的時候，他突然湧現渴望，想遠走高飛，但不去法國。於是他打包行囊，遠赴德國，在城市跟城市之間周遊，馬不停蹄，心靈得不到平安。直到他來到紐倫堡這個輝煌的老城市，才駕馭住不安的心靈。因此他決定在紐倫堡待下來。

紐倫堡是一座美妙的大城，看起來彷彿從老圖畫書裡裁出來的東西。街道似乎照著自己的意願伸展。房子不照規律排列。到城門的一路上，都可以看到飾有小尖塔、藤紋柱子和雕像的三角牆朝步道傾來。狀似飛龍或纖瘦大狗的排水管，從奇形怪狀的尖屋頂上突出來，朝街心伸得遠遠的。

克努德站在這裡的市場上，行囊扛在背上。在一座老噴泉旁邊，噴泉裝飾著搶眼的銅製人像，有聖經人物和歷史人物，聳立在陣陣噴湧的水柱之間。一個漂亮女僕正用水桶打水，分了點水給克努德解渴；她有滿滿一把鮮花，也分了一朵給他。他收下來當成好預兆。鄰近的教堂傳來陣陣管風琴聲，音色聽起來跟家鄉裘厄的管風琴很相像。他走進大教堂。陽光透過彩繪玻璃窗灑了進來，照在兩根高聳的細柱之間：他的心靈變得虔誠，靈魂再次得到平安。

他在紐倫堡找到一位好老闆，就留在對方身邊工作，在老闆家裡學德語。

這座城周圍的老護城河改建成好幾個小菜園，不過高牆和厚實的塔樓依然矗立在原地。城牆內面，製繩人會在木頭廊臺上搓繩子。接骨木叢從城牆的開口和縫隙裡冒了出來，將綠色細枝伸到下頭那些小矮房的上空。克努德的老闆就住其中一戶，克努德坐在頂樓小窗邊，接骨木就在那扇窗前搖擺枝椏。

他在這裡住了一個夏天和冬天，可是當春天再次來到，他再也忍受不了。接骨木的花朵盛開，香氣讓克努德如此思鄉，他想像自己回到了裘厄的花園。所以他離開了老闆，跟另外一位離城牆更遠的老闆同住，那人的房子附近沒有接骨木樹。

他的工作坊距離一座老石橋很近，就在低矮的水車邊，水車周圍的溪流隆隆作響，滔滔奔流、冒著泡沫，但是溪流的四周被房子包圍，那些房子腐朽的老三角牆彷彿就要一頭栽進水裡。這裡沒有接骨木樹，連種個綠色植物的盆栽都沒有，可是工作坊對面卻矗立了一大棵老柳樹，牢牢攀住房子，彷彿生怕被水流沖走似的，它的樹枝往前伸過水面上方，就像袞厄那棵柳樹將枝椏探過花園旁邊的小溪那樣。

是的，他確實從「接骨木媽媽」來到了「柳樹爸爸」這裡。這裡的這棵樹總在他心中挑起某種感觸，尤其在月夜，但問題不在月光，而在那棵老樹本身。

他無法留下來。為什麼呢？去問柳樹，去問開花的接骨木吧！於是他向紐倫堡的老闆告別，繼續漂泊。

他不曾向任何人提起尤漢娜，他將憂傷悄悄埋藏心底。他想起孩提時代那個薑餅老故事的深刻意義，現在他明白那個男人的胸前為何有顆苦杏仁，他自己也感覺到那種苦楚。而尤漢娜總是這麼溫柔客氣，就像那個薑餅姑娘。橫過胸口的背包揹帶似乎勒得他快無法呼吸，他將揹帶調鬆，但感受依然。周遭的世界他只看得到一半，另一半他收在心裡。這就是他離開紐倫堡時的情形。

一直到他看見那些高山，世界在他眼裡才變得開闊起來，此時他的思緒轉向外在景物，淚水湧上雙眼。

就他看來，阿爾卑斯山就像大地斂起的羽翼，而羽毛由黑森林、湧泉、雲朵和大塊積雪組成的。如果這雙羽翼展開，展露出形形色色的畫面，那會如何呢？世界末日那天，他想，大地會展開那雙大翅膀，朝著天空飛騰而去，在上帝的視線之下，像肥皂泡泡一樣爆開！

「啊，」他嘆氣，「真希望世界末日現在就來到！」

他在這片土地上默默遊盪，覺得這裡好似鋪了一層柔軟草皮的果園。坐在木陽台上忙著織蕾絲的女工們對他點點頭，山峰在落日的紅霞中放光，幽暗樹林裡的綠湖映出了山光，他一看便想起了裘厄灣的海岸，胸中隨之湧現渴望，但不再帶有痛苦。

萊因河在這裡好似大浪一樣往前翻湧，爆開，化為雪白發亮的團塊，狀似雲朵，彷彿雲朵就是在這裡產生的，而彩虹則好似一條鬆脫的緞帶在上頭飄飛，他在此想起了裘厄的水車以及滔滔不絕的冒泡水流。

他原本很樂意留在這座萊因河畔的安靜小鎮，但是這裡也有太多接骨木樹和柳樹，所以他繼續漂泊，越過雄偉壯麗的山脈，穿過破碎的岩牆、走在像燕巢一樣緊緊攀住山邊的馬路上。水在深處冒著泡沫，雲朵在他下方。在溫暖的夏日陽光中，他大步踩過薊草、阿爾卑斯玫瑰和積雪，向北方的土地道別，在開花的栗樹樹影下走過，穿過葡萄園和玉米田。這些山就像隔開他與所有回憶的一堵牆，他也希望是這樣。

眼前是一座人稱「米蘭」的輝煌大城，他在這裡找到一位願意雇用他的德國老闆。他們是一對虔誠的夫婦，現在他就在他們的工作坊裡勞動。這對老人逐漸喜歡起這位安靜的新手工匠，他說得少做得多，過著虔誠的基督徒生活。對他自己來說，上天彷彿也從他心中卸下了沉重的負擔。

他最喜歡的消遣就是偶爾登上宏偉教堂的大理石屋頂，無論是尖塔、開放的華麗迴廊、雄偉的柱子，還有從每個角落和門廊朝他微笑的白色雕像。對他來說，這一切，甚至是教堂本身，彷彿都是用他祖國的雪堆成的。他上方是蔚藍的天際，下方是城市與遼闊的倫巴底平原，北面則是終年積雪的高山。他想起褒厄的教堂以及藤蔓覆蓋的紅牆，但他並不想回那裡去；這裡，高山後方，就是他未來的葬身之地。

他在這裡住了一年，前後已經離家三年。某天老闆帶他進城，不是去看騎師表演特技的馬戲團，而是歌劇院，那棟建築物本身就值得一看。建築足足有七層高，每一層都垂著美麗的絲簾，從正廳到高得令人炫目的頂樓都坐著優雅的女士，手裡捧著花束，彷彿來參加舞會；男士盛裝打扮，不少人戴著金飾或銀飾。這裡明亮得有如在燦爛的陽光下，音樂美妙地迴盪在室內裡。一切都比哥本哈根的劇院來得華麗許多，可是那裡有尤漢娜……這有可能嗎？沒錯，就像魔法，她竟然也出現在這裡！簾幕升起的時候，尤漢娜出現了，穿著一身帶有金飾的絲綢，戴著頭冠。他認為她的歌聲可比天使，她走近舞台前方，露出特有的笑容，直直往下看著克努德。可憐的克努德抓住老闆的手，大聲喊道「尤漢娜！」可是除了老闆，沒人聽見；老闆點著頭，因為樂聲蓋過了一切。

「沒錯，沒錯，她就叫尤漢娜。」老闆說。

接著老闆抽出節目單，讓克努德看看她的名字，那裡印了全名。

不，這不是個夢！所有的人熱烈鼓掌，紛紛將花環和花束拋向她，每一次她退到後台，大家就喚她回來，於是她總是來來去去。

街道上，人們簇擁在她的馬車旁，得意洋洋地拉著馬車往前走。克努德走在最前排，跟大家一樣歡喜呼喊。當馬車停在一幢燈火通明的房子前，克努德擠到了車門旁邊。車門一打開，她走了出來，光線落在她可愛的臉上。她面帶笑容，比著感謝的手勢，露出深深感動的模樣。克努德直直望進她的臉，她也望著他，但她卻沒認出他。有個胸前別著閃亮星星的男人，將手臂伸給她，大家說這兩個人已經訂婚。

克努德回家打包行囊，決心返回故鄉，回到接骨木和柳樹那裡。啊，回到那棵柳樹底下！

有時，人在一個小時內就可能過完一生。

這對老夫婦求他留下，可是好說歹說都勸不動他，即使告訴他冬天就快來到、山裡已經在下雪，也起不了作用。他說他會扛著行囊，尾隨行速緩慢的馬車，因為馬車非清出一條通道不可。

於是他朝山裡走去，又是爬坡又是下坡，持續往北方行去。當他體力逐漸不濟的時候，放眼依然見不到村莊和房舍。星星在上方閃耀，他雙腳踉蹌，頭昏眼花。山谷深處也有星星在放光，感覺下方有另一片天空。他覺得自己病了，下方的星辰變得越來越多，發出越來越燦亮的光芒，前前後後移動著。原來是一個點了燈火的小鎮，當他明白這點的時候，就擠出殘餘的力氣，終於在一間簡陋的客棧找到棲身之處。

那天晚上和接下來一整天他都留在那裡，因為他的身體需要休息和恢復體力。雪正在融化，山谷裡下著雨。不過到了第二天清晨，有個男人用手風琴彈起了家鄉的曲子，這一來克努德便無法再待下去，於是動身繼續往北方走。他匆匆忙忙連續走了好幾天，彷彿想趕在他記憶中的人都逝去以前回到家鄉。他不曾對別人提起他的渴望，因為不會有人相信或明白他內心的憂傷，那是人心所能感受到最深刻的憂傷。這樣的悲痛無法對外人訴說，因為並不有趣，甚至也無法向朋友提起，況且他也沒有朋友。他是個異鄉人，在異國土地上遊蕩，一路走向北方的家鄉。

有天晚上，他正走在公路上，鄉間的地勢不久便更加平坦，只有田野和草原。天逐漸冷了起來。路旁有棵大柳樹，一切都讓他想起家鄉。他在樹下坐下，覺得十分疲倦，最後打起盹來，閉上雙眼進入夢鄉，但他仍然意識得到柳樹從上方垂下枝條，而在他的幻想裡，那棵樹化身為強壯的老男人，彷彿是「柳樹爸爸」，將它疲憊的兒子摟進懷裡，正要把他帶回家鄉去，到裘厄那個淒涼光禿的岸邊，回到他兒時的花園。是的，他夢到它正是裘厄的那棵柳樹，來到外界尋覓他，好不容易找到了他，正領著他回到小溪邊的小花園，而尤漢娜頭戴金冠，無比耀眼地站在那裡，就像他最後一次看到她那樣，向他呼喊著「歡迎！」

他眼前有兩個神奇的形狀，看起來比他童年記憶中的更像人：它們雖然也變了，但依然是那兩塊只把右側朝向他的薑餅男女，它們看起來容光煥發。

「我們要向你道謝，」它們對克努德說，「你給了我們開口的勇氣，教我們應該把想法自由說出口，要不然不會有任何結果，而現在總算開花結果了。我們訂婚了。」

接著它們手牽手穿過裘厄的街道，連背面看起來都相當體面，完全挑不出缺點。它們繼續朝教堂走去，克努德和尤漢娜跟在後面：他倆也手牽手走著，而教堂就像以往那樣矗立在原地，紅牆上面長滿了綠藤。教堂大門忽地打開，管風琴奏響樂音，他們順著教堂的長通道走去。

「主人優先。」那對薑餅佳偶說，讓路給克努德和尤漢娜，他倆跪在聖壇前，她朝他垂下腦袋，雙眼滴下淚水。但淚水冷冰冰的，因為她心上的冰終於融化，被他強烈的愛所融化。當淚水滾落他熱燙的臉頰，他醒了過來，正坐在異鄉的老柳樹下，就在寒冷的冬夜裡。冰雹正從雲朵降下，紛紛打在他臉上。

「那真是我人生中最甜美的時刻！」他說，「卻只是個夢，噢，讓我夢下去吧！」

他再次合上雙眼，入睡之後做起夢來。

凌晨下了場大雪，風將雪吹到他身上，但他依然沉睡不醒。村民上教堂做禮拜的時候，發現坐在路旁的新手工匠早已斷氣，在柳樹下凍死了。

一個豆莢裡的五顆豆

從前有五顆豌豆住在一個豆莢裡：它們是綠的，豆莢也是綠的，所以它們以為整個世界都是綠的，肯定是這樣沒錯！豆莢漸漸長大，豌豆也跟著長大。它們排排坐著，隨著外在環境而變化。外頭陽光普照，曬暖了豆莢，雨水也使它變得清澈透明。不管是明亮的白天或幽暗的夜間，豆莢裡都舒適宜人，豌豆坐在原地，長得越來越大，也越來越有想法，因為它們總得做點事情。

「我們難道永遠都要坐在這邊？」有顆豌豆問，「我怕我們坐太久，會變得硬邦邦。我覺得外頭一定有什麼，我就是有這種預感。」

幾個星期過去，豌豆逐漸變黃，豆莢也是。

「全世界都變成黃色的了，」豌豆們說，它們這樣說也沒錯。

突然間它們感覺豆莢被猛扯一下。豆莢被扯了下來，落進人類的手裡，最後跟著另外幾個飽滿的豆莢，一同滑進了夾克的口袋裡。

「再不久我們的豆莢就會被打開！」它們說。它們等的就是這一刻。

「我真想知道我們當中誰會走得最遠！」五顆豌豆裡最小的那個說，「沒錯，結果很快就會揭曉了。」

「該怎麼樣就怎麼樣吧！」最大的那顆說。

「喀啦！」豆莢爆開，五顆豌豆全都滾進了亮晃晃的陽光中。它們躺在一個孩子的手裡。有個小男孩緊緊握住它們，說它們很適合拿來當豆槍的子彈，接著放了一顆到豆槍裡，射了出去。

「現在我就要飛進廣闊的世界嘍，有本事就來抓我！」然後一晃眼就不見了。

「我，」第二顆豌豆說，「就要直接飛進太陽裡嘍。太陽是個值得一看的豆莢，恰恰適合我。」然後就離開了。

「不管我們落腳在哪裡，我們都要睡上一覺，」接下來的兩顆豌豆說，「可是我們還是要繼續往前滾，」它們掉在地上翻翻滾滾，最後還是被裝進豆槍裡。「我們會跑得最遠。」它們說。

「該怎麼樣就怎麼樣吧。」最後一顆豌豆說，它從豆槍被射了出去，往上飛，撞上閣樓窗戶下方的舊牆板，恰恰掉進了塞滿苔蘚和軟土的縫隙裡。它躺在那裡，簡直像個囚犯，可是上帝並未遺忘它。

那間小閣樓住著一個貧苦的女人，她白天出門替人清掃爐灶、鋸木柴，還有其他類似的粗活，因為她強壯又勤奮。不過，她一直都這麼貧窮，而她發育不全的獨生女就躺在閣樓的家裡。女兒非常纖細孱弱，已經臥床一整年，看起來活不成也死不了。

「她就要去找她妹妹了，」女人說，「我只生了兩個孩子，要養活兩個原本就不容易，可是好心的上帝把其中一個接回天家幫忙扶養。現在，我能保住剩下的一個，就該高興。可是我想她們不會再分開太久，我這個生病的女兒就要到天堂去找妹妹了。」

可是那個生病的女孩活了下去。母親出外掙錢時，她耐著性子安靜躺著。春天到了，一大清早，母親正準備出門上工，太陽透過小窗送來溫和宜人的光線，灑落在地板上，生病的女孩直直盯著窗戶最下方的那片玻璃看。

「有個綠色東西在窗前往屋裡看，是什麼呢？它在風中晃來晃去呢。」

母親走到窗邊，將窗戶打開一半。「噢！」她說，「欸，有顆小豆子在這裡生了根呢，還冒出小葉子。它是怎麼跑到這個縫隙來的？這樣妳就有個小園子可以解解悶了。」

她把生病女孩的床移得離窗子近些，這樣就能一直看到正在成長的豌豆，然後母親就外出上工去了。

「媽媽，我想我會好起來，」生病的孩子在傍晚的時候說，「今天陽光照在我身上，暖烘烘的，好愉快。那顆小豌豆長得好好，我也會越來越好，以後就能起床走到戶外，享受溫暖的陽光。」

「希望如此嘍！」母親說，可是她並不相信真的會這樣，不過，既然這株綠色植物讓她女兒對生命燃起了愉快的盼望，於是她用小棒子撐起植物，免得被風吹斷，還拿了條線從窗櫺拉到窗框上端，豌豆往上竄長的時候，就可以順著攀爬。每天都能看到它在長大。

「就要開花了呢！」女人有天說，現在她開始懷著女兒會康復的希望。她想起這孩子近來說起話都比以往爽朗；過去幾天，女兒甚至自己在床上坐起來，挺直身子，欣喜地看著只有一株植物的小園子。一個星期過後，這個小病人頭一次起身坐了足足一小時，開開心心沐浴在溫暖的陽光中，窗戶開著，窗外有一朵盛開的粉紅豌豆花。生病女孩彎腰輕吻那些纖細的葉子，這天彷彿就是個節日。

「是天父親自種下這顆豌豆，讓它欣欣向榮，為妳也為我帶來喜樂，我蒙福的孩子！」這個母親開心地說，對著這朵花微笑，彷彿它是個善心的天使。

可是另外幾顆豌豆呢？欸，飛到廣闊世界、說「有本事就來抓我」的那一顆，掉進了屋頂的排水溝，最後的落腳處是鴿子的嗉囊。另外兩顆懶惰的豌豆走得也差不多遠，也成了鴿子的腹中之物，不管怎樣，它們各自發揮了用途。不過，第四顆，也就是想往太陽去的那顆，掉進了汙水槽，泡在髒水裡好幾個星期，脹得很厲害。

「我變得好胖啊！」那顆豌豆說，「我最後會爆開。我想，一粒豌豆最多也只能做到這個程度。我是豆莢的五顆豌豆裡，最了不起的一個。」

汙水槽同意它的說法。

不過閣樓窗前的那個小女孩，雙眼閃亮亮地站在那裡，臉蛋透著健康的紅潤色澤，用細瘦的雙手捧住豌豆花，向上天表示感謝。

「我啊，」汙水槽說，「支持我的這顆豌豆。」

她是個廢物

市長站在敞開的窗前，襯衫上有著細緻的褶飾和花邊，褶飾上繫了根胸針，臉上刮得異常平滑。這全是他自己親手打理的。他不小心在臉上割了道口子，於是黏了點報紙在傷口上。

「聽著，小伙子！」他嚷嚷。

這個小伙子是窮洗衣婦的兒子，路過市長家的時候恭敬地摘下扁帽。扁帽前緣的中央已經破損，所以可以捲起來塞進口袋。他穿的衣服雖然窮酸，但乾乾淨淨、修補妥當，腳上踩著笨重的木鞋。男孩站在那裡，謙卑和窘迫的模樣，彷彿站在國王面前。

「你是個好孩子，」市長先生說，「滿有教養的，我想你母親正在河邊洗衣服？我想，你

口袋裡裝的東西，是要帶去給你母親的吧？你母親也太糟糕了吧！你帶了多少？」

「半品脫。」男孩害怕地支支吾吾。

「今天早上她才喝過那麼多吧。」市長繼續說。

「沒有，」男孩回答，「那是昨天。」

「兩個半品脫，加起來就一品脫了。她真沒用！這種人就是這麼可悲！告訴你母親，她應該要為自己感到羞恥。你可別變成一個酒鬼，不過你一定會的。可憐的孩子。好了，去吧！」

男孩繼續往前走，手裡抓著帽子，風在他的一頭黃髮裡嬉戲，吹得綹綹髮絲豎了起來。他繞過街角，走進通往河邊的小巷，他母親站在洗衣凳旁邊，用木杵搥打厚重的被單。水車的閘門已經打開，河水滔滔奔流，水流猛扯床單，差些就要掀翻椅凳。洗衣婦必須靠上去，用身子穩住椅凳。

「我剛剛差點就被水沖走了，」她說，「還好你來了，因為我需要補充一點體力。我站在水裡六個鐘頭了，有沒有帶東西來給我啊？」

男孩拿出酒瓶，母親把酒瓶湊到嘴邊，喝了一點。

「啊，精神來了！」她說：「身子都暖和起來了！就跟一頓熱飯一樣好，而且沒那麼貴。兒子啊！你臉色滿蒼白的，身上的衣服又單薄，都冷得發抖了，秋天了呢。啊！水好冷啊！我希望我不會病倒。不，我不會病倒的！再給我一些，你也可以喝一小口，可是只能一小口喔，可不能喝成習慣喔，我可憐的寶貝！」

她登上孩子所站的橋，然後走上岸來。水從她裹在身上的草蓆和衣服上頻頻滴落。

「我拚命工作，」她說，「可是我心甘情願，就為了正正當當把你好好帶大，我的孩子。」

她說話的時候，有個年紀稍長的女人朝他們走來。她的模樣可憐兮兮，瘸了一腿，還有一大鬈假髮垂下來蓋住失明的一眼。那一撮鬈髮是為了遮起眼睛，卻只是讓這個缺陷更加明顯。她是洗衣婦的朋友，鄰人都叫她「假髮瘸子瑪莎」。

「噢，妳這可憐的傢伙！看妳這麼站在水裡不要命地工作！」瑪莎說，「妳真的需要來點什麼暖暖身子，可是有些壞心眼的傢伙看到妳碰個幾滴酒就在那裡大聲嚷嚷！」

不一會兒，瑪莎就把市長剛剛那番話，轉述給洗衣婦聽。因為瑪莎全聽到了，一個男人為了這個母親喝的幾口酒，就對孩子大放厥詞，讓她相當生氣。讓她更氣憤的是，那天市長準備辦一場盛大的宴會，到時會有一瓶瓶的好酒、烈酒供人暢飲。

「到時會有很多人喝過頭，可是他們不說那叫喝酒。他們那樣喝就沒問題，卻說妳是廢物！」瑪莎憤慨地嚷嚷。

「啊，市長這樣跟你說嗎？孩子？」洗衣婦抖著嘴唇說，「所以他說你母親是廢物？唔，他這樣說或許沒錯，可是也不該當著我孩子的面講啊。不過，我以前在市長家就吃過了不少苦頭。」

「市長的父母還在世的時候，妳在那邊幫傭，就住那棟房子。好多年前的事了：從那之後，大家不知吃了多少斗鹽，也該覺得渴了，」瑪莎漾起笑容，「市長今天要舉辦盛大的晚宴，本來應該跟賓客改期的，可是已經慢了一步，晚餐的菜都準備好了。門房告訴我，不久前來了一封信，說市長的弟弟在哥本哈根死了。」

「死了！」洗衣婦又說一次，臉色霎時變得死白。

「是啊，死了，」瑪莎說，「妳這麼在意啊？多年前妳在市長家工作的時候，一定認識他。」

「他死了？他是這麼值得敬重的好人！像他那樣的人並不多。」淚水滾落她的臉頰。「天啊！我周圍的東西全在打轉……我承受不住了。我覺得很不舒服。」她癱靠在籬笆上。

「天啊，妳看起來真的很不舒服！」瑪莎驚呼，「欸、欸，不一會兒就會好起來的。不，妳看起來病得不輕。我最好帶妳回家。」

「可是我的被單還在那邊……」

「我來處理就好，來吧，把妳的手臂給我，妳孩子可以留在這裡看守東西，我會回來把其餘的洗完，沒剩幾樣了。」

洗衣婦雙腿發抖。「我在冷水裡站太久，」她虛弱地說，「我從今天早上沒吃也沒喝，渾身發燙，噢仁慈的上天，請讓我順利回到家！我可憐的孩子！」然後哭了起來。

男孩也哭了，不久就獨自坐在河畔，在濕答答的被單旁邊。兩個女人走得很慢。洗衣婦拖著疲憊的腿往前走，跌跌撞撞地穿過巷道、繞過轉角，踏上了市長住的那條街。路過市長的宅邸時，她暈倒在屋前的人行道上。有不少人圍觀，瘸腿瑪莎衝進宅邸求救。市長和他的賓客來到窗前。

「是那個洗衣婦！」他說，「她喝多了。她是個廢物。她的漂亮兒子真令人惋惜。我還滿喜歡那個孩子的，可是他母親是個廢物。」

不久，洗衣婦甦醒過來，他們帶她回到她寒酸的住所，扶她上床。好心的瑪莎替她熱了杯啤酒，加了奶油和糖，她認為這是最好的藥方，然後趕回河邊，將被單清洗乾淨。雖然她一片好意，但清洗的技術還滿糟糕的。嚴格來說，她只是把濕透的床單拖上岸，然後放進提籃。

接近傍晚時，瑪莎跟洗衣婦坐在那個簡陋的小房間裡。市長的廚子給瑪莎一點烤馬鈴薯和一片不錯的肥火腿，說要給生病的洗衣婦。瑪莎和男孩好好吃了一頓，病人則享受食物的香氣，她說單是聞到氣味就覺得很滋補。

不久之後，男孩上床睡覺，跟母親共用一張床。不過他睡在她腳邊，蓋著藍白兩色破布拼成的舊被子。

洗衣婦現在覺得舒服一點。溫暖的啤酒讓她有了氣力，食物的香氣也讓她心情愉悅。

「謝謝妳，妳人真好，」她對瑪莎說，「等我孩子睡著了，我會把事情經過都說給妳聽。我想他已經睡著了，他閉著眼睛躺在那裡，看起來多麼溫柔好看。他不知道他母親吃過什麼苦頭，希望他永遠不會知道。我當初在市長的父親，就是顧問官那裡幫傭。他出外念書的么子恰好回來。我當時是個年輕姑娘，個性很野，可是老實，這點我可以對天發誓。那個學生快活、仁慈、善良又勇敢。他身上流的每滴血液都是善良誠實的。我在世上沒見過比他更好的人。」他是這家人的少爺，我只是個女傭，可是我們之間有了感情，這份愛真誠無欺。他跟他母親說起這件事，因為在他眼中，她就像下凡的女神，她有智慧又溫柔。他要出門旅行，但出發以前，在我的手指上套了個金戒指，他一離開，女主人就把我叫去。她態度溫柔但嚴肅地跟我說話，彷彿講話的是智慧女神。她向我清清楚楚地點出，我們兩人在精神上和實質上的差距。

「『他現在為妳漂亮的外表著迷，』她說，『可是妳的美貌總有一天會離妳而去。妳沒受過他那樣的教育，你們兩個人在心智上無法對等，這就是不幸的地方。我很敬重窮人，』她繼續說，『在上帝面前，窮人的地位可能比富人崇高，可是在人間，我們一定要避免逾越界限、誤入歧途，要不然馬車會翻覆，我們會被拋到路上。我知道有個不錯的人想娶妳，是一個工匠。

我指的是做手套的師傅艾瑞克，他是個沒孩子的鰥夫，經濟狀況不錯。妳考慮一下吧。』

「她說的每個字都像刀子刺進我的心，可是我知道女主人說得有道理，我聽了心情好沉重。我吻了吻她的手，流下苦澀的淚水，我走進房間、撲向床鋪，哭得更慘烈。那個晚上好難熬。老天才知道我受到多少折磨，又經過什麼掙扎！星期天的時候，我上教會禱告，希望能得到力量和指引。感覺就像天意，我走出教堂的時候，艾瑞克朝我走來。我心頭的疑慮一掃而空。我們在身分和財力上滿相配的，他的經濟甚至滿寬裕的。所以我直接朝他走去，拉起他的手並說，『你對我的心意沒變嗎？』『對，永遠都不會變。』他回答。『你願意娶一個欣賞你、尊敬你，但不愛你的姑娘嗎？雖然也許久了會培養出感情？』我又問。『會的，我們會培養出感情的！』他回答。說完我們牽起手來。我回到女主人那裡。我每天把他兒子送給我的金戒指藏在胸口，到了晚上才戴到手指上，因為白天不能戴，只能在晚上睡覺的時候戴。我對著戒指吻了又吻，直到嘴唇幾乎流血，然後把戒指交給女主人，告訴她，下星期牧師會發布我和手套師傅就要成親的消息。接著女主人擁抱我，也吻了我。她沒說我是個廢物，可是也許那個時候的我比現在好，因為當時人生的不幸還沒找上我。過了幾個星期以後，我們結了婚，頭一年過得很順利。我們有一個員工和一個學徒。瑪莎妳當時就在我們家幫傭。」

「噢，妳是個善良好心的女主人，」瑪莎說，「我永遠不會忘記妳跟妳丈夫當初對我多好！」

「是啊，妳跟著我們的那幾年，我們的確過得不錯。我們那時還沒生孩子。我沒再跟那個學生見面。我看到了他，可是他沒看到我。他回來參加母親的葬禮，我看到他站在墳前，蒼白得像死了似的，垂頭喪氣，後來他父親過世的時候，他遠在國外沒回來奔喪。我知道他一直沒結婚，我想他最後成了律師。他已經忘記我了，即使他再看到我，也認不出來，因為我現在模樣難看得很。所以這也算是好事。」

接著她說起多災多難的日子，不幸降臨得如此突然。

「我們原本有五百元存款，」她說，「街上有間房子要賣，出價兩百，把房子買下來拆掉重建還是值得，所以我們把它買下來。建商和木工估算費用，說新房子預計要花一千又二十元。艾瑞克信用不錯，在大城裡借到了錢，可是負責把錢帶回來的船長遇上船難死了，錢也跟著化為烏有。

「就在那個時候，睡在那邊的親愛的孩子出世了。我丈夫卻因為重病臥床好久，有九個月的時間我都必須替他穿脫衣服。我們家的狀況一天比一天糟，最後背了一身債，只好把東西全都變賣掉，然後我丈夫就死了。為了這個孩子，我不顧一切拚命工作，刷樓梯、被單不管粗細都洗，可是生活還是沒有改善，這是上帝的旨意吧。不過，時候到了祂自然會把我帶到身邊，而且不會遺棄我的孩子。」

接著她就睡著了。

到了早上，她覺得精神好多了，認為自己的體力應該可以回去工作。她才又踏進冰冷的河水，卻突然渾身發抖、一陣暈眩。她用手胡亂抓著空氣，往前跨了一步之後倒下來。她的腦袋靠在岸上，雙腳還泡在水裡。她腳上各塾了些乾草在裡頭的木鞋，順著溪流越漂越遠，瑪莎送咖啡來給她的時候，發現了她。

同時，市長派了個人到她的寒酸住處傳話，告訴她：「立刻到市長家來，因為他有話跟她說。」已經太遲了，一個理髮師兼醫生的人被召來在她的手臂上開口放血，可是這個可憐女人已經斷了氣。

「她是喝酒喝死的！」市長說。

捎來他弟弟死訊的那封信裡，提到了遺囑的內容，要把六百塊錢贈與曾經替他母親幫傭的手套師傅遺孀。那筆錢由市長全權決定，要分成大筆或小筆的金額供應給她或她孩子。

「我弟弟跟她之間過去有些牽扯，」市長說，「她死了倒好，這樣錢就可以全部都給那個孩子，我會把他送進好人家，長大可以當個有信譽的工人。」

而上天應允了這些話。

於是市長把男孩找來，答應要照顧他，還多說了句他母親死了是好事，因為她是個廢物。人們把她抬到教堂墓地裡專葬窮人的墓園，瑪莎把沙子撒在她的墳上，在上頭種了株玫瑰，那個男孩站在她身邊。

「我親愛的媽媽！」他喊道，淚水簌簌滴落，「他們說她是個廢物，真的嗎？」

「才不是，她是個很有用的人！」這個老僕人回答，她憤慨地仰起頭來，「很多年前我就知道，過了昨晚以後，我更加確定。我告訴你，她是個很好的人，天上的主也很清楚這一點，世間的人要說她是個廢物，就隨他們說去。」

老頭子做事總是對的

我要跟你講個我小時候聽到的故事。每次想到這個故事，就覺得它越來越迷人。因為故事就跟很多人一樣，越陳越香。

我想你一定到過鄉間，看過那種很老舊的農舍。屋頂鋪著茅草，茅草上零亂地長著苔蘚和小植物。三角牆的頂端有個鸛鳥的巢，因為我們可不能沒有鸛鳥。這間房子的牆壁傾斜，窗戶低矮，只有一扇窗打得開。烤爐從牆上突出來，像個小小的肥肚腩。一棵接骨木樹懸在柵門上方，接骨木樹枝下方、柵門底部那裡有個水池，池裡有幾隻鴨子在嬉戲。院子裡也有隻看門狗，不管誰來都會吠。

鄉間就有這樣一間農舍，農舍裡住著一對老夫婦，農夫跟他太太。雖然他們的財產那麼少，有一樣東西是他們不可或缺的——一匹馬，牠靠著大路旁邊的草過活。這位老農夫會騎著這匹馬進城，他的鄰居常常會來借這匹馬，然後幫這對老夫婦做點事情作為回報。不過這對夫婦認為，最好把馬賣掉，或是換點對他們來說更有用的東西。可是換什麼東西才好呢？

「你知道怎樣最好，老頭子，」妻子說，「今天城裡有市集，拿這匹馬賣點錢，或是換個好東西吧。對我來說，你做的事情總不會錯。騎馬上市集去吧。」

她替他繫好領巾，因為這點她做得比他好，然後漂漂亮亮地打了個雙層蝴蝶結，再用掌心將他的帽子擦了又擦，最後吻了他一下。他就騎著要賣掉或拿來以物易物的馬走了。沒錯，這個老頭子知道自己該怎麼做才好。

豔陽當頭，萬里無雲，一路上塵土飛揚，因為很多人為了趕集都駕著車、騎著馬或是走路往城裡去。沿途沒一個地方可以閃避烈陽。

有個男人也吃力地走著，趕著一頭母牛要上市集。那頭母牛可真漂亮。

「肯定能擠出好牛奶，」農人說，「拿馬來換母牛，是個很不錯的交易。」

「喂，趕牛的！」他說，「我有個提議——我想馬應該比母牛更值錢，可是我不在乎，母牛對我來說更有用。如果你想要，我們可以交換。」

「當然好。」男人說。他們互相交換。

交易完成。既然事情已經辦完，農夫大可以轉頭回家去，可是既然都決定要上市集了，他還是決定按照原訂計畫，即使只是去看一下市集也好，於是牽著他的母牛繼續往城裡去。

他牽著那頭動物，步伐堅定地走著，不久就路過趕著一隻綿羊的男人，那頭羊又胖又好，長了一身好毛。

「我想要那頭綿羊，」農夫自言自語，「牠可以在我們家的柵門邊吃到不少草，到了冬天，我們可以把牠帶進屋裡取暖。也許綿羊比乳牛更實用。我們要不要交換？」

趕著綿羊的男人可是巴不得交換呢，於是兩人談成了這筆交易，農人趕著綿羊繼續沿著大路往前走。

不久他路過一個從田野走來的男人，男人腋下夾著好大一隻鵝。

「你那隻鵝很重吧，羽毛豐滿，長得也肥，要是綁條繩子，讓牠在我們家小池子邊划划水應該不錯。我家老太婆可以拿果皮菜屑餵牠。她老是說：『要是咱們家有隻鵝就好了！』好了，也許這會兒她可以有一隻了。如果換得成，這鵝就是她的了。咱們能不能交換一下？我拿我的綿羊換你的鵝，如果你願意，我還要感謝你。」

男人二話不說，兩人就換了，農人換到了鵝。

到了這個時候，他已經離城裡不遠。大路上的人潮越來越多，人和牲口擠得水泄不通。大家走在馬路上靠近柵門的地方，遇到路障的時候，還不小心踩進了過路收費人的馬鈴薯田，過路收費人養的雞正大搖大擺走來走去，雞的腿上拴了根繩子，免得被人群嚇著，走失不見。雞的尾毛短短的，眼睛眨呀眨，一面咯咯叫，一臉狡猾的樣子。牠這麼叫的時候心裡在想什麼，我沒辦法告訴你，可是這個老農人看到了，心想：「我這輩子沒見過這樣好的家禽！欸，比我們牧師的純種母雞還好。真的，我想要那隻雞。一隻雞總能找到一兩顆穀子，幾乎可以自己養活自己。如果我拿鵝來換那隻雞，會是不錯的交易。」

「我們來交換好嗎？」他問那個過路收費人。

「交換！」男人複述，「唔，這樁交易還不賴。」

於是他們互相交換。路障那裡的過路收費人留下了鵝，農人帶走了那隻雞。

好了，他在前往市集的路上做了不少生意，又熱又累。他想吃點東西，喝杯白蘭地，不久就來到一間客棧這裡，正準備走進去的時候，客棧夥計走出來，兩人在門口相遇。夥計正扛著一只布袋。

「布袋裡有什麼？」農人問。

「爛蘋果，」夥計回答，「滿滿一袋，夠餵豬的了。」

「欸，真是太浪費了！我想帶回去給我家老太婆。去年我們家泥煤棚子邊的那棵樹只結了一顆蘋果，我們收在壁櫥裡，整個放到爛了，糟蹋掉了。『總是一份財產嘛。』我家老太太說。眼前不正是一堆財產嘛——整整一袋的量呢。對，我很想帶回去給她瞧瞧。」

「那你要給我什麼來換這袋蘋果？」夥計問。

「給你什麼？就用這隻雞來換吧。」

接著就把雞交出去，拿到蘋果之後，扛著走進客棧。他把布袋細心地靠在爐子旁邊，然後走到餐桌那裡。可是爐子熱燙燙的，他沒想到這點。在場有不少客人，有賣馬的、趕牛的，和兩位英國人。這兩個英國人有錢得很，口袋鼓鼓地塞滿金幣，險些爆開。他們也愛下賭注，等會兒你就會聽到事情的經過。

嘶嘶！嘶嘶嘶！爐子邊有什麼東西？蘋果越烤越熟。

「那是什麼？」

「欸，你們知道……」農夫說。

他講起整個故事，從拿馬換成母牛，還有之後一連串的交換，一直講到蘋果為止。

「唔，等你回到家，你家老太太絕對給你一頓好打！」一個英國人說，「你肯定吃不了兜著走。」

「什麼？……給我什麼？」農夫說，「她會吻吻我，然後說，『老頭子做的事總是對的。』」

「咱們要不要打個賭？」英國人說，「我們跟你賭一桶金子，這裡面差不多有一百一十二磅重的金幣。」

「一斗就好，」農夫說，「我只能賭一斗蘋果，再押上我自己跟我家老太婆，我想這樣加總起來也就夠了吧。」

「成交！一言為定！」這場賭注就這麼敲定了。他們借了客棧老闆的馬車，英國人坐了上去，農人也上了車，他們出發上路，不久就停在農夫的小屋前面。

「傍晚好啊，老太婆。」

「傍晚好啊，老頭子。」

「我把東西換回來嘍。」

「是，你做的事你自己最懂。」女人回答。

然後擁抱了他，沒去理會陌生的客人，也沒注意到那個布袋。

「我拿那匹馬換了頭乳牛。」他說。

「感謝老天！」她說，「咱們有牛奶可以喝了，餐桌上還會有奶油和乳酪，換得太好了！」

「是，可是我又拿乳牛換了頭綿羊。」

「啊，那樣更好！」妻子說，「你總是想得很周到：我們家的牧草夠給羊吃。這一來就有羊奶、羊乳酪、羊毛夾克和羊毛襪了。乳牛就沒辦法給我們這些東西，乳牛只會掉毛。你什麼都想到了！」

「可是我又拿綿羊換了一隻鵝。」

「那麼今年我們就有烤鵝可以吃了，我親愛的老頭子。你總是想辦法逗我開心。真是貼心！我們可以繫根線在鵝的腿上，讓牠可以走來走去，先養肥了再烤來吃。」

「可是我又拿鵝換了雞呢。」男人說。

「雞？換得好啊！」女人回答，「雞可以下蛋孵小雞，這樣咱們就會有雞仔，就可以闢個養雞場了！噢，那就是我一直想要的。」

「是，可是我又拿雞換了一袋乾癟的蘋

果。」

「什麼！為了這件事，我一定要親親你，」妻子驚呼，「我親愛的好丈夫！現在我要跟你說件事。你知道嗎？你今天早上才出門不久，我就開始想今天傍晚要弄點好東西給你吃。我想就來弄個加香草的煎餅，我有蛋也有培根，獨獨缺了香草。所以我就去找小學校長，我知道他家種了香草，可是校長老婆是個小氣的女人，雖然看起來人很好。我求她借我一把香草。『借！』她回答我，『我們家園子什麼也沒長出來，連顆乾乾癟癟的蘋果都沒有。親愛的女人，我連一顆乾癟的蘋果都沒辦法借妳。』不過現在我可以借她十個或一整袋的乾癟蘋果嘍。我好高興啊，都想哈哈笑了！」說完就給他一個響亮的吻。

「這太棒了！」兩個英國人一同驚呼，「即使每況愈下，也一樣歡歡喜喜，花這筆錢來見識真是值得。」

於是他們付了滿滿一斗金幣給農夫，農夫沒被痛罵一頓，而是得到了個吻。

是的，當妻子的相信並承認丈夫最明事理，認定丈夫做什麼都對，這麼一來總能得到好處。

喏，我的故事講完嘍，是我小時候聽到的，現在你也聽到了，知道「老頭子做的事總是對的」了吧。

作者簡介

安徒生

（Hans Christian Andersen, 1805-1875）

誕生於十九世紀的丹麥。自幼家境貧困，父親是鞋匠，母親則幫人洗衣過日子，沒有多餘錢財可以讓他接受教育。不過，父親常常講《一千零一夜》或是念一些劇作給他聽。十四歲時他下定決心到哥本哈根的皇家劇院去，想當個演員。前後得到詩人古爾登堡與皇家劇院負責人拉貝爾的幫助，才能進入學校受教育。一八二九年，他的第一部重要作品《阿馬格島漫遊記》出版，到這個時候他才算脫離經濟上的困境，真正可以專注在寫作上。

他一生作品眾多，數量上千，尤其是童話

作品，如〈醜小鴨〉、〈賣火柴的小女孩〉、〈國王的新衣〉可說影響遍及全世界，翻譯語言超過一百種。他的創作隨著心境變化，在不同時期展現了相當不同的風貌，卻同樣引人入勝，像是惆悵苦戀的〈柳樹下的夢〉、關懷社會貧苦階級的〈她是個廢物〉等。無論是幻想或現實，安徒生身為故事大師的功力都展露無遺。

繪者簡介

威廉・希斯・羅賓遜（William Heath Robinson, 1872-1944）**與查爾斯・羅賓遜**（Charles Robinson, 1870-1937）

英國漫畫家和插畫家。因繪製古怪又複雜的機械畫聞名。生於倫敦，他的父親托馬斯・羅賓遜，和兩位哥哥托馬斯・希斯・羅賓遜、查爾斯・羅賓遜，一家都是插畫家。威廉替了不少書籍繪製插圖，畫風細膩，如《天方夜譚》、《莎士比亞的故事》、《安徒生童話故事》及《仲夏夜之夢》等。他自寫自繪的作品包括《照顧者比爾》（*Bill the Minder*）、《魯賓叔叔冒險記》（*The Adventures of Uncle Lubin*）等。

亞瑟・拉克姆（Arthur Rackham, 1867-1939）

英國插畫家。生於倫敦，十七歲便遠渡重洋到澳大利亞，十八歲於保險公司任職，後來才成為插畫家。並成為英國插畫「黃金時代」代表畫家之一。

他的筆觸細膩、觀察力入微，充滿唯美幻想的風格。曾替多本著作繪製插圖，包括《仙履奇緣》、《愛麗絲夢遊仙境》、《格列佛遊記》、《仲夏夜之夢》等。

哈利・克拉克（Harry Clarke, 1889-1931）

愛爾蘭彩繪玻璃家、插畫家。生於都柏林，父親以教堂裝飾為業，日後兼做彩繪玻璃，後來這也成為哈利的事業之一。他搬到倫敦尋找書籍插畫的工作，因緣際會《安徒生童話》成為他第一本正式出版的插畫作品。之後也替愛倫坡以及歌德的《浮士德》繪製插畫。畫風纖細絕美，極具個人特色。

他對彩繪玻璃的發展貢獻巨大，是愛爾蘭美術工藝運動的主要人物。

譯者簡介

謝靜雯

荷蘭葛洛寧恩大學英語語言與文化碩士，專職譯者，近期譯作有《再見媽咪，再見幸福》、《曾經絢爛的彩虹》、《莎士比亞故事集：莎翁四百周年紀念版》、《祕密花園》。

譯作集：miataiwan0815.blogspot.tw/

安徒生經典故事集

百年復古插畫新譯愛藏版

Fairy Tales and Stories from Hans Christian Andersen

作　　者　安徒生（Hans Christian Andersen）
繪　　者　威廉·希斯·羅賓遜（William Heath Robinson）、查爾斯·羅賓遜（Charles Robinson）、亞瑟·拉克姆（Arthur Rackham）、哈利·克拉克（Harry Clarke）
譯　　者　謝靜雯
封面設計　Narrative
版面構成　高巧怡
行銷企劃　林瑀、陳慧敏
行銷統籌　駱漢琦
業務發行　邱紹溢
責任編輯　劉文琪
總 編 輯　李亞南
出　　版　漫遊者文化事業股份有限公司
地　　址　台北市松山區復興北路331號4樓
電　　話　(02) 2715-2022
傳　　真　(02) 2715-2021
服務信箱　service@azothbooks.com
臉　　書　www.facebook.com/azothbooks.read
營運統籌　大雁文化事業股份有限公司
地　　址　台北市105松山區復興北路333號11樓之4
劃撥帳號　50022001
戶　　名　漫遊者文化事業股份有限公司

初版一刷　2019年8月
初版5刷(1)　2022年3月
定　　價　台幣380元
ISBN　978-986-489-355-3

國家圖書館出版品預行編目 (CIP) 資料

安徒生經典故事集：百年復古插畫新譯愛藏版 / 安徒生(Hans Christian Andersen) 著; 威廉. 希斯. 羅賓遜(William Heath Robinson) 等 繪; 謝靜雯 譯. -- 初版. -- 臺北市 : 漫遊者文化出版 : 大雁文化發行, 2019.08 ; 面 ; 公分
譯自 : Fairy tales and stories from Hans Christian Andersen
ISBN 978-986-489-355-3(精裝)
881.559　　108011977